KB071009

퀸의 대각선

퀸의 대각선

1

베르나르 베르베르 장편소설
전미연 옮김

예술가이자 작가, 작곡가

그리고 전위적 영혼의 소유자,

무엇보다 여러 생을 거치며

내 최고의 체스 상대가 되어 주고 있는

친구 뱅상 바기앙에게

누구에게나 〈네메시스〉라고 부를 만한 분신이 한 명씩 있다.

이 사람은 영혼의 형제가 아니라 영혼의 적이다.

둘은 만나는 순간 서로를 알아보고 상대를 파괴하기 위해 평생을 바친다.

이것이 그들의 삶이다.

상대를 무너뜨리기 위해 싸우는 과정에서 자신이 진정 누구인지 깨닫게 된다는 것을 이들은 무의식적으로 알고 있다.

최악의 적이 최고의 스승이 될 수 있기 때문이다.

— 에드몽 웰스, 『상대적이며 절대적인 지식의 백과사전』

제1막　　　　　　　　　　**영악한 두 아이**

1

「결국은 누구나 혼자야. 난 그걸 알아. 느낀다고. 그래서 늘 다른 사람들과 어울리려고 애쓰는 거야. 너도 나와 같은 심정이지?」

니콜 오코너가 케이지에 얼굴을 갖다 대고 흰생쥐 한 마리를 들여다보고 있다.

「너도 친구들을 만나고 싶겠지. 네 존재에 의미를 부여해주고, 같이 놀고 사랑할 친구들 말이야…….」

열한 살 아이의 커다란 청록색 눈동자가 겁먹은 설치류 동물의 새빨간 눈동자를 응시한다.

「너도 나처럼 혼자 여기 갇혀 있으니 얼마나 외로울까.」

아이가 부루퉁한 얼굴을 한다.

「널 죽이고 싶지 않다고 하니 생명 과학 선생님이 벌로 날교실에 혼자 가둬 놨어.」

생쥐가 호기심에 귀를 쫑긋 세운다. 코끝을 파르르 떨며 눈앞의 거대하고 희붉은 살덩어리의 냄새를 맡는다.

「어떻게 된 일이냐면 말이야, 날더러 메스로 네 몸을 열고 속을 들여다보라는 거야. 인간들은 이걸 〈생체 해부 실험〉이라는 이름으로 부른단다. 물론 내 눈에는 과학 실험이 아니라 죄 없는 생명을 죽이는 잔인한 짓일 뿐이지만. 그렇게 무

13

의미하게 죽이려고 널 이 세상에 태어나게 했다는 게 말이나
되니…….」

아이가 금빛 머리채를 세게 턴다. 케이지 안 생쥐가 눈빛
을 반짝이며 아이를 바라본다.

「그런 야만적인 짓은 못 하겠다고 했더니 선생님이 쉬는
시간 동안 이 텅 빈 교실에 나를 가뒀어. 무슨 〈잘못〉을 했는
지 곰곰이 생각해 보라면서. 선생님이 시키는 대로 곰곰이
생각해 봤는데 말이야.」

아이가 길게 한숨을 내뱉는다.

「선생님이 하라는 〈짐승 같은〉 짓을 곱씹어 생각할수록
너 같은 〈짐승〉이 나와 별반 다르지 않게 느껴져.」

말끝에 소녀가 걸쇠를 위로 올려 조심스럽게 케이지 문을
열고 생쥐를 풀어 준다. 쥐가 잽싸게 밖으로 나와 교실을 돌
아다닌다. 잠시 후, 탐색을 마친 쥐가 대형 케이지 앞으로 다
가간다.

「친구들이랑 같이 있고 싶은 모양이구나?」

니콜 오코너가 이번에는 새하얀 털옷을 입은 자그마한 죄
수들로 복닥거리는 케이지의 문을 열어젖힌다.

설치류들이 우르르 쏟아져 나온다.

금발 아이가 한술 더 떠 가느다란 자를 교실 문 열쇠 구멍
에 집어넣고 힘을 준다. 잠겨 있던 문이 활짝 열린다. 썰물처
럼 빠져나간 생쥐 640마리가 순식간에 오스트레일리아 멜
버른시 제임스쿡 중학교 복도를 점령한다.

여자들의 높고 날카로운 비명 소리가 교실 안으로 밀려들
어 온다. 이내 남자들의 굵은 비명 소리가 가세한다.

니콜이 회심의 미소를 짓는다.

쥐들의 숫자가 인간들을 압도한 거야. 덩치도 훨씬 크고 힘도 비교할 수 없이 센 인간들이 고작 쥐 떼 앞에서 공포에 덜덜 떠는 꼴이라니.

아이가 교실 밖으로 머리를 내밀어 자신이 초래한 혼란을 흐뭇하게 구경한다. 태어남과 동시에 박탈당했던 자유를 마침내 되찾은 쥐들이 희열을 만끽하며 공황 상태의 인간들 사이를 내달린다.

아이들이 잽싸게 의자 위로 몸을 피하는가 하면 발을 동동 구르며 괴성을 지르기도 한다. 발꿈치로 생쥐를 짓찧으려고 헛수고를 하는 아이들도 있다.

케이지에 갇힌 동물을 죽이기가 제멋대로 돌아다니는 동물을 죽이기보다 당연히 쉽겠지?

본능적으로 밀집 대오를 형성한 쥐 떼가 복도를 질주하며 거인들을 공포로 몰아넣는다. 그들의 시야에는 인간들의 발과 다리만 보인다.

혼비백산해 우왕좌왕하기는 교사들도 마찬가지다. 관리실 직원들이 달려와 빗자루를 휘둘러 대지만 요리조리 내빼는 작고 날쌘 생쥐들을 때려잡기가 쉽지 않다.

니콜 오코너가 교실을 걸어 나와 〈휘하의〉 쥐 부대가 길을 터놓은 복도를 느긋하게 걸어간다. 주변의 학생들과 교사들은 이 〈난리〉를 주도한 사람이 니콜이라는 사실을 막 깨닫는 눈치다. 함부로 대해선 안 되는 아이라고 생각하고 있을 게 분명하다.

이게 다 선생님이 날 교실에 혼자 감금해서 벌어진 일이야.

내 경고를 듣지 않았어.

혼자 있는 걸 〈못 견딘다고〉 그렇게 말했는데…….

2

안 돼, 이건 도저히 그냥 지나칠 수가 없어.

같은 날, 오스트레일리아에서 1만 6천 킬로미터 떨어진 미국 뉴욕의 한 중학교. 니콜과 동갑내기인 아이 모니카 매킨타이어가 학교 복도에서 마음을 몹시 불편하게 만드는 장면을 목격하고 있다.

여자아이 셋과 남자아이 둘이 바닥에 쪼그려 앉아 울고 있는 한 아이를 빙 둘러싸고 발길질을 해댄다. 맞은 아이가 고통스러워하며 신음 소리를 낸다. 가학자들이 희희낙락 소녀를 내려다본다.

「더러운 변태 계집애!」

「네가 딴 여자애랑 키스하는 걸 우리가 다 봤어.」

「맞아야 정신 차리지, 응?」

맞고 있는 소녀는 모니카와 일면식도 없는 사이지만 못 본 척할 수는 없다.

저렇게 여럿이 떼를 지어 한 사람에게 달려드는 건 참을 수 없어.

모니카가 당장 눈앞의 소화기를 집어 들고 무리를 향해 걸어간다. 안전핀을 뽑은 다음 의도적으로 다섯 가해자의 눈을 겨냥해 분말을 분사한다. 아이들이 깜짝 놀라 물었던 먹잇감

17

을 놓는다. 백색 눈가루를 얼굴에 뒤집어쓴 아이들이 마치 좀비처럼 모니카를 향해 몸을 튼다. 모니카가 이들을 제지하기 위해 재빨리 다시 소화기 손잡이를 누른다.

사내아이 하나가 얼굴에 덮인 가루를 걷어 내고 눈을 비비면서 모니카를 잡으려고 팔을 뻗는다.

모니카가 반사적으로 소년의 가랑이를 향해 소화기를 던진다. 사내아이가 비명을 지르며 바닥에 쓰러져 아랫배를 움켜쥐고 떼굴떼굴 구른다.

소리를 듣고 달려온 학교 아이들의 눈이 휘둥그레진다. 얼굴에 백색 가루를 뒤집어쓴 아이 넷, 바닥에 쓰러져 신음하는 아이 하나, 머리가 헝클어진 채 훌쩍이고 있는 또 다른 아이 하나.

멀리서 체육 선생님이 달려온다. 그의 표정이 순식간에 일그러진다. 그가 끙끙거리는 소년의 어깨를 토닥이며 호흡을 가다듬게 도와준다.

모니카가 비켜서서 소년을 무표정하게 바라본다.

「너 미쳤구나!」

교사가 호통을 친다.

검은 머리를 길게 기른 소녀가 똘망똘망한 눈으로 교사를 쏘아본다. 상대방의 모습이 그대로 비치는 소녀의 커다랗고 맑은 은회색 눈동자는 마치 거울을 연상시킨다.

모니카가 아무런 대꾸도 하지 않는다.

자초지종을 설명하는 건 무의미한 일이야. 지금 내 앞에 있는 어른은 어차피 나는 어려서 아무것도 모르고 자기는 다 안다고 생각할 테니까.

학생들이 더 몰려와 웅성웅성거리자 불편해진 모니카가 슬그머니 자리를 뜬다.

동류 인간들의 호들갑과 소란스러움은 참아 내기 힘들어.

모니카가 얼른 화장실 안으로 들어가 문을 잠그고는 변기 시트에 앉아 생각에 잠긴다.

자기들끼리 북 치고 장구 치고 해보라지.

난 혼자 조용히 있는 게 좋아.

저런 멍청이들의 존재를 〈견딜 수가 없어〉.

3

「대체 무슨 생각으로 그런 거야?」

니콜 오코너는 생쥐 640마리를 탈출시킨 사건 때문에 기숙 학교인 제임스쿡 중학교에서 퇴학 처분을 받았다.

그녀는 뉴사우스웨일스주, 피터버러에서 멀지 않은 해안가 목장에 와 있다. 목장주인 아빠 루퍼트 오코너의 이니셜을 따 〈ROC〉라고 이름 붙인 양 떼 목장이다.

부녀가 나란히 테라스에 앉아 있다.

눈앞의 풍경이 니콜의 마음을 편안하게 만들어 준다. 오른쪽으로 드넓은 목장이, 왼쪽으로 완만한 경사를 이룬 언덕이, 정면으로는 대양을 굽어보는 절벽이 펼쳐져 있다.

「선생님이 날 혼자 교실에 있게 했단 말이에요…….」

소녀가 볼멘소리로 대꾸한다.

아빠가 기숙 학교 교장이 보낸 통지문을 들여다본다.

「……그랬구나. 네가 생명 과학 수업 시간에 실험을 하지 않겠다고 해서 벌을 준 거라는데.」

「나한테 생쥐를 고문하라는데 어떡해요.」

니콜이 아빠를 빤히 쳐다보더니 한마디 덧붙인다.

「그 일이 아니더라도 난 혼자 있는 건 정말이지 견딜 수가 없는걸요.」

「아, 그래……. 그건 왜지?」

「누가 나한테 관심을 가져 주지 않으면 내가…… 존재하지 않는다는 느낌이 들어요.」

아빠가 한쪽 눈썹을 찡긋 추켜올린다.

「네가 〈존재하지 않는다〉는 느낌이 든다고?」

소녀가 큰 목소리로 일부러 또박또박 말한다.

「난 혼자 있는 걸 견딜 수 없어요.」

니콜은 그 고립무원의 순간을 다시 떠올리기만 해도 몸에 소름이 끼치는 것을 느낀다.

「절대, 절대로 못 견뎌요. 나를 쳐다보는 사람이 아무도 없는 방에 혼자 갇혀 있는 그 악몽 같은 순간은 두 번 다시 겪고 싶지 않아요. 난 사람들의 시선이 느껴져야 살 수 있어요. 주변 사람의 냄새를 맡아야 살 수 있다고요. 난 사람들이 늘 곁에 있어야 한단 말이에요.」

「그게 생쥐랑은 무슨 상관이지?」

「우리가 같은 처지라고 느꼈어요. 쥐를 풀어 주고 나니까 비로소 나에 대해서도, 그리고 생쥐에 대해서도 〈불편한 감정〉이 사라졌어요. 동류와 재회하는 순간 생쥐도 나도 다시 존재할 수 있게 됐고요.」

루퍼트 오코너가 무슨 말인지 알겠다는 뜻으로 고개를 끄덕인다.

「다른 사람들과 항상 같이 있고 싶은 게 나쁜 거예요?」

생각에 잠길 때면 늘 그러듯 아빠가 손가락으로 턱 끝을 톡톡 친다.

「사회성이 좋은 건 당연히 장점이야. 하지만 사람들과 같

21

이 있고 싶은 마음이 너무 간절하다 보니 이번엔 네가 좀 〈도를 넘어서는〉 행동을 한 것 같아.」

자신을 이해하게 만들기가 어렵다고 느껴 속이 상한 니콜이 어깨를 으쓱해 보인다.

「아빠 눈엔 내가 아고라포비아 같아요?」

「아니, 아고라포비아는 개방된 장소에 있을 때 공포를 느끼는 걸 말해. 우리가 정확한 의미를 모르고 사용하곤 하는 단어지. 네 경우는 오토포비아에 해당한다고 보는 게 맞아.」

「그게 뭐예요?」

「오토포비아는 혼자 있기를 꺼리는 거야. 그리스어에서 유래한 단어로, 〈자기 자신〉을 뜻하는 auto와 〈공포〉를 뜻하는 phobia가 합쳐진 거지.」

「오토포비아? 표현이 마음에 들어요. 좋아요, 난 오토포비아예요. 그런데 이게 병이에요? 고칠 수 있어요?」

「가능할 거야. 하지만 벌을 주거나 죄책감을 심어 주는 방법으로는 안 될걸. 암, 안 되고말고. 더군다나 우리 딸은.」

루퍼트가 딸을 꼭 안아 준다.

「아빠도 너랑 똑같아, 니키. 아빠 역시 혼자 있는 걸 좋아하지 않아. 늘 주변에 사람이 있어야 마음이 편안해져. 북적북적한 게 좋아. 그리고 이 얘긴 너한테 처음 하는 건데, 지금까지 아빠가 이룬 모든 것은 개인주의를 배척하고 집단의 힘을 믿었기 때문에 가능했어.」

레이스 달린 새하얀 원피스를 입은 니콜의 얼굴이 환하게 펴진다. 장신의 거구에다 굵은 목에 힘줄이 불끈 서 있고 턱은 두 갈래, 배는 불룩하게 나온 아빠의 품에 안긴 아이의 모습이 유난히 더 작고 가냘파 보인다.

　더운 날씨 탓에 루퍼트가 연신 손수건으로 이마의 땀을 찍어 낸다. 그가 딸에게 레모네이드를 건네고 나서 흔들의자에 앉아 몸을 흔든다.

　「고립된 개개인의 뛰어난 능력보다, 함께하는 집단의 숫자에서 나오는 힘을 믿어야 한단다.」

　루퍼트가 상아와 진주로 만든 상자에서 시가 한 개비를 꺼내 냄새를 맡고 나서 두툼한 손으로 만지작거린다. 시가 겉면에 〈로메오 이 훌리에타〉라는 브랜드명이 붙어 있다.

　루퍼트가 명품 시가를 커터에 끼워 끄트머리를 살짝 잘라 내고 입에 물더니 작은 토치 라이터로 불을 붙인다.

　「넌 본성이 착한 애야, 니키. 그동안 떨어져 지내느라 널 자주 못 만난 게 아빠는 여간 후회스럽지 않아. 이왕지사 이렇게 됐으니 목장에서 아빠랑 같이 지내면서 원격 수업을 듣는 게 어떻겠니. 우리 둘이 예전처럼 많은 시간을 함께 보낼 수 있을 거야.」

　그가 푸르스름한 담배 연기를 내뿜는다.

　「전화위복이라는 말이 있어. 나쁜 일이 오히려 좋은 일이 될 수도 있다는 뜻이야. 어쨌든 그동안 아빠가 너를 잘 돌보지 못해서 미안해. 네 엄마가 죽고 나서 떨어져 지냈던 시간을 앞으로 만회해 볼 생각이야. 네가 아빠랑 같이 살면서 공부도 계속하고 목장을 물려받을 준비도 하면 좋겠구나.」

　레모네이드를 홀짝이면서 얘기를 듣는 니콜의 귀에 컹컹 짖는 소리와 함께 양들의 울음소리가 들려온다. 한 무리의 양 떼가 목장으로 돌아오고 있다. 말 등에 앉아 양들과 나란히 걷고 있는 거만한 자세의 양치기가 보인다. 모자에 오스트레일리아산 뱀 가죽으로 만든 띠가 둘러져 있는 것만 빼면 영락없이 서부 개척 시대 카우보이다. 개 한 마리가 그의 옆을 뛰어다니고 있다. 니콜이 눈을 가늘게 오므린다. 아빠가 그녀의 네 살 생일 때 선물로 데려온 보더콜리 마오다.

마오가 어엿한 양치기 개가 됐네.

양치기가 휘파람을 불자 개가 양 떼를 한쪽으로 몰기 시작한다. 양들이 걸음을 멈추고 차분해지더니 철책 안으로 천천히 들어간다.

「저 양들을 잘 관찰해 두렴, 네 스승이니까. 양들은 무리를 이룰 때 한 마리 한 마리의 지능을 단순히 합한 것보다 훨씬 높은 지능을 발휘한단다. 저들의 힘은 바로 집단에서 나와. 〈에그레고르〉에서 말이야. 너한테는 생소하게 들릴 이 단어는 라틴어 에그레기우스egregius에서 파생된 말이야. 일상에서는 군집 본능, 다시 말해 무리를 이루려는 본능을 가리킬 때 쓰이지. 양 떼의 에그레고르가 바로 저들의 힘이야. 양들은 집단을 이뤄 모든 문제의 해결책을 찾아내. 〈무적의 집단〉이 되면 다른 동물이나 사람을 두려워하지 않지.」

지평선 너머로 지는 해를 받아 양들의 몸이 붉게 물든다.

「하지만 인간과 개가 저 양들을 이끌어 주고 있잖아요.」

니콜이 울타리 안으로 들어가는 양 떼에게서 눈을 떼지 않은 채 레모네이드를 마시면서 대답한다.

「인간과 개가 없다면 양들은 어디로 가야 하는지도 모를 거예요.」

루퍼트가 흔들의자에 앉은 몸을 앞으로 숙이면서 딸에게

눈을 찡긋한다.

「겉모습만 보고 판단하면 안 돼. 스스로 의식하지 못할 뿐이지 저 양들이 집단 지성으로 개와 인간을 이끌어 주고 있는지도 모르니까.」

니콜이 눈을 똥그랗게 뜨자 루퍼트가 흡족해하며 말을 잇는다.

「게다가 말이야…… 그 반대라고 우리가 믿게 할 만큼 양들의 집단 지성이 뛰어난 것일 수도 있지.」

말끝에 루퍼트가 호쾌한 웃음을 껄껄 웃는다.

「굳이 그렇게 할 이유가 뭘까요?」

니콜이 고개를 갸웃거린다.

「양들이 인간을 이용하는 거지. 털이 너무 자라면 더우니까 잘라 줄 사람이 필요하잖아. 양의 입장에서 한번 생각해 봐. 털이 덥수룩하게 자라면 얼마나 불편하겠니. 무더위에 파카를 걸치고 지내는 것과 다를 바 없지. 저 양들은 최소한 평생 무료 〈이발〉 혜택은 누리잖아. 어디 그뿐인가. 때 되면 꼬박꼬박 밥 주지, 잠자리도 주지, 게다가 포식자들로부터 안전하게 지켜 주기까지 하지.」

아빠의 독창적인 〈양 떼 권력론〉에 니콜이 갈수록 흥미를 보인다.

「양들은 〈자연 상태〉에서는 절대 누리지 못할 의료 혜택까지 누려. 한마디로 인간을 부려 먹으면서 편하게 살 최상의 방법을 찾아낸 거야.」

루퍼트가 또 한 번 크게 웃음을 터뜨린다.

「한 번도 그런 식으로 생각해 보진 않았어요.」

니콜이 아빠를 쳐다본다.

루퍼트가 꺼진 시가에 다시 불을 붙이고 나서 으쓱하며 대답한다.

「이제 양들의 비밀을 알았지? 인간들은 잘 모르지만 양들은 우리를 이용하고 있어. 양들의 권력은 바로 〈집단 지성〉에서 나오는 거야.」

4

「네가 무슨 짓을 저질렀는지 알기나 해?」

오스트레일리아 ROC 목장과 열네 시간의 시차가 있는 뉴욕시. 모니카 매킨타이어가 전혀 다른 풍경 속에서 하루를 시작한다. 그녀는 엄마인 제시카와 함께 문어 발처럼 뻗어 있는 미국 대도시의 지하철을 타고 있다.

「폭행당하는 애를 어떻게 못 본 척해요. 걔도 걔지만 난 사람들이 자기보다 약한 사람 하나를 지목해 이리 떼처럼 달려드는 건 참을 수 없어요.」

「내가 보기에 넌 그냥 사람이 싫은 거야.」

「둘 이상 모이는 순간 사람들은 바보가 돼요. 그 집단의 어리석음을 못 참겠어요. 숨이 막혀요.」

「너 같은 사람을 지칭하는 표현이 있는 걸 아니?」

「미장트로프요?」

「아니, 미장트로프는 단순히 다른 사람을 싫어하는 걸 가리키는 말이고, 너 같은 경우는 〈안트로포비아anthrophobia〉가 더 적합해. 다른 사람에게 병적인 공포를 느끼는 사람을 지칭하는 표현이지. 그리스어에서 유래했는데, 인간을 뜻하는 anthropos와 공포를 뜻하는 phobia가 합쳐진 거야.」

「알려 줘서 고마워요, 엄마. 엄마 말이 맞아요. 난 안트로

포비아예요.」

「네가 그 사내애를 아주 호되게 때린 모양이더구나. 교장 선생님께서 네가 괴롭힘을 당하는 여자애를 도와주려고 한 행동이었기 때문에 일종의 정당방위로 간주하겠다고 하셨어. 하지만 또다시 이런 일이 벌어지면 그때는 처벌을 내릴 수밖에 없대.」

모니카가 형광등 불빛 때문에 눈이 부셔 자꾸 눈을 비빈다. 열차가 요란한 소리를 내며 터널을 지나간다. 끼익하는 소리와 함께 차체가 털컹하고 요동을 쳤다가 자동문이 좌우로 열린다.

접이식 의자에 앉아 있던 매킨타이어 모녀가 자리에서 일어난다. 열차가 정거장에 설 때마다 사람들이 쏟아져 들어와 도저히 자리를 지킬 재간이 없다.

역에서 한 번 정차할 때마다 객차 안은 더 비좁아진다. 열차는 마치 거대한 짐승처럼 사람들을 삼키면서 앞으로 나아간다. 1제곱미터당 한 명이던 승객 밀집도가 순식간에 두 명으로 늘어난다. 다시 바퀴가 선로에 마찰하는 소리. 차체가 요동하며 정거장에 멈추자 문이 열리고 또 승객들이 밀려들어 온다. 밀폐된 좁은 공간이 금세 승객들로 가득하다. 어린 모니카가 사람들 사이에 끼어 몸을 옴짝달싹하지도 못한다.

몸에 기분 나쁜 소름이 쫙 끼친다. 옆 사람의 가쁜 숨소리가 귀에 몹시 거슬린다.

「오른쪽으로 몸을 바짝 붙여.」

딸의 상태를 눈치챈 제시카가 귓속말을 한다.

열차가 커브를 돌 때마다 모녀의 몸은 마치 헝겊 인형처럼 이쪽저쪽으로 쏠리며 사람들과 부대낀다.

다음 정거장. 또다시 쏟아져 들어오는 인파.

승객 밀집도가 높아지자 객차 안 공기가 탁해 가슴이 답답하게 느껴진다. 자동으로 세기가 세진 에어컨이 시끄러운 소음과 함께 바람을 내뿜는다.

또 다른 정거장. 밀고 들어오는 승객들.

승객 밀집도 1제곱미터당 세 명.

모니카가 어금니를 힘주어 악문다.

하지만 이제 시작일 뿐이다. 쉰 명 가까운 승객들이 빽빽이 들어찬 객차 안은 금세 숨 쉬기조차 힘들어진다. 누군가 모니카의 발을 밟고는 웅얼웅얼 미안하다고 한다.

모니카가 주먹을 질끈 쥔다.

옆 사람의 손이 엉덩이를 스치는 게 느껴진다.

모니카가 상대를 째려보면서 심호흡을 한다. 냉정을 잃지 않으려고 안간힘을 쓴다.

침착해야 돼.

다시 열차가 서자 또 쏟아져 들어오는 사람들.

1제곱미터당 밀집도 네 명. 설상가상으로 모니카 옆의 키다리 소년이 껌을 짝짝 씹어 댄다.

다들 이 악몽 같은 시간을 어떻게 견디지? 선사 시대 사람이 타임머신을 타고 와서 이 광경을 목격한다면 〈이런 걸 발전이라고 부른다면 난 기꺼이 사양하겠어〉 하고 생각할 거야.

다시 열차가 멈추고 문이 열린다. 객차 안 승객들이 자리를 좁히느라 옴짝옴짝 움직이는 사이 승강장에 있던 사람들이 안으로 밀려들어 온다. 승차를 포기하는 사람들도 있지만 몇몇은 억지로 몸을 욱여넣는다.

「더 탈 자리 없는 거 안 보여요?」

노인 하나가 승강장을 향해 소리를 지른다.

「죄송하지만 저도 출근은 해야 해서.」

「다음 열차를 타요.」

「어차피 마찬가지예요.」

열차 안으로 간신히 몸을 넣은 남자가 대답한다.

삐 하고 날카로운 소리가 울려 자동문이 곧 닫힘을 알린다. 발이나 팔, 가방이 끼어 있어 문이 스르르 닫히다 다시 열리기를 반복한다. 승객들이 구시렁거리면서도 몸을 움츠려 간격을 더 좁힌다. 드디어 문이 닫힌다.

모니카의 호흡이 불규칙해진다.

문 테두리에 황산을 바른 큼지막한 칼날을 붙여 삐져나오는 건 무조건 잘라 버리게 하면 간단히 해결될 일인데.

문이 완전히 닫혔음을 알리는 안내음이 들려오더니 덜커덕하면서 열차가 다시 움직이기 시작한다. 그제야 비좁은 객차 안에 집단적인 안도감이 퍼진다. 열차가 속도를 낸다.

객차 안 승객의 숫자는 어느새 1백여 명에 육박한다.

공기가 답답해서 숨 쉬기도 힘들어. 사람들이 호흡을 멈추면 얼마나 좋을까. 열차에 타는 순간 일제히 무호흡 상태가 되면 이렇게 공기가 탁해지고 썩은 내가 진동하지는 않을 텐데.

이때 누가 응답이라도 하듯 크게 방귀를 뀐다. 승객들이 짜증스럽게 고개를 두리번거리며 소리의 진원지를 찾는다. 남자애 하나가 킥 하고 웃음을 터뜨리자 어른들이 인상을 찡그리며 코를 막는다.

열차가 요동을 치자 이내 승객들의 주의가 다른 곳으로 쏠린다.

또 다른 정거장. 또다시 밀려들어 오는 인파.

1제곱미터당 밀집도 다섯 명.

모니카는 에드몽 웰스가 쓴 『상대적이며 절대적인 지식의 백과사전』에서 1제곱미터당 인구 밀집도가 일곱 명을 넘으면 질식 위험이 있다고 읽었던 기억을 떠올린다. 지금까지의 최고 기록은 아홉 명인데, 이는 욕조 하나에 아홉 명이 들어가 있는 상태와 같다고 책에 쓰여 있었다.

「난 내릴래요!」

모니카가 비명에 가까운 소리를 지른다.

정거장에 열차가 서고 문이 열리는 순간 그녀가 도망치듯 객차 밖으로 뛰어나간다. 제시카가 황급히 뒤따라 내린다. 모니카가 계단을 뛰어 올라가 밖으로 나간다. 양 무릎에 손을 짚고 서서 가쁜 숨을 몰아쉰다.

「〈안트로포비아〉 증세인가 봐요.」

모니카가 뒤따라온 엄마에게 미안해하며 말한다.

「어쨌든 넌 학교에 가고 엄마는 회사에 가야지.」

제시카가 핸드백을 열어 발륨정 한 알을 딸에게 꺼내 준다. 모니카가 물 없이 알약을 꿀꺽 삼킨다. 항불안제가 금세 효과를 발휘해 모니카의 숨소리가 고르게 변한다.

「다시는 지하철 타기 싫어요.」

모니카가 선언하듯 말한다.

「엄마가 운전도 못하고 차도 없으니 어쩔 수 없단다. 그리고 이런 러시아워에는 어차피 차가 있어도 달라질 게 없어.

택시도 마찬가지고. 길에 서서 꼼짝도 못 할 테니까.」

「얼마든지 더 일찍 일어날 수 있어요. 필요하면 새벽 5시
에도.」

「어쨌든 우리 집 형편에 매일 택시를 탈 순 없어.」

「그럼 자전거를 타고 갈래요.」

「그건 너무 위험해.」

「차라리 걸어서 갈게요. 오늘 같은 지옥만 피할 수 있다면
못 할 게 없어요.」

백과사전
지하철 밀집도

도쿄 신주쿠역은 지구상에서 가장 유동 인구가 많은 장소로 알려져 있다. 열한 개 노선이 지나가는 이 역을 이용하는 승객이 하루 3백만 명이 넘다 보니 늘 발 디딜 틈이 없다. 신주쿠역을 통과하는 열차들이 실어 나르는 승객의 수는 연간 13억 명이 넘는다고 한다. 열차가 항상 붐비는 탓에 역에는 비좁은 객차 안으로 승객을 밀어 넣어 문이 닫히게 하는 일을 하는 사람들이 근무한다.

이 특별한 기술을 발휘하는 사람들을 일본어로 〈오시야〉라고 한다. 이들은 흰 장갑을 끼고 승객들의 등을 떠밀어 최대한 많은 인원을 열차 안에 꽉꽉 채워 태운다.

에드몽 웰스,
『상대적이며 절대적인 지식의 백과사전』

5

니콜 오코너가 가슴을 펴고 숨을 깊이 들이마신다. 지척의 바다에서 아이오딘을 품은 싱그러운 냄새가 바람에 실려온다.

불그스름하게 물든 하늘에서 구름이 풀어져 흩어지며 니콜의 눈에 굴절된다. 계곡으로 노을이 퍼지기 시작한다. 오른쪽 절벽을 뒤덮은 갈매기 떼가 허연 날개를 퍼드덕거리며 끼룩끼룩 명랑한 울음소리를 낸다.

루퍼트가 시가 연기를 푹 내뿜고 나서 손목시계를 내려다보더니 딸에게 말한다.

「자, 아빠가 목장에 새로 설치한 시설물들을 구경시켜 줄 테니 가자. 언젠가는 네가 이 목장을 물려받아 경영하게 될 거니까 미리 봐두는 게 좋을 거야.」

부녀가 거대한 창고 안으로 들어서자 양털을 깎느라 분주한 인부들이 보인다. 정면으로 보이는 벽에 목장 로고인 양 세 마리가 그려져 있고 그 위에 사훈이 적혀 있다. 〈단결이 곧 힘이다.〉

창고에 밴 강한 냄새 때문에 니콜의 코끝이 아릿해 온다.

양쪽에 철책을 세워 만든 통로를 따라 양들이 천천히 움직이는 모습은 마치 어떤 의식의 한 장면처럼 느껴진다. 멜빵

청바지를 입은 인부들이 양을 한 마리씩 잡아 옆으로 눕혀 놓고 능숙한 손놀림으로 털을 깎는 모습을 니콜이 신기해하며 쳐다본다.

묵직한 털옷을 벗어 홀가분해진 듯한 양들이 깡충깡충 뛰어 먼저 이발을 마치고 기다리는 무리 쪽으로 향한다.

「기분이 좋아져 이발소를 나서는 손님을 보는 것 같지?」

루퍼트가 입에 문 시가를 빼면서 딸을 쳐다본다.

「아빠가 이만큼 재산을 일굴 수 있었던 건 다…… 저 양털 덕분이야. 양모는 세계적으로 여전히 수요가 많아. 그리고 우리 양털은 최고의 품질을 자랑하지. 우리 목장에는 마리당 1만 달러가 넘는 메리노종도 꽤 있어」.

니콜이 고개를 크게 한 번 끄덕여 감탄을 표한다.

「나중엔 어떻게 돼요?」

니콜이 아빠를 빤히 쳐다본다.

「어떻게 되다니? 뭐가 말이야?」

「나중에 〈우리〉 양들한테 무슨 일이 일어날지 궁금해요.」

「우리는 양들을 〈마지막〉까지 관리한단다. 그 세세한 건 네가 흥미를 느낄 만한 내용이 아니야.」

「그래도 알고 싶어요.」

루퍼트가 미간을 살짝 모으며 딸을 쳐다보더니 앞장서 건물 뒤쪽으로 걸어간다. 잎이 무성한 관목으로 울타리를 둘러친 뒤쪽에 창고가 하나 더 있다. 안으로 들어가자 양들의 귀에 번호와 바코드를 새긴 플라스틱 인식표를 귀걸이처럼 달아 주는 작업이 한창이다.

「여기 양들은 우리 목장 VIP인 사우디아라비아 고객들한테로 가게 돼. 그 사람들이 메슈위라는 양 통구이 요리를 아주 좋아해서 후한 값을 치르고 사 가지. 이드 축제 때 우리가 산 채로 양들을 보내면 거기서 받아 직접 목을 따 사용해. 그들의 오랜 관습이라고 하더구나.」

니콜이 눈을 반짝거리며 사방을 둘러보다 바깥에 있는 또 다른 창고를 손으로 가리킨다.

「저 창고의 양들은 뭐죠?」

「그 양들은 사우디아라비아 시장에 파는 게 아니라서 일반적인 방식에 따라 처리한단다.」

창고 안으로 들어서자 갈고리에 거꾸로 매달린 양들이 레일을 따라 천천히 이동하는 게 보인다. 레일이 끝나는 지점에 이르러 양들이 니콜의 눈앞에서 사라지고 나서 마치 울음소리 같은 전기톱 톱날 돌아가는 소리가 들린다.

루퍼트가 역한 피 냄새를 덮기 위해 시가에 다시 불을 붙여 입에 문다.

「그동안 아빠가 너한테 많은 시간을 할애하지 못해 정말 미안하게 생각해, 니키. 앞으로 만회해 볼게. 이번 일을 계기 삼아 더 노력하마. 네가 있을 곳은 여기, ROC 목장이야. 더 좋은 아빠가 되겠다고 약속할게.」

루퍼트의 휴대폰이 울린다. 그가 자리를 옮겨 한참 통화를 하더니 휴대폰을 손으로 가리키며 딸을 향해 소리친다.

「미안하지만 아빠가 중요한 일이 생겨서 널 조슈아한테 맡기고 가봐야겠어. 아까 뱀 가죽 두른 모자를 쓴 카우보이 봤지? 우리 목장 제일의 양치기야.」

6

「드디어 모두가 기다리던 날이 왔어요. 학급 대표를 뽑는 투표에 들어가기 전에 먼저 두 입후보자의 각오부터 들어 보기로 하죠. 모니카, 너부터 시작할래?」

검은 머리에 은회색 눈을 가진 소녀가 자리에서 일어나 교탁 앞으로 걸어 나온다. 소녀가 반 아이들과 차례로 눈을 맞추고 나서 말문을 연다.

「학우 여러분이 잘 아시다시피 우리 반 1등이 바로 저입니다.」

카랑카랑한 목소리가 카리스마를 뿜어낸다. 모니카가 차근히 말을 이어 나간다.

「여러분이 뽑아 주신다면, 제 머리를 학급 전체의 이익을 대변하는 데 쓰겠습니다. 그리고 여러분 한 사람 한 사람을 따로 만나 고민과 불만, 요구를 들은 뒤에 학급 운영에 모두 반영하도록 하겠습니다. 학우 여러분과 학교 운영진 사이에 갈등이 발생해 제가 나서야 한다면, 반드시 여러분 편에 서서 문제를 해결하겠습니다. 제가 여러분께 드리고 싶은 말씀은 하나입니다. 진지한 후보인 저에게 표를 주세요.」

박수를 기대하며 좌중을 휘둘러보던 모니카가 실망해 자리로 돌아가 앉는다.

어색한 분위기를 감지한 교사가 손에다 헛기침을 하고 나서 말한다.

「수고했어, 모니카. 자, 이번에는 다른 후보인 프리실라의 변을 들어 볼까요?」

긴 말총머리에 빨간색 리본을 단 소녀가 교탁으로 나오지 않고 자기 자리에서 선 채로 말문을 뗀다.

「학우 여러분은 저에 대해서도 잘 아실 겁니다. 저는 상대 후보와는 딴판이에요. 일단 성적이 별로 좋지 않아요. 저 스스로 똑똑하다고 생각하지도 않고요. 상대 후보처럼 진지하지도 않죠. 게다가 노력형도 아니에요. 무슨 일이든 대충대충 하는 편이니까. 그런데 바로 이런 점이 여러분이 제게 표를 던져야 하는 이유입니다. 제 모습이 곧…… 여러분의 모습이니까요.」

논리가 적중했는지 와르르 웃음이 터진다.

우쭐해진 프리실라가 자신감에 찬 목소리로 덧붙인다.

「어쨌든 저는 친구 가랑이를 향해 소화기를 내던지지 않고 열심히 일해 보겠습니다.」

모니카의 표정이 일그러지는 것을 본 아이들이 신이 나서 와자지껄 떠들어 댄다.

교사가 야단을 치자 아이들이 금세 다시 조용해진다. 교사가 지켜보는 가운데 아이들이 한 명씩 앞으로 나가 이름을 적은 쪽지를 모자에 넣는다.

잠시 후, 교사가 직접 개표를 시작한다.

「자, 총 서른다섯 표 중에 프리실라가 스물네 표, 모니카가 세 표를 얻었고 나머지 여덟 표는 기권이에요. 이것으로 프리실라가 우리 반의 새로운 대표로 선출됐음을 알립니다.」

당선자가 자리에서 일어나 감사의 뜻으로 반 아이들을 향해 고개를 까딱하자 박수갈채가 터져 나온다.

7

혼자 테라스로 돌아온 니콜이 흔들의자에 앉아 몸을 흔들며 바다를 바라보고 있다. 양치기 조슈아가 말에서 내려 천천히 걸어오는 모습이 보인다.

조슈아가 카우보이모자를 벗더니 목에 맸던 머플러를 풀어 얼굴의 땀을 닦는다. 니콜이 레모네이드를 권하자 그가 고개를 가로젓고는 냉장고에서 캔맥주를 하나 꺼내 들고 와 자리에 앉는다.

「니콜 아가씨가 돌아와 우리 목장 식구들이 다 얼마나 좋아하는지 몰라요. 물론 나부터도 그렇고요. 아버님께서 틈만 나면 우리 앞에서 아가씨 자랑을 하셨어요. 흠잡을 데 하나 없는 딸이라고. 눈에 콩깍지가 씌어 하시는 소린지는 모르지만, 어쨌든 아가씨 자랑을 낙으로 삼는 분이에요.」

멀리서 보더콜리가 니콜을 향해 달려오더니 혀를 빼물고 침을 흘리면서 꼬리를 흔들어 댄다.

니콜이 몸을 쓰다듬어 주자 개가 웃는 듯한 표정으로 소녀를 쳐다본다.

「아가씨가 처음 보는 개는 아니죠?」

「마오요? 어릴 때 마오랑 많이 놀았어요. 내가 네 살 때 아빠가 마오를 집에 데려왔거든요. 오랜만에 만나니까 무척 반

40

가운가 봐요. 마오가 날 잊지 않아 줘서 너무 기뻐요.」

개가 쉴 새 없이 꼬리를 흔들어 대면서 길고 물컹한 혓바닥으로 니콜의 손등을 핥아 준다.

「아가씨 냄새를 기억하는 모양이에요. 개들은 기억력이 아주 좋대요. 특히 보더콜리는 지능이 상당히 높은 견종 중 하나라던데요?」

이 말에 니콜이 뭔가 생각난 듯 벌떡 일어나 저택 안으로 들어가더니 너덜너덜한 분홍색 헝겊 토끼 인형을 손에 들고 나온다.

보더콜리가 인형을 보자마자 신이 나서 컹컹 짖어 댄다.

니콜이 인형을 멀리로 홱 던진다.

마오가 순식간에 달려가 인형을 입에 물고 돌아와서 니콜의 발 앞에 내려놓는다. 기적을 다시 재현할 수 있게 해달라는 뜻으로 개가 니콜을 올려다보며 헥헥댄다.

「이 녀석이 자기 애착 인형을 기억하는 모양이네요.」

조슈아가 신기해한다.

니콜이 또 한 번 장난삼아 인형을 던지자 보더콜리가 잽싸게 가서 물고 돌아온다.

「마오 이 녀석을 기쁘게 해주는 데는 이 방법이 최고인 것 같군요.」

벌써 개가 니콜을 보고 컹컹 짖어 대며 인형을 던지라고 재촉하자 조슈아가 미간을 모으며 자리에서 일어난다.

「이만 일어나 볼게요. 가서 말을 돌봐야 해요.」

혼자 남는 건 질색이지만 딱히 조슈아를 붙잡아 둘 말이 떠오르지 않아 니콜이 고개를 끄덕인다.

이런 순간을 끔찍이 싫어하는 아이는 무슨 일이든 일어나길 기다린다.

불개미 떼가 검은 전갈 한 마리를 에워싸고 물어뜯는 광경이 눈에 들어오는 순간 아이가 아빠의 말을 떠올린다. 〈집단은 언제나 개인을 이기게 돼 있어. 그만큼 집단은 힘이 세.〉

니콜은 〈단결이 곧 힘이다〉라는 목장의 사훈을 빤히 쳐다보다가 울타리 안 양 떼로 시선을 돌린다.

아빠 말대로 양들이 정말 그렇게 똑똑할까?

집단을 형성하는 게 과연 저들의 의식을 고양시킬까?

저 양들이 우리를 집사처럼 부린다는 게 사실일까?

니콜이 토끼 인형을 집어 들어 다시 멀리 던지자 마오가 벼락같이 뛰어가 전리품을 물고 돌아온다.

풀을 뜯던 양들이 동작을 멈추고 개를 곁눈질로 쳐다본다. 자신들을 이끌어 주는 동물이, 커다란 모자를 쓴 인간이 아닌 새로 나타난 인간의 말을 따르는 걸 신기해하는 눈치다. 호기심을 느낀 양들이 양치기 개의 움직임을 좇아 고개를 이쪽저쪽 갸웃거린다. 몇 마리는 마오를 따라 뛰기라도 할 듯 앞발을 움찔움찔한다.

순간 니콜의 머릿속에 도살장에서 본 이미지들과 함께 아빠의 말이 떠오른다. 우리 목장과 거래하는 사우디아라비아 고객들이 이 양들을 사 가서 축제 때 직접 목을 딴다고.

내가 양들에게 그 끔찍한 최후를 피할 수 있게 해주면 어떨까?

아이는 라블레의 소설에 나오는 파뉘르주의 양 떼 이야기에 착안해 기발한 생각을 한다.

니콜이 전기 울타리에 연결된 전원 장치를 끈 다음, 발로 울타리 버팀목 세 개를 힘껏 밀어 넘어뜨린다.

　길을 터놓고 나서 절벽 가장자리로 걸어가 허공을 내려다본다. 순간 아찔해질 만큼 높은 절벽 밑 해안에 뾰족한 바위들이 솟아 있다. 뒤따라온 마오가 혀를 빼물고 바닥에 앉아 꼬리를 살랑살랑 흔들어 댄다.

　니콜이 들고 온 토끼 인형을 바다 쪽으로 힘껏 던진다.

　개가 벌떡 일어나 절벽을 향해 뛰기 시작하더니 순식간에 니콜의 눈앞에서 사라진다.

　울타리 밖으로 나온 양들이 개를 뒤따라 사라진다.

　암석 해안이 일순간에 짐승들의 사체로 뒤덮인다.

백과사전
양(羊)

　양은 인간이 최초로 가축화한 동물 중 하나다.

　이미 6천 년 전부터 인간은 양젖과 양고기를 먹었고, 양털과 양가죽을 사용했다. 양 뼈 또한 화폐를 만들거나 일종의 주사위 놀이인 오슬레에 썼다.

　양 소비는 이후 지속적으로 늘어났다.

　현재 지구상에는 약 12억 마리의 양이 존재한다.

　매해 6억 마리가 식용으로 도축된다.

에드몽 웰스,

『상대적이며 절대적인 지식의 백과사전』

8

모니카가 어금니를 앙다물며 실망감을 감추려고 애쓴다.

재들은 자기들을 이끌 사람으로 똑같이 평범한 사람을 택했어. 학급 대표가 손끝 하나 까딱 안 해도 재들은 할 말이 없어. 하긴, 신경도 안 쓸 거야. 원래가 평범한 애들이니까 그러려니 하겠지. 어른들이 하는 정치에서 벌어지는 일도 딱 그래…….

이후 아무 일 없이 수업이 끝나고 쉬는 시간을 알리는 날카로운 종소리가 울린다.

모니카는 화장실 세면대 앞에서 프리실라와 단둘이 마주친다. 프리실라가 거울을 보면서 얼굴에 물을 적시고 있다.

「날 원망하진 않아?」

말총머리 소녀가 거울에 비친 모니카를 향해 말한다.

「Vox populi vox dei.」

모니카가 시큰둥하게 대답한다.

「그게 무슨 뜻이야?」

무식하기까지 하네.

「〈민심은 천심〉이라는 라틴어 표현이야.」

「미안하지만 난 라틴어를 전혀 몰라서. 그래, 나한테 지고도 정말 실망하지 않았단 말이야?」

「그까짓 학급 대표 선거를 가지고 뭘. 별것도 아닌걸.」

프리실라가 다시 얼굴에 물을 적시고 나서 묻는다.

「어쨌든 나보다 성적이 좋은 너를 뽑았어야 한다고 생각하는 건 맞잖아, 아니야? 하긴, 넌 우리 반 1등이고 난 바닥인 게 사실은 사실이지.」

「난 페어플레이를 중요하게 생각해. 네 논리가 우리 반 애들에게 더 잘 먹혀서 네가 이긴 거야.」

프리실라가 모니카를 빤히 보더니 한숨을 푹 내쉰다.

「나보다 똑똑한 애가 예쁘기까지 하구나.」

그래도 보는 눈은 있네.

「너도 예뻐, 프리실라.」

모니카가 마음에 없는 말을 한다.

스타일은 나랑 전혀 다르지만.

「솔직히 네가 날 원망할까 봐 엄청 걱정했어.」

얘가 또 끈질긴 데가 있네.

「그럴 리가. 난 아무렇지 않아.」

「넌 진짜 대단한 애야. 어쩌면 지고도 이렇게 담담하기까지 할 수 있니.」

모니카가 괜찮다는 뜻으로 고개를 끄덕이고 나서 옆 세면대로 가서 얼굴에 물을 끼얹는다. 나란히 선 두 소녀의 시선이 마주친다.

「이제 우린 친구 사이라고 생각해도 되지?」

프리실라가 집요하게 묻는다.

「물론이지.」

잠시 침묵이 흐른다.

모니카가 얼굴로 가져가던 손을 냅다 뻗어 프리실라의 목

뒤를 잡아 바닥에 넘어뜨린다.

　모니카가 주머니에서 커터 칼을 꺼내 든다. 딱 하는 소리와 함께 날카로운 칼날이 공중에서 반짝 빛을 낸다. 그녀가 칼을 쥔 손을 높이 들더니 반대편 손으로 바닥에 엎어져 있는 소녀의 말총머리를 잡아챈다. 빨간색 벨벳 리본 아래쪽 머리채를 싹둑 잘라 낸다.

9

막 양털 깎은 냄새가 창고 안에 가득하다.

루퍼트 오코너가 시가에 불을 붙여 신경질적으로 빠끔거리기 시작한다.

「대체 무슨 생각으로 그랬어?」

묵묵부답 말이 없는 딸에게 화를 낼 듯하던 루퍼트가 겨우 마음을 가다듬고 말한다.

「이번〈사고〉로 양 215마리와 우리 멋진 개 마오를 잃었어.」

애써 화를 억누르고는 있지만 신경질적으로 실쭉거리는 입술은 막을 수 없다. 부녀는 테라스로 돌아와 루퍼트는 흔들의자에, 니콜은 바로 옆 안락의자에 앉는다. 루퍼트가 격앙된 마음을 가라앉히려고 몸을 앞뒤로 흔들 때마다 의자가 삐거덕삐거덕 소리를 낸다.

「이번 일은 네가 야단맞는 걸로 끝나지 않아. 아빤 조슈아를 해고할 거야. 네가 양 떼와 혼자 있게 놔둔 건 무책임한 행동이었으니까.」

니콜이 가만히 듣기만 한다.

루퍼트가 딸과 눈을 맞추지 않으려고 일부러 고개를 돌려 멀리로 시선을 준다.

「그건 그렇고, 이유가 뭔지 말해 줄 수 있어?」

니콜은 양들에게 도축장이나 사우디아라비아에서 최후를 맞는 운명을 면하게 해주려고 그랬다는 말은 차마 하지 못한다.

「아빠의 집단 지성 얘기가 내 호기심에 불을 붙였거든요. 양들이 결정적인 순간에 과연 생존 본능을 발휘할 수 있을지 궁금했어요.」

루퍼트가 재떨이에 시가를 짓이겨 끈다.

「네 행동이 얼마나 무모했는지 알아? 장장 2백, 열, 다섯 마리야! 마오는 또 어떻고! 그 사랑스러운 개를!」

그가 벌떡 일어나더니 딸을 똑바로 쳐다볼 엄두가 나지 않는 듯 시선을 지평선에 고정한 채 말끝을 단다.

「모든 행동에는 결과가 뒤따른다는 걸 알아야지. 사소한 행동이 막대한 결과를 초래할 수도 있어. 많은 사람이 관련된 일이라면 더더욱 그래.」

루퍼트가 물기라도 털어 내려는 듯이 머리를 세게 흔들고는 말을 잇는다.

「무작정 행동하지 말고 생각부터 하는 습관을 들여야지. 네가 하는 작은 행동 하나하나가 어떤 결과를 낳을지 예상해야 한다는 말이야. 이걸 어떻게 하면 네가 알아듣게 설명할 수 있을까?」

그가 계속 지평선을 응시하다가 뭔가 생각난 듯 발걸음을 옮긴다.

「따라오렴.」

루퍼트 오코너가 앞장서 집 안으로 들어가더니 거실에 있는 책장에서 사전 한 권을 꺼내 든다.

「내가 왜 우리 개 이름을 마오라고 지었는지 알아?」

「중국 지도자 이름을 딴 거 아니었어요?」

「그래. 마오쩌둥은 수천 명, 수백만 명 정도가 아니라 무려 10억 명에 이르는 중국인들을 이끈 사람이야. 그 많은 사람들이 더 나은 삶을 살 수 있게 해줬어.」

「대단한 능력을 가진 사람이었나 보네요…….」

「집단의 힘을 활용했을 뿐이야. 〈단결이 곧 힘이다〉라는 우리 목장의 표어처럼 마오쩌둥도 힘없는 자들을 하나로 단결시켜 힘 있는 자들을 무너뜨리게 했어. 그 덕분에 중국 인민들은 그들을 노예처럼 착취하던 황제와 고관들에게서 권력을 빼앗을 수 있었지. 그리고 기근에 허덕이던 중세 시대에서 벗어나 교육과 근대식 의료의 혜택을 받을 수 있게 됐어. 마오쩌둥은 산업을 발전시키고 농업을 근대화했지. 그의 지도하에 중국 민중은 도로를 닦고 수력 발전용 댐을 건설했어. 지금 중국은 한창 경제 도약을 이루고 있지. 아빠가 예상하기에 지금부터 50년 안에 미국과 유럽을 앞지르고 세계 제1의 경제 대국이 될 거야. 중국인들이 세계 질서를 좌우하게 될 거라는 소리지.」

「그 모든 게 마오쩌둥 덕분이란 말이에요?」

「마오쩌둥이라는 지도자가 자신이 이끄는 〈인간 무리〉의 생각을 읽어 내고 그들에게 동기 부여를 해주면서 발전적인 방향으로 이끌었기 때문에 가능했던 일이야. 흔히 그를 〈위대한 조타수〉라고 부르지만, 〈위대한 목자〉라는 표현도 어울린다고 생각해. 어쨌든 그는 대중을 단결시켜 잘 이끌어 주기만 하면 그들이 개개인의 능력을 합친 것보다 훨씬 뛰어난 집단적 능력을 발휘할 수 있다는 걸 보여 줬어. 너한테 아직 얘기할 기회가 없었지만, 아빠는 젊었을 때 공산주의 운동에 적극적으로 가담했었단다.」

「오스트레일리아에서요?」

「아니, 아빠가 프랑스 파리에서 유학 생활을 하던 1950년 대에. 1949년의 마오쩌둥처럼 세상을 변혁할 수 있다고 믿었던 대학생 1백여 명이 모여서 같이 활동했지. 유학을 마치고 귀국해서는 오스트레일리아 공산당 창당을 시도했는데 사람을 모으기가 생각만큼 쉽지 않았어. 개신교와 자본주의가 사람들의 정신을 혼탁하게 만들어 놓았기 때문이야.」

「그게 무슨 말이죠? 조금 더 자세히 설명해 주세요.」

절벽 〈사건〉으로부터 화제를 돌릴 수 있게 돼 기분이 좋아진 니콜이 또랑또랑한 눈망울로 아빠를 쳐다본다.

「개신교의 신은 승자들을 사랑하고, 자본주의는 경쟁을 통해 강자와 약자를 가려내지. 이기적인 이 두 세계관은 노동자 계급의 빈곤과 착취를 낳았어. 스스로 신의 사랑을 받지 못하고 돈을 좇는 경쟁에서도 실패했다고 여기던 〈인생 낙오자들〉이 느끼는 불행감과 복수심의 원인이 됐지.」

「파리에서 활동했을 땐 어땠나요?」

「파시스트들과 격렬히 싸웠지. 하지만 솔직히 욕구를 발산한 것 외에 구체적 성과를 이룬 건 없었어. 우리는 효과적인 활동 방식을 고민하다 결국 눈에 띄는 외부 활동은 중단하기로 결정했어. 그 외부 활동이라는 게 사실상 무수한 회합에 참석해 당의 노선에 대한 토론을 벌이는 게 전부였거든.」

「그 대의를 위해 지금도 뭔가 하고 있어요?」

「양을 키워 번 돈으로 공산주의 운동과 전 세계 민중 혁명에 자금을 대고 있어. 나 스스로에게 떳떳해지고자 하는 일이지. 그쪽 사람들은 아빠를 〈속이 빨간 억만장자〉라고 불러. 난 여전히 유토피아를 꿈꾸고 카를 마르크스의 사상을 삶의 근간으로 삼고 있어. 민중이 계급 투쟁을 통해 타락한 부르주아들과 이기적인 자본가들에게 승리하는 날이 반드시 오리라 확신한단다.」

니콜이 목장 상호인 〈ROC〉와 양 세 마리가 그려진 로고, 그리고 아래쪽에 새겨진 〈단결이 곧 힘이다〉라는 사훈을 뚫어져라 쳐다본다.

「어쨌든 아빠도 사장이잖아요…….」

「나는 부자지만 가난한 사람들 편이야.」

「무슨 뜻인지 혼란스러워요.」

「세상은 본래 모순투성이야. 가난한 사람들의 혁명을 성공적으로 이끈 건 아이러니하게도…… 부자들이지. 과거 로베스피에르나 레닌 같은 위대한 혁명가들, 그리고 오늘날 마오쩌둥이나 피델 카스트로 같은 혁명 지도자들은 모두 유복한 집안에서 태어났어. 하지만 그들은 피착취 계급을 단결시켜 착취 계급을 굴복시키게 만들었지.」

아이가 아무래도 납득이 되지 않는다는 표정을 짓는다.

「네가 부유하게 태어났다고 해서 가난한 사람들의 편에 설 수 없는 건 아니야. 그럴수록 더더욱 가난한 사람들을 위해 싸워야지. 그들은 결국 너를 자신들의 무리에 받아들여 줄 거야. 그리고 막대한 숫자의 힘으로 끝내 승리를 쟁취할 테지. 아빠는 확신해. 미래는 양 떼의 것이란다.」

그가 흔들의자에 몸을 파묻고 잠시 생각에 잠기더니 비장한 어조로 말을 잇는다.

「네 이름에는 특별한 의미가 담겨 있어. 아빠가 그리스 신화 속 승리의 여신인 니케를 염두에 두고 지었거든.」

「사실 내 이름이 운동화 브랜드 나이키와 비슷하게 들린다고 생각해 왔어요.」

「맞아. 네 이름 니콜을 따온 그리스어 니콜라오스nikolaos는 〈승리〉를 뜻하는 nike와 〈민중〉을 뜻하는 라오스laos가 합쳐진 말이야. 〈승리하는 민중〉이라는 의미를 담고 있지.」

「아빠가 내 이름을 니콜로 지은 게 인간…… 무리에 관심을 가지라는 뜻이었단 말이에요?」

「정확히는 인간 무리를 운용하는 전략에 관심을 가지라는 뜻이었어.」

루퍼트가 상기된 표정으로 시가에 다시 불을 붙인다. 그가 자리에서 일어나 체스보드와 상자 하나를 들고 오더니 말을 꺼내 흰색과 검정색이 마주 보게 보드에 배열해 놓는다.

「지금부터 아빠가 체스를 가르쳐 줄게. 아빠는 고등학교 때 체스 대회에 나가 우승을 한 적도 있어. 체스에 얽힌 추억이 참 많단다.」

니콜은 즉시 체스에 흥미를 보여 아빠가 가르쳐 주는 기본 규칙들과 각 기물의 움직임을 빠르게 익힌다. 처음에는 작은 나무 인형에 불과해 보이던 말들이 어느 순간 연극 무대 위 등장인물들처럼 다가오자 그것들을 움직이고 부리는 일에 재미를 느끼기 시작한다.

루퍼트는 연속 몇 게임째 지치지 않고 집중하는 딸의 모습을 놀랍게 바라본다. 아이는 여러 시나리오를 테스트하려는 듯 과감한 수를 시도한다.

보통 사내아이들이 더 좋아하는 체스 게임에 이토록 빨리 빠져드는 딸을 루퍼트는 신기하고 대견하게 여긴다.

니콜이 행마법을 어지간히 익혔다는 판단이 들자 루퍼트는 오프닝 기술을 가르친다.

「게임을 시작하는 수는 안녕하세요, 하는 인사라고 생각하면 돼. 게임을 시작할 때는 선택지가 열 개밖에 없어. 폰 여덟 개, 나이트 두 개 중에서 골라야 하니까. 한데 시작하고 나면 다음 수부터는 수백만 가지 콤비네이션이 가능해지지.」

그가 말들을 군대처럼 전개시켜 보드 중앙을 차지하게 하는 방법을 가르치고 나서 마무리 기술 몇 가지를 설명해 준다.

「게임을 마무리하는 수야. 안녕히 가세요, 하는 인사에 해당하지.」

니콜이 체스보드에서 눈을 떼지 못한다.

「자, 지금부터 초보자들이 즐겨 구사하는 수를 하나 가르쳐 줄 테니 똑바로 보렴. 상대가 이 기술을 잘 모를 때는 성공할 확률이 아주 높지.」

루퍼트가 네 번의 수를 연속적으로 보여 주자 니콜이 전술의 단순함과 효율성에 놀라움을 금치 못한다.

「이 콤비네이션을 부르는 이름이 있어요?」

「일명 번개 메이트라고도 하는 체크메이트 방식인데, 프랑스어로는 〈목동 메이트〉라고 해.」

니콜은 목동이라는 말에 가슴이 뜨끔하다. 혹시라도 아빠가 절벽으로 떨어진 양 떼 얘기를 다시 꺼낼까 봐 아이는 시치미를 떼고 게임에 집중한다.

루퍼트 오코너는 딸의 높은 집중력이 대견하기만 하다.

「체스를 두는 스타일은 크게 두 가지로 나뉜다고 해. 하나는 일명 〈로맨틱 스타일〉이야. 상대의 예상을 뛰어넘는 과감한 수를 구사하며 공격적인 체스를 두는 거지. 다른 하나는 압박 전술을 통해 상대를 서서히 옥죄어 방어가 불가능한 상태로 만드는 건데, 특이하게도 〈모던 스타일〉이라는 이름이 붙어. 앞으로 너한테 가장 잘 맞는, 네 개성을 가장 잘 표현해 줄 수 있는 방식을 찾아봐.」

루퍼트가 딸에게 다양한 콤비네이션을 가르쳐 주면서 게임에 게임을 거듭하는 사이 창문이 번하게 밝아 온다.

두 사람 다 조금도 지친 기색이 없다.

이해력이 빠르고 순발력이 뛰어난 딸을 밤새 상대해 주던 아빠가 그만 자러 가야겠다면서 부스스한 얼굴로 먼저 자리에서 일어난다.

「네 성격을 아는 아빠가 예상하기에, 너는 폰들을 전진 배치해 벽을 쌓아서 상대를 압박하는 전략을 주특기로 삼을 것 같구나. 나 역시 선호하는 좋은 전략이지. 간밤에 네 눈으로 확인했겠지만, 폰들이 힘을 합쳐 단결하면 제아무리 강한 상대 말도 맥을 못 추게 돼. 가장 약한 폰들이 가장 강력한 퀸과 킹을 무너뜨리고 말아. 끝내 민중이 승리한다는 뜻이지.」

루퍼트가 벽에 새겨진 목장의 로고를 가리키며 의미심장하게 덧붙인다.

「저 양들이 최후의 승자가 될 거야. 가난하고 소외된 사람들, 착취당하는 사람들, 노동자들, 사병(士兵)들이. 그 이유가 뭔지 아니? 숫자가 제일 많기 때문이야.」

10

「네가 어쩌다 그렇게 폭력적인 아이가 됐는지 모르겠어.
도대체 왜 그런 거야?」

매킨타이어 모녀가 택시 안에 앉아 있다. 머리를 분홍색
으로 염색하고 큼지막한 역삼각형 테 안경을 낀 노년의 여성
택시 기사가 운전대를 잡고 있다. 모니카가 꼭 택시를 타야
겠다고 해서 제시카는 딸의 정신 건강을 생각해 하는 수 없
이 택시비를 지출하기로 했다. 집으로 가는 길이 교통 체증
으로 꽉 막히자 제시카는 차라리 걸어가는 게 빠르겠다는 생
각을 하고 있다.

「지난번에 엄마한테 말했잖아요. 인간들의 어리석음을
도저히 참지 못하겠다고.」

「아무리 그래도 어떻게 그 애 머리카락을 잘라 놓을 수가
있니! 도가 지나쳐도 한참 지나쳤어.」

「프리실라가 먼저 싸움을 걸었어요.」

「그래도 그러면 안 되지. 난 널 그렇게 키우지 않았어.」

제시카가 발끈한다.

「학교에 가면 온통 덜떨어진 애들뿐이에요. 걔들에게 전
염돼 나도 똑같이 멍청해지면 어떡하나 하는 걱정마저 들어
요. 날마다 무식하고 게으른 선생님들과 TV와 광고에 중독

57

돼 머리가 텅텅 빈 애들을 상대하느라 죽을 맛이라니까요. 학교 급식은 어떻고요! 영양가 같은 건 아무도 안중에 없어요. 허구한 날 케첩과 마요네즈를 듬뿍 뿌린 햄버거와 프라이드치킨에, 느끼함을 달래려고 톡 쏘는 콜라를 마셔 대죠. 게다가 후식으로 아이스크림까지 먹고, 나 참! 그런 식습관 때문에 동맥에 기름이 끼는 걸 아는지나 모르겠어요. 음식이 달기는 또 얼마나 단지.」

대화를 엿듣던 택시 기사가 자기도 모르게 간간이 고개를 끄덕인다.

「그게 너랑 무슨 상관이야? 네가 이래라저래라 할 일이 아니야.」

「할 수만 있다면 자식 교육을 제대로 못 시킨 부모들에게 소송을 걸고 싶어요. 난 자격을 갖춘 사람들만 부모가 될 수 있게 해야 한다고 생각해요. 운전면허증처럼 하는 거죠. 확실하게 운전을 할 수 있는 사람한테만 면허증을 발급하듯이, 자기 자식에게 최소한의 교육을 시킬 능력이 있는 이들에게만 출산 자격을 부여하는 거예요.」

운전기사가 또 고개를 끄덕여 공감을 표시하는 걸 보고 자신감이 생긴 모니카가 논지를 이어 간다.

「내가 보기에 그런 자격 없는 부모들은 좋아하지도 않으면서 아이를 낳는 것 같아요. 세금이나 사회 보장 혜택 때문에, 이웃에 자랑하기 위해서, 부모를 안심시키기 위해서…….. 국경을 맞댄 이웃 나라와 전쟁이 일어날 때 총을 들 병사가 필요할 테니 낳아야겠다고 생각하는 사람은 또 왜 없겠어요? 학교에서 그런 증오심을 가르치는 세상이니 얼마든지 가능한 일이죠.」

백번 지당한 말이라고 생각하는 택시 기사가 이때까지 참 았던 웃음을 터뜨린다. 조곤조곤하던 모니카의 말소리가 커 지기 시작한다.

「그런 부모들은 단 몇 시간도 애들과 같이 있지 못해서 내 버리듯 학교에 보내고, 캠프에 보내고, 기숙 학교에 입학시 켜요. 난 〈출산 면허증〉이 생기면 사람들이 양보다 질을 중 시하게 될 거라고 확신해요.」

제시카가 어깨를 으쓱해 보이고 나서 진지한 표정으로 딸 에게 말한다.

「교장 선생님과 면담을 했는데, 지난번 〈소화기 사건〉 — 이건 내 표현이야 — 에다 이번 〈상해 사건〉 — 이건 교장 선 생님 표현이야 — 까지 겹쳐 널 학교에 두기 힘들다고 하시 더라. 우등생임을 감안해 선처해 달라고 내가 읍소했지만 끝 내 거절하셨어. 그게 다가 아니야. 프리실라 가족이 우리한 테 소송을 걸지도 모른다고 걱정하셨어.」

「퇴학 처분이 내려졌어요?」

제시카가 안타까운 표정을 짓는다.

「내일 학교에 가서 물건을 챙겨 와. 어딜 가든 생활 기록부 가 따라다니겠지만 너를 받아 줄 학교를 엄마가 찾아볼 테 니까.」

「괜한 수고하지 말아요, 엄마. 난 아무렇지 않아요. 집에서 원격 수업을 받으면 돼요.」

딸이 차분한 반응을 보이자 엄마가 놀라며 묻는다.

「너무 쉽게 생각하는 거 아니니?」

「오히려 난 엄마가 일반 학교 시스템에 날 다시 넣을까 봐 두려워요. 그러면 이번과 비슷한 사건들이 계속 일어나게 될지도 몰라요.」

「진급 시험은 어떻게 할래?」

「형식은 갖춰야 하니까 시험 당일에 학교에 가서 시험을 보면 돼요. 알아보니까 가능하대요. 어차피 난 다른 애들보다 앞선 교과 과정을 듣고 있고, 공부는 엄마가 얼마든지 도와줄 수도 있어요. 그리고 솔직히 말해 이건 엄마가 원하고, 계획했던 일 아닌가요?」

「그게 무슨 말이니?」

「이게 다 엄마가 내 이름을 〈모니카〉라고 지었기 때문이에요. 독점monopoly, 독백monologue, 일신교monotheism, 모노스키monoski, 모노키니monokini 같은 단어를 파생시킨 그리스어 모노스monos가 내 이름의 어원인 것이 지금 이 상황과 무관하지 않다고 생각해요. 그 말은 〈혼자〉라는 뜻이니까.」

제시카는 딸이 지금처럼 현학적으로 굴 때마다 다소 언짢은 기분이 든다.

「난 학교에 가지 않아도 돼요. 얼마든지 독학으로 공부할 수 있어요.」

모니카가 당차게 말한다.

제시카는 이미 생각이 확고해 보이는 딸을 설득할 마땅한 논리가 떠오르지 않는다. 게다가 아이는 미리 학사 정보까지 확인할 정도로 치밀하지 않은가.

「그것참, 그런 네 입장이 이해가 가기까지 하니 더 이상 할 말이 없구나.」

제시카가 가벼운 한숨을 내쉰다.

마음이 통한 모녀가 서로를 마주 보며 비로소 빙그레 웃는다. 택시 기사 역시 소녀의 입장에 공감하는 듯 연신 고개를 끄덕인다.

「하지만 한 가지는 알아야 해. 누구든 세상에서 고립돼 살 수는 없어.」

「엄마…… 나한테는 더 근본적인 문제가 있어요. 난 정말로 인간 혐오증이 있어요. 다른 사람들이 싫어요. 혐오스럽다니까요. 혼자 있을 때만 편안함을 느껴요.」

「아무도 혼자서는 살 수 없어. 〈그 누구도 섬이 될 수는 없다〉라는 시구절도 있지 않니.」

모니카가 고개를 가로젓는다.

「난 예외일지도 몰라요. 난 스스로 섬이라고 느끼니까. 다리를 놓아 대륙과 연결되고 싶은 마음이 손톱만큼도 없어요. 얼마든지 섬에서 나 혼자 살 수 있단 말이에요. 마음 같아선 동굴에 들어가 은둔자로 살고 싶어요. 내게 필요한 건 고요함과 침묵, 자연, 고독이지 타인의 존재가 아니에요. 하루 중 내가 언제 제일 행복한지 알아요? 화장실에 들어가 문을 걸어 잠그고 혼자 앉아 있을 때예요. 그게 나와 상호 작용을 하려는 사람들의 접근을 차단하고 혼자가 될 수 있는 유일한 방법이에요.」

제시카가 어깨를 으쓱 추어올린다.

「나 참, 기가 찰 노릇이네.」

「지하철에는 다른 승객들이 있어서 싫고, 길에는 행인들이 있어서 싫고, 학교에는 다른 학생들이 있어서 싫어요. 동시대 인간들의 어리석음 때문에 내 발전이 더뎌진다고 느껴지고요. 그런데 그런 인간들의 숫자가 폭발적으로 늘어나고 있어요. 결국에는 인구 과잉 때문에 지구가 망하게 될 거예요. 환경 오염의 첫 번째 원인이 인구 증가라는 건 객관적 사실이니까.」

엄마 제시카는 당혹해 하며 즉각 대꾸하지 못한다.

「자, 이제 설득됐죠?」

모니카의 목소리가 한결 부드러워져 있다.

「내가 집에 혼자 조용히 있는 게 모두를 위해 좋다는 걸 엄마도 인정하죠?」

대화에 끼어들 기회를 엿보던 택시 기사가 뒷좌석 승객들이 잘 보이게 백미러를 조절하면서 한마디 한다.

「아주 현명한 따님을 둔 것 같으니 그냥 하자는 대로 하세요, 손님.」

제시카가 못 들은 척 딸의 손을 잡으며 말한다.

「네가 감정 조절을 더 잘했으면 좋겠어. 감정에 휘둘려 너무 즉흥적이고 충동적으로 행동하지 말고.」

「노력해 볼 테니 엄마가 도와줘요. 혹시 도움이 될 만한 방법이 있을까요?」

「체스를 해보는 게 어떻겠니? 엄마가 가르쳐 줄게. 나도 네 외할머니한테서 배웠어.」

「외할머니한테요?」

「그래. 어릴 때 체스를 배우면서 모든 것은 전략의 문제라는 걸 알게 됐지. 네 외할머니 이름이 라인Reine이잖니. 프

랑스어로는 왕비라는 뜻이지. 이름 때문인지 몰라도 할머니
는 말 중에서도 유난히 퀸을 아끼셨어.」

백과사전
인구 증가

세계 인구는 폭발적으로 늘어나는 추세다.

기원후 1년 세계 인구는 3억 명이었다. 이후 1800년에 처음으로 10억 대를 돌파한 후 불과 120년 만에 10억이 더 늘어나 1920년에는 20억 명으로 증가한다.

다시 40년 만에 10억이 또 늘어나 1960년에 30억 명을 기록하더니 15년 만에 10억이 더 증가해 1975년에는 40억 명에 이른다.

인구 증가 현상은 가속화하고 있다. 세계 인구는 더 빠른 속도로, 더 많이 늘어나고 있다.

에드몽 웰스,
『상대적이며 절대적인 지식의 백과사전』

11

아침 8시.

루퍼트가 자러 방으로 들어가고 나서 거실에 혼자 남은 니콜은 간밤의 일을 떠올리며 여전히 흥분감에 젖어 있다. 잠이 올 것 같지 않자 밖으로 나온다. 아침 햇살이 계곡에 넓게 퍼지고 있다.

니콜이 절벽 가장자리로 걸어가 해변을 내려다본다. 인부들이 바위를 뒤덮은 양의 사체를 치우느라 분주한 모습이다.

오늘날의 인류도 눈을 가린 채 벼랑 끝을 향해 나아가고 있는 것 같아. 누군가 나서서 ─ 그게 나일 수도 있지 ─ 인류가 방향을 틀어 최악을 피할 수 있게 해줘야 하는지도 몰라.

니콜이 크게 심호흡을 한다.

결국 인류는 영문도 모른 채 거대한 체스보드 위를 움직이고 있는…… 폰들에 불과해.

니콜은 간밤에 존재를 알게 된 〈에그레고르〉, 다시 말해 집단정신이 가진 강력한 힘을 활용해 볼 생각으로 마음이 들뜬다.

그녀는 머릿속이 복잡한 생각들로 가득한 상태에서 집으로 돌아와 TV를 켠다. 마침 1971년에 일어난 주요 사건들을 요약해 주는 방송이 나오고 있다. 〈지구라는 체스보드〉 위에서 인간 무리가 한 해 동안 우왕좌왕하며 벌인 일들을 전체적으로 파악할 수 있는 기회다.

니콜은 지도를 펼쳐 놓고 사건들이 벌어진 장소를 일일이 확인해 가며 뉴스를 본다.

- 1월: 스코틀랜드 글래스고의 한 경기장에서 압사 사고가 일어나 예순여섯 명이 사망했다.
- 5월: 안와르 사다트 이집트 대통령이 친소련 성향의 알리 사브리 부통령이 주도한 쿠데타 기도를 무력화했다.
- 5월: 소련이 궤도선과 착륙선을 포함한 화성 탐사선 마스 2호를 발사했다. 마스 2호는 화성 주위를 도는 공전 궤도에 진입한 후 착륙선을 분리해 착륙을 시도했지만 실패해 추락했다(아흐레 뒤 다시 발사된 마스 3호는 12월에 궤도 진입과 착륙에 모두 성공했고 모래 폭풍에 파괴돼 순식간에 통신이 두절되긴 했지만 이로써 최초의 화성 착륙선이 되었다).
- 8월: 영국 경찰이 〈데메트리우스〉라는 이름의 대규모 검거 작전에 돌입해 벨파스트에서 북아일랜드 무장 단체인 IRA와 관련 있는 사람 342명을 체포했다. 체포된 이들은 정확한 위치가 알려지지 않은 수용소에 감금돼 있는 것으로 알려졌다.
- 9월: 한반도 판문점에서 남북 적십자 예비회담이 개최됐다.
- 10월: 중화 인민 공화국이 타이완을 대신해 UN의 새 회원국이 되었다.
- 12월: 9개월가량 계속된 파키스탄 내전으로 수십만 명

의 벵골인이 학살당하고 대규모 피난민이 인도로 유입되면서 인도가 개입해 제3차 인도-파키스탄 전쟁이 발발했다. 이 전쟁이 끝나면서 동파키스탄은 방글라데시로 독립했다.

니콜은 메모한 내용을 천천히 다시 읽는다.

하루, 일주일, 한 달이라는 시간 단위에서는 큰 그림이 보이지 않지. 전체적인 조감이 불가능하기 때문이야. 하지만 1년이라는 단위는 세상에서 어떤 일이 벌어지고 있는지 파악할 수 있게 해줘.

내가 방금 받아 적은 내용은 올 한 해, 1971년에 세계라는 체스보드 위에서 벌어진 일들이야. 인간 무리의 행보와 그들이 나아가는 방향을 고스란히 보여 주고 있어. 이를 바탕으로 앞으로 내가 인류에 영향을 미칠 방법을 고민해 봐야겠어. 내가 원하는 방향으로 인간 무리가 나아가도록 말이야.

12

과제를 끝낸 모니카가 체스 교본과 관련 서적들을 펼쳐 놓고 읽기 시작한다. 소녀는 세세한 체스 기술을 설명해 주는 책보다는 체스 게임을 철학적 시각에서 바라보는 책에 더 흥미를 느낀다. 모니카는 자신만의 관점을 가지고 체스 게임에 임해야 판세를 장악할 수 있다는 결론에 이른다.

물론 중앙을 장악하고, 말들을 최대한 빨리 포진해 공격에 나설 수 있게 하는 것도 중요하지만, 그게 다는 아니야. 예순네 개의 칸으로 이루어진 이 작은 세계를 자신만의 눈으로 파악하는 것이 어쩌면 더 중요할지 몰라. 이 위에서 통로들이 무수히 열리거나 닫히고, 눈에 보이지 않는 에너지들이 흐르고 있으며, 뛰어넘어 가 기습 공격을 가능하게 하는 대각선들이 존재한다는 것을 말이야. 체스 게임은 한 편의 셰익스피어 비극을 닮았어. 첫 장면들에서는 펼치고 드러내지. 주인공이 드러나고 갈등이 싹트는 거야. 이어지는 장면들에서는 서로 다른 관점이 부딪히고 충돌해 결투가 벌어지고 대혼란이 발생해. 후반부에 이르면 드디어 진실이 밝혀지고 극적인 반전이 일어나지.

그리고 마지막 결말…… 감정이 최고조에 달하는 이 순간은 셰익스피어 비극의 절정이야. 마지막은 항상 똑같은 방식으로 매듭지어지지. 다름 아닌 왕의 죽음으로.

곰곰이 생각해 보니 더 많은 개수의 말을 가지고 하는 대규모 게임을 만드는 것도 얼마든지 가능해 보인다.

가령 1천 개의 칸에서 5백 개의 말이 움직이게 하면 어떨까. 봉긋한 언덕과 구불구불한 냇물, 파란색 호수와 거무칙칙한 늪을 만들어 게임을 조금 더 복잡하게 만드는 거야.

50만 개의 말이 1백만 개의 칸에서 움직이는 게임도 얼마든지 만들 수 있겠지. 그 속에서 말들은 숲을 가로지르고 강과 바다를 건너갈 거야.

아니, 아예 (지구 표면적과 똑같은) 5억 1천만 제곱킬로미터짜리 지구 모양의 체스보드를 만드는 거야. 거기에다 40억 개의 폰과 비숍을 올려놓는 거지. 그리고 대양과 산맥과 밀림과 사막을 펼쳐 놓는 거야.

이런 게 바로 궁극의 체스 게임 아닐까.

이런 생각을 하던 모니카는 문득 TV를 켠다. 마침 한 해의 뉴스를 요약, 정리해 주는 프로그램이 나온다.

인류라는 무리의 동향에 관심이 있는 지구 반대편의 니콜과 달리, 모니카는 한 해 동안 인류사에 큰 족적을 남긴 위대한 인물들에 흥미를 느낀다. 대형 콘서트나 축구 경기, 대규모 시위나 전쟁은 그녀의 관심 밖이다.

모니카가 연필을 집어 들고 메모를 시작한다.

• 7월: 록 밴드 도어스의 창립 멤버인 미국 가수이자 시인 짐 모리슨이 스물일곱 살의 나이로 사망했다.
• 7월: 살바도르 아옌데 칠레 대통령이 미국에 반기를 들며 구리 광산을 국유화했다.

• 11월: 인텔의 공동 설립자 로버트 노이스가 최초의 상용 마이크로프로세서 4004의 판매를 발표했다. 이로써 소형 컴퓨터와 개인 컴퓨터 시대가 열리게 됐다.

• 11월: 제임스 플레처 나사 국장이 매리너 9호가 화성 주위를 도는 공전 궤도에 진입했다고 발표했다. 이로써 매리너 9호는 최초의 화성 궤도선이라는 타이틀을 얻게 됐다.

제시카가 딸에게 다가오더니 어깨 너머로 흥미롭게 메모를 읽어 내려간다.

「각 진영이 주거니 받거니 하면서 게임을 펼치는 양상이에요.」

모니카가 엄마를 올려다보며 말한다.

「세계라는 체스보드 위에서 동서양이, 좌우가, 음양이 대결을 벌이고 있어요.」

모니카가 지도를 한 장 가져다 놓고 미국의 영향하에 있는 지역과 소련의 영향하에 있는 지역을 각각 다른 색으로 칠한다.

「다음 한 방이 언제, 어디서, 어떻게 나올지 아무도 모르는 상태에서 양 진영이 번갈아 수를 두고 있어요. 파란색 진영이 한 수를 두면 빨간색 진영이 응수하죠. 자본주의 진영과 공산주의 진영, 미국 쪽과 소비에트 쪽이 번갈아 수를 둬요. 우주에 최초로 생명체를 보낸 건 소련이었어요. 1957년에 암캐 라이카를, 1961년에 최초의 인간 우주 비행사 가가린을 보냈죠. 하지만 달 착륙은 미국이 앞섰어요. 1969년에 미국인 닐 암스트롱이 최초로 달 표면에 발을 디뎠죠. 현재로

70

서는 동점인데, 이 아슬아슬한 긴장 상태가 언제 깨질지, 누가 승자가 될지는 알 수 없어요.」

방송이 끝나자 흥미로운 소재를 다루는 다큐멘터리 한 편이 이어서 방영된다. 한 과학자는 인간의 IQ가 더 이상 높아지지 않는 추세를 보이지만, IQ가 150이 넘는 천재들은 오히려 늘어나고 있다고 말한다.

백과사전
세계에서 IQ가 가장 높은 사람

현재까지 알려진 최고 IQ 보유자는 미국인 윌리엄 제임스 사이디스다. 세계인의 평균 IQ가 대략 1백이고 아인슈타인의 IQ가 160인데, 그는 250에서 3백 사이로 추정된다.

그는 우크라이나에서 미국으로 이민 온 유대인 가정에서 1898년에 태어났다. 그의 아버지는 아들을 천재로 만들기로 결심하고 자신만의 독특한 교육법에 따라 키웠다.

윌리엄 제임스 사이디스는 8개월에 걸음마를 뗐다.

그는 한 살 반에 글을 깨우쳤고, 신문을 읽으며 시사를 이해했다.

그는 네 살에 호메로스의 『오디세이아』를 고대 그리스어 원서로 읽었다.

학교에 입학한 윌리엄은 사회성이 부족해 친구를 잘 사귀지 못했다. 그는 친구들에게 주로 태양계에 존재하는 행성들에 대해 얘기했는데, 일방적으로 설명해 주는 방식이었다.

윌리엄은 여덟 살에 이미 모국어를 포함해 프랑스어와 러시아어, 독일어, 그리스어, 라틴어, 히브리어, 아르메니아어, 튀르키예어까지 8개 언어를 말했다.

그는 〈벤더굿Vendergood〉이라는 새로운 언어를 발명하기도 했는데, 『벤더굿 책Book of Vendergood』을 직접 써서 이

언어에 대해 상세히 설명했다.

윌리엄은 아홉 살에 하버드 대학 입학시험을 통과했으나 어리다는 이유로 출석이 허가되지 않았고, 열한 살이 되어서야 비로소 학교에 나갈 수 있게 되었다. 그는 열여섯 살에 우등생으로 하버드 대학을 졸업했다. 동료 대학생들은 운동과는 담을 쌓은 그를 괴짜라고 생각했다.

그는 스물네 살에 반물질(反物質)에 관한 논설을 발표했다. 스물일곱에는 이미 다른 천문학자들보다 한참 앞서 우주에 세 개의 블랙홀이 존재한다는 우주학 논설을 발표해 천재로 인정받았다. 1937년『뉴요커』에서 일찍이 천재성을 입증한 사람이 그 지능을 폭넓게 사용하지 않아 안타깝다는 내용의 기사를 싣자 윌리엄 제임스 사이디스가 노발대발해 명예훼손 소송을 걸었다.

그는 이 소송에서 패한 후 세상과 더 담을 쌓게 됐고 사람들과의 교류도 완전히 끊겼다.

그는 평생 단 한 명의 여성과 사귀었다고 알려져 있다.

1944년, 그는 46세의 나이에 뇌출혈로 세상을 떠났다.

윌리엄 제임스 사이디스는 세상에서 가장 머리가 좋은 사람이었는지는 몰라도 행복한 사람은 아니었던 것 같다.

에드몽 웰스,
『상대적이며 절대적인 지식의 백과사전』

제2막 **애벌레**

1

여섯 달이 지난 1972년 6월, 니콜의 나이 열두 살. 아이는 아빠가 모는 빨간색 롤스로이스 팬텀의 조수석에 앉아 창밖을 내다보고 있다. 하늘 높이 떠 있는 검은 구름 같은 형체가 눈길을 끈다.

찌르레기 떼.

하늘을 까맣게 뒤덮은 수만 개의 점들이 넓게 헤쳐졌다 뭉치는가 하면 뒤틀리며 소용돌이 같은 형태를 만들어 낸다. 니콜이 한시도 눈을 떼지 못한 채 아빠에게 묻는다.

「저 새들은 왜 저렇게 무리를 지어 날아요?」

「맹금류로부터 자신들을 지키기 위해서야. 새매가 접근해 오면 찌르레기들은 고도를 높여 빽빽하게 뭉쳐 날고, 독수리가 공격해 오면 순식간에 흩어져 지상으로 내려와 앉아.」

니콜은 아빠의 이런 명쾌한 설명을 듣고 있으면 기분이 좋아진다.

「저 많은 새들이 어떻게 서로 부딪치지 않고 물 흐르듯이 함께 날 수 있는 거예요?」

「가까이 있는 대여섯 마리끼리 항상 20센티미터가량의 간격을 유지하며 날기 때문이야. 저 새들은 모방하는 습성 때문에 옆에 있는 새들을 똑같이 따라 해. 그래서 저 많은 숫자가 하나의 거대한 유기체처럼 작동할 수 있는 거야. 찌르레기들의 생존 비결은 결국 숫자에 있어. 우리가 지금 보고 있는 것은 어떤 의미에서 하늘을 나는 에그레고르나 다름없지.」

「날아가는 방향은 누가 결정하는 거지요?」

「내가 알기론 누구나 무리의 움직임에 영향을 줄 수 있어. 한 마리가 어떤 방향으로 움직이기 시작하면 무리 전체가 따라 움직이는 거지. 네 질문에는 내가 답해 줬으니 이번에는 네가 아빠 질문에 답할 차례야. 그래, 마음의 준비는 됐니?」

아이가 배시시 웃으며 고개를 끄덕인다.

니콜은 아빠한테서 처음 체스를 접하고 나서 체스 클럽에 등록해 본격적으로 배우기 시작했다.

그녀는 놀라운 속도로 실력이 늘어 오스트레일리아 동남부 멜버른, 캔버라, 애들레이드 소재 아마추어 체스 클럽 선수들과의 경기를 모두 이기고 전국 여성 체스 대회 출전 자격을 획득했다. 루퍼트는 시드니에서 개최되는 이 대회에서 주니어 챔피언에 도전할 딸을 위해 개인 교사까지 불러 마치 수준급 운동선수를 훈련시키듯 체스를 가르쳤다.

오늘은 그 결전의 날이다.

루퍼트 오코너는 대회 장소인 시드니 스포츠 경기장에 굳이 동행하겠다며 운전대를 잡았다.

대도시 안으로 진입하자마자 교통 정체가 시작돼 부녀는 지금 차 안에 갇혀 있다.

답답한 마음에 차에서 내려 상황을 살피고 온 루퍼트가 인상을 찌푸린다.

「바로 앞에서 수만 명의 시위대가 모여 깃발을 흔들고 구호를 외치고 있어. 영국인 개척자들에게 도둑질당한 조상들의 땅에 대한 선주민들의 소유권을 인정하라는 거야. 아이러니하게도 시위대에 선주민처럼 보이는 사람은 한 명도 없고 대부분 대학생들과 좌파 정당, 환경 단체 회원들이야.」

루퍼트가 손목시계를 힐끔 내려다보더니 초조한 표정을 짓는다.

「젠장, 거의 다 와서 이렇게 꼼짝을 못 하네. 이 대로만 통과하면 바로 경기장인데.」

「늦게 도착해 대회 등록이 끝나 있으면 어떡해요…….」

니콜이 발을 동동 구른다.

「이런 시위 하나 때문에 우리 계획이 어그러지는 건 말도 안 돼.」

아빠가 짜증을 내며 말한다.

「아빠, 아무 데나 주차하고 걸어서 가요.」

루퍼트가 잠시 망설이다 한 번 더 시간을 확인한다. 다른 방법이 없다는 판단이 들자 눈앞에 보이는 주차장을 향해 빨간색 롤스로이스의 핸들을 꺾는다. 지하 주차장에 차를 세우고 밖으로 나온 부녀는 행진 중인 시위대와 마주친다. 그들은 시위대에 섞여 걷기 시작한다.

대회에 늦지 않으려면 걸음을 재촉해야 하지만 인파에 막혀 쉽지 않다.

니콜의 시선이 무장한 시위자들에게로 향한다. 쇠막대기를 손에 들고 오토바이 헬멧을 썼는가 하면, 스키 고글과 머플러로 눈과 코를 가리기도 했다. 등에 멘 가방에 휘발유병이 가득 들어 있는 사람들도 보인다.

「대부분 평화적인 시위를 벌이는데 이번에는 이상하게 분위기가 달라 보이네. 다들 한판 붙을 각오를 하고 모인 사람들 같아.」

루퍼트가 주위를 둘러보며 말한다.

니콜이 빽빽한 인파를 헤치고 걷기 시작한다. 살집이 두둑한 데다 지독한 애연가인 그의 폐에 침착된 타르 때문에 루퍼트는 벌써부터 숨을 씨근거린다. 앞장서 걷고 있는 딸을 뒤따라가기가 쉽지 않다.

혼잡한 인파에 갇힌 부녀의 귀에 시끌벅적한 구호 소리가 들린다.

〈내각은 총사퇴하라!〉

〈이 땅의 주인은 선주민이다!〉

〈먼저 있었던 사람이 땅의 진짜 주인이다!〉

아무 생각 없이 구호를 따라 외치던 니콜은 금세 군중에 동화된다.

난 이렇게 하나 되는 분위기가 너무 좋아.

어찌어찌하다 시위대 맨 앞줄에 서게 된 부녀는 검정 제복을 입고 일렬로 늘어서 있는 진압 경찰들에게 가로막힌다. 경찰들 역시 방패와 곤봉, 최루탄 발사기로 무장하고 있다. 뒤쪽에서 회전 살수 장치를 부착한 트럭들이 시위대를 향해 발사할 준비를 마치고 대기 중인 게 보인다.

곧 백말들과 흑말들의 격돌이 펼쳐지겠군.

니콜이 주변을 휘둘러본다.

시위자들이 진압대를 향해 도발적인 제스처를 하며 욕설

을 퍼붓자 스피커 여러 대에서 해산 명령에 불응하면 즉시 맞대응하겠다는 위협적인 경고가 흘러나온다.

몸집이 큰 셰퍼드들이 진압대 오른편에 불쑥 등장한다. 검은 제복 차림의 사내들에게 목줄을 짧게 잡힌 개들이 다종다양한 사람들로 구성된 시위대를 향해 사납게 짖어 대기 시작한다. 똑같은 검은 제복을 입은 기마경찰들도 왼편에 나타나 시위대를 마주 보고 선다.

「기다려! 좀 천천히 가! 난 더 이상 못 가겠어!」

루퍼트가 숨을 고르느라 양 무릎에 손을 짚고 서 있다.

「안 돼요, 지금 멈추면 안 돼요. 계속 가야 돼요.」

「경찰이 돌격을 시작할지 몰라, 니키. 잘못했다간 진퇴양난이 될 테니 어서 여길 빠져나가야 해.」

그가 손수건을 꺼내 이마에 흘러내리는 땀을 닦아 내며 초조한 목소리로 말한다. 반면에 니콜은 겁을 먹기는커녕 오히려 흥분해 상기된 얼굴로 시위 구호를 따라 외친다. 〈먼저 있었던 사람이 땅의 진짜 주인이다!〉

「천천히 가라니까, 니키!」

「어차피 앞으로도 뒤로도 가지 못해요.」

빽빽한 선두 대열이 더 이상 움직이지 않는다. 오코너 부녀도 그 속에 끼어 앞으로 한 걸음도 내딛지 못한다.

시위대와 진압대가 멈춰 서 마주 보는 상태로 일촉즉발의 대치가 시작된다. 어느 한쪽도 감히 상대편을 자극해 불씨를 댕기려고 하지 않는다.

「여길 빠져나가자.」

루퍼트가 딸의 팔 언저리를 툭 친다.

순식간에 군중을 흩트려 놓을 기발한 아이디어가 하나 있어.

니콜이 시위대가 무기로 쓰려고 깨놓은 보도블록 조각을 집어 들더니 누가 옆에서 말릴 새도 없이 경찰들을 향해 던진다. 돌 하나가 경찰의 헬멧에 부딪쳐 쨍 소리를 내며 깨지는 순간 와하는 함성과 함께 박수가 터져 나온다.

마치 신호를 기다리고 있었다는 듯이 시위자들이 손에 잡히는 대로 물건을 집어 던지기 시작하자 진압 경찰들이 방패를 위로 치켜들어 날아오는 투척물을 막아 낸다. 어디선가 큰 소리로 명령이 떨어지자 셰퍼드들의 입마개가 벗겨진다. 이빨을 드러낸 개들이 컹컹대며 시위대를 향해 달려온다.

다급해진 사람들이 화염병에 불을 붙여 경찰들을 향해 던진다. 화염병이 경찰들의 방패에 부딪쳐 깨지는 순간 시커먼 연기가 피어오르고 휘발유 냄새와 플라스틱 타는 매캐한 냄새가 코를 찌른다.

앞쪽에 도열한 경찰들이 간격을 좁히더니 순식간에 시위대를 향해 돌진해 온다.

대혼란이 펼쳐지자 뜻하지 않게 격렬한 시위에 휩쓸리게 된 사람들이 우왕좌왕한다. 평화로운 시위를 위해 보호 장구도 없이 참석한 이들이 뒷걸음질 치며 대열에서 빠져나가려고 한다. 반면에 작정하고 스트레스를 풀러 온 어중이떠중이는 끝까지 자리를 지킨다.

불붙은 화염병들이 다시 이쪽에서 저쪽으로 포물선을 그으며 날아가자 최루탄이 우박처럼 쏟아져 내린다. 구름자락 같은 희뿌연 최루탄 연기가 공중에 퍼진다.

음악만 있으면 딱 영화의 한 장면이겠는걸.

니콜이 흥분을 감추지 못한다.

「어서 가자, 당장 여길 빠져나가야 해.」

손수건으로 코와 입을 가린 루퍼트가 말한다.

부녀는 시야가 뿌연 난장판 속에 갇혀 따가운 눈을 쌈박쌈박하며 연신 재채기를 해댄다.

자신이 초래한 혼란을 뿌듯하게 바라보는 딸과 달리 루퍼트는 안절부절못한다.

그가 딸의 손을 잡아끌고 빠른 걸음을 뗀다. 니콜은 아무 말 없이 아빠와 보조를 맞춰 걷는다. 우람한 체격의 루퍼트가 마치 쇄빙선처럼 빽빽한 인파 사이를 뚫고 지나간다.

전투를 방불케 하는 장면이 눈앞에 펼쳐지고 있다. 자욱한 연기 속에서 터지는 비명 소리, 깨진 화염병들이 만든 불웅덩이, 분노와 공포로 얼굴이 일그러진 사람들.

니콜은 호기심 가득한 눈빛으로 주변을 두리번거리느라 바쁘다.

한참 만에야 루퍼트가 딸을 강제로 끌어내다시피 해 인파 밖으로 나온다. 탁 트인 도로에서 잠시 숨을 고르는 사이 뒤쪽에서 말발굽 소리가 들려온다.

기마경찰이 그들을 발견하고 뒤쫓아 오고 있다.

부녀가 죽을힘을 다해 도망치지만 순식간에 뒤꽁무니까지 따라붙는다. 아빠가 숨을 거칠게 내뿜으면서 비틀하는 걸 본 니콜이 옆에 있던 쓰레기통 뚜껑을 집어 들어 말 주둥이를 후려친다. 말이 고통스러워하며 앞발을 번쩍 쳐들어 경찰을 바닥에 패대기친다.

오코너 부녀는 어수선한 틈을 타 샛길로 빠져 달아난다.

그들은 한 건물 포치 밑으로 들어가 몸을 숨긴다. 루퍼트는 새근덕새근덕 숨을 몰아쉬면서도 계속 욕을 하며 구시렁거린다.

눈앞에 보이는 거리는 조용하다. 멀지 않은 곳에서 시위대와 경찰이 충돌하는 소리만 간간이 들릴 뿐이다.

부녀가 체스 대회가 열리는 스포츠 경기장을 향해 다시 잰걸음을 놓는다.

루퍼트는 얼굴에 흐르는 비지땀을 손수건으로 닦아 내느라 바쁘다.

그들은 실신 직전에 경기장에 도착해 마지막 힘을 다해 계단을 뛰어올라 간다. 출입구 앞에 안내 직원이 한 명 서 있다.

「아직 대회 출전 등록이 가능한가요?」

남자 직원이 그들을 이상한 눈으로 쳐다보더니 손목시계를 확인한다.

「죄송하지만 11시가 마감 시간인데 지금은 11시 10분이네요. 등록을 마친 대회 출전자들은 벌써 경기 시작을 준비하고 있습니다. 대진표가 확정돼 테이블 배정도 끝났을 거예요.」

「오다가 시위대에 막혀 이렇게 됐는데 어떻게 좀 안 되겠습니까?」

「성공하는 사람은 방법을 찾고 실패하는 사람은 핑계를 찾는다죠.」

직원이 비아냥거리듯이 말한다.

길이 없으면 길을 만들라는 뜻으로 상대의 말을 해석한 루퍼트 오코너가 호주머니에서 1백 달러짜리 지폐 한 장을 꺼내 앞으로 내민다. 젊은 직원이 공식 규정을 어기고 부녀를 경기장 안으로 들여보내 주고 나서 대회 참가 등록을 하는 테이블의 위치를 일러 준다.

루퍼트가 담당자와 짧은 담판을 벌이고 나서 드디어 니콜은 대회 참가 자격을 얻는다.

시위 현장에서 맛본 흥분이 채 가시지 않은 그녀의 몸이 엔도르핀이 분출할 때마다 움찔움찔한다.

니콜은 첫 경기부터 자신의 장기인 폰을 활용한 전략을 구사한다. 폰으로 벽을 쌓아 상대의 방어선을 돌파하는 공격을 펼치면서 그녀는 시위 현장에서 본 이미지들을 머릿속에 떠올린다.

니콜의 승리.

상대 소녀가 손을 내밀자 니콜이 엷은 미소를 머금고 힘주어 잡는다.

1승.

루퍼트가 자신의 이니셜이 수놓인 큼지막한 손수건으로 연신 이마의 땀을 찍으면서 응원의 제스처를 해 보인다.

니콜은 벌써 결연한 걸음으로 다음 먹잇감을 향해 테이블을 이동한다.

그녀는 미소 띤 얼굴로 집중력과 정확성을 보여 주며 게임을 펼친다. 두 번째 승리.

2승.

4강과 준결승을 거쳐 드디어 결승전 게임.

니콜의 마지막 상대는 키가 멀쑥하고 마른 소녀다.

니콜이 백을 잡고 선수를 둔다. 그녀의 손이 체스 타이머의 버튼을 누르자 게임 시작을 알리는 신호가 울린다.

대국이 시작된다. 두 소녀는 국지전을 지휘하는 사령관처럼 자신의 군대를 포진시킨다. 한 수 두고 나면 재빠른 동작으로 타이머 버튼을 누른다.

초반에는 주거니 받거니 하며 빠르게 진행되던 게임이 서서히 느려진다.

전략적 판단이 여느 때보다 중요해진다. 니콜은 판세에 쐐기를 박기 위해 두 가지 가능성을 놓고 신중하게 저울질하는 중이다.

아빠가 멀리서 입 모양으로 딸에게 지시한다. 〈봐주지 마.〉

니콜이 노려보듯 매섭게 체스판을 내려다보더니 폰 세 개로 킹을 고립시키는 전략을 구사한다. 기습을 당한 상대 선수는 킹을 지킬 방법을 찾지 못해 곤혹스러워한다.

「체크메이트.」

관중석에서 박수가 터져 나온다.

시상대에 오른 니콜에게 오스트레일리아 여성 체스 연맹 회장이 체스를 두는 코알라 조각상에 금박을 입힌 우승 트로피를 건네며 대견한 눈으로 바라본다.

「축하드립니다, 오코너 씨. 우승자에게는 부상으로 올해 아이슬란드 레이캬비크에서 개최될 세계 체스 선수권 대회 참관 자격이 부여됩니다. 물론 이동 경비와 숙박비 일체는 우리 연맹에서 부담할 예정이에요. 세계 성인 선수권 대회와 동시에 주니어 대회도 펼쳐지는데, 오코너 씨는 거기에 오스트레일리아 여자 대표로 참가하게 될 거예요. 이 역시 국제 체스 연맹이 인정하는 대회죠. 거기 가서도 우리 나라를 대표해 오늘처럼 공격적인 플레이를 보여 주길 기대합니다.」

또다시 환호와 함께 박수 소리가 터져 나온다. 루퍼트가 환하게 웃으며 딸에게 다가와 귀에 대고 말한다.

「아빠도 같이 가마. 우리 부녀가 모처럼 단둘이 오붓한 시간을 보낼 좋은 기회야.」

니콜은 레이캬비크에서 열린다는 세계 성인 선수권 대회와 자신이 참가할 주니어 체스 대회가 어떤 관계인지 정확히 이해하지 못한다. 그녀는 아이슬란드가 어디에 있는 나라인지조차도 알지 못한다. 하지만 주변 사람들의 얼굴 표정으로 보아 그 대회에 참가할 자격을 얻은 것이 대단한 특권임은 분명해 보인다.

무엇보다 그녀는 많은 사람들이 자신을 좋아해 준다는 사실이 기쁘다. 니콜에게는 그것이 가장 중요하기 때문이다.

2

매킨타이어 모녀가 차들이 쌩쌩 달리는 도로를 한참 걸어 체스 대회가 열리는 웨스트필드 스포츠 경기장에 시간에 맞춰 도착한다.

한껏 멋을 낸 1백여 명의 소녀가 대국을 치를 테이블이 배정되기를 기다리고 있다.

모니카는 벽에 붙은 큼지막한 대진표에서 첫 번째 상대의 이름을 확인한 뒤 지정된 테이블로 향한다. 그녀와 마주 앉은 소녀는 알록달록한 꽃무늬 원피스를 입고 있다.

제시카가 목소리를 낮추어 딸에게 조언한다.

「끝까지 목표에 집중해야 해. 네가 저격수가 됐다고 상상하면 간단해. 완벽한 위치에서 완벽한 타이밍에 쏴야 한다는 걸 잊지 마.」

제시카가 미처 말을 끝내기도 전에 대회 주최 측 직원이 장내를 정리해야 하니 출전한 아이들 곁에 있는 부모들은 대회 규정에 따라 뒤로 물러나라고 말한다.

금방 모니카의 첫 대국이 시작된다. 백을 잡은 그녀가 킹 앞의 폰을 두 칸 전진시켜 중앙을 차지하게 하는 킹스 폰 오프닝을 구사한다. 상대도 폰을 이용해 똑같은 수를 구사한다. 두 번째 수에서 모니카는 퀸을 보드 오른쪽 가장자리로 전개시키는 기습을 펼친다. 상대가 폰으로 공격을 막아 보려 하지만 역부족이다. 세 번째 수에서 모니카의 백퀸은 중앙에 있는 적의 폰을 잡아 킹과 룩을 동시에 위협한다.

상대 소녀는 자신의 킹이 순식간에 체크 상태에 놓이자 당혹감을 금치 못한다.

전광석화 같은 모니카의 기습 공격에 상대는 경기 내내 수세적인 게임을 펼치며 백 군대의 저돌적인 공세를 방어하기에 급급하다.

쉽게 첫 대국을 이긴 모니카 매킨타이어가 자리에서 일어나 다음에 맞붙을 상대가 누군지 확인한다.

예측 가능한 게임을 펼치는 변변찮은 실력의 소유자들을 차례로 이긴 후 모니카는 마침내 결승에 진출한다.

그녀의 상대는 키가 자그마하고, 지난해에 학급 대표 선거에서 경쟁했던 프리실라를 연상시키는 외모의 소유자다.

모니카는 역시나 똑같은 전략을 구사한다. 이번 경기도 싱겁게 느껴지기는 마찬가지다. 모니카의 막강한 퀸은 마치 빙판 위를 미끄러지듯 움직이는 피겨 선수처럼 가로, 세로, 대각선 방향으로 종횡무진한다.

그녀가 몇 수 만에 상대 킹의 목숨을 위협한다.

「체크메이트.」

큰 박수가 터져 나온다.

난 이런 짜릿한 순간이 좋아.

미국 체스 연맹 회장이 모니카의 목에 메달을 걸어 주면서 한마디 한다.

「이렇게…… 파괴적인 체스를 두는 선수는 내 생전에 별로 만나 보지 못했어요. 그야말로 대학살을 펼치더군요. 매킨타이어 씨가 아이슬란드 레이캬비크에서 세계 성인 체스 선수권 대회와 동시에 열리는 주니어 여자 선수권 대회에 우리나라를 대표해 참가해 준다면 우리 연맹으로서는 영광일 거예요. 대회 참가는 또래의 막강한 외국 선수들과 실력을 겨룰 기회이자, 현 체스 세계 챔피언인 러시아의 보리스 스파스키와 타이틀 도전자인 우리 나라의 보비 피셔가 펼치는 세기의 대국을 참관할 수 있는 귀중한 경험이 될 거예요.」

3

루퍼트와 니콜 오코너가 호텔에 도착해 짐을 풀고 있다. 7월인데도 아이슬란드 날씨는 제법 선선하다.

「네가 어리긴 해도 충분히 이해할 수 있을 것 같아 지정학 얘기를 좀 해주마. 지금 우리가 와 있는 레이캬비크에서 열리는 대회는 단순한 체스 선수권 대회가 아니야. 그 이상의 의미가 있어. 중립국으로 인식되는 아이슬란드에서 동서 간의 격전이 펼쳐지는 거니까. 너도 알다시피 제2차 세계 대전 종전 이후 세계는 자본주의 진영과 공산주의 진영으로 나뉘어 냉전 중이란다. 1945년 2월에 개최된 얄타 회담이 냉전의 시발점이었지. 미국과 소련은 이 회담에서 전 세계를 양분해 차지하기로 한 후 국제 정치라는 체스보드에서 한 칸이라도 더 차지하려고 각축을 벌이고 있어.」

니콜이 세계정세에 관한 아빠의 얘기에 귀를 기울인다.

「지금 베트남에서 전쟁이 벌어지고 있는 건 너도 알지. 미국은 그 전쟁의 수렁에 빠져 헤어 나오지 못하고 있어. 이보다 먼저 한국에서는 전쟁이, 쿠바에서는 혁명이 일어났지. TV에서 봤겠지만 아시아 다른 지역과 아프리카, 중남미에서도 충돌이 벌어지고 있어. 이 모두가 미국과 소련의 동맹국들이 벌이는 대리전이지. 우주에서도 미소 간의 치열한 경

91

쟁이 벌어지고 있단다. 로켓과 위성, 탐사선을 발사해 우주 정복 경쟁을 벌이는 거야. 그런 와중에 개최되는 체스 대회 인 만큼 이번 레이캬비크 대회는 큰 상징성을 지닐 수밖에 없어. 소련은 20년 전부터 세계 체스 강국으로 군림하고 있어. 소련에서는 체스가 전 국민적인 스포츠고 학교에서도 아이들에게 체스를 가르치고 있지. 이런 점을 고려하면 대회 우승은 소련 선수가 차지하는 게 당연해 보이기도 해. 현재 세계 챔피언도 보리스 스파스키라는 소련 선수야. 소련인들은 이것이 미국인들에 대한 자신들의 지적 우월성을 증명할 증거라고 여기지. 그런데 최근 체스계에 다크호스가 한 명 등장했어. 이번 대회에서 보리스 스파스키에게 도전할 보비 피셔라는 특이한 미국인이지.」

「어떤 점이 특이한데요?」

「이 친구의 오프닝 전술이 아주 독특해. 보비 피셔의 경기를 본 적이 있는데, 킹만으로 적의 방어벽을 뚫으려고 하더구나.」

「그래서 이겼어요?」

「응.」

니콜은 그 오프닝 장면을 상상하는 순간 온몸에 전율을 느낀다. 가장 귀한 말이지만 동시에 가장 취약하고 움직임에도 제약이 많은 킹을 가지고 어떻게 적진을 돌파해 승리를 쟁취할 수 있단 말인가.

「아빠의 활동을 보고 짐작했겠지만, 나는 소련 편이야. 이번 대회에서도 스파스키가 미국인 도전자를 쉽게 격파해 주길 기대하고 있어. 물론 뜻밖의 결과가 나올 수도 있지만.」

백과사전
보비 피셔

보비 피셔는 1943년, 나치와 스탈린의 유대인 박해를 피해 미국으로 간 유대계 가정에서 태어났다.

그는 어머니 리자이나, 누나 조앤과 함께 브루클린에서 살았다.

보비 피셔는 여섯 살 때 동네 상점에서 산 체스 교재를 가지고 독학으로 체스를 배운다. 그는 가르쳐 주는 사람도 게임 상대도 없이 혼자 연습해 실력을 늘려 나간다.

그는 여덟 살이 되자 체스 클럽에 등록한다.

보비 피셔는 열 살에 벌써 성인 체스 토너먼트에 참가하기 시작한다.

열두 살부터는 참가하는 게임마다 번번이 승리를 거둔다. 〈우리 애는 밥 먹을 때도 식탁에 체스보드를 올려놓고 새로운 베리에이션을 연구해요. 보다 못해 체스보드를 빼앗아 치우면 머릿속으로 계속 체스를 두죠.〉 엄마인 리자이나는 이런 말로 체스에 대한 아들의 열정을 주변 사람들에게 전했다.

보비 피셔는 열네 살에 이미 국내 체스 마스터들을 모두 이기고 미국 체스 챔피언이 되었다.

열다섯 살에 그랜드 마스터 자격을 획득한 그는 학교를 자퇴하고 완전히 체스에 몰두하기로 결심한다.

그는 이길 때마다 5달러씩 받는 조건으로 마흔 명과 동시에 게임을 하기도 했다. 업계 최초의 직업 체스 선수가 된 것이다.

보비 피셔는 체스 선수로서의 활동을 제외하고는 수도사에 가까운 고독한 삶을 살았다고 알려져 있다.

여러 인터뷰에서 그는 수시로 악력계로 악력을 잰다면서, 자신의 최대 악력은 105킬로그램이라고 밝힌 바 있다. 〈상대 선수들이 악수하면서 내 악력을 느끼는 순간 이미 진 게임이라는 걸 직감하게 되죠.〉

보비 피셔는 완벽한 호흡 조절을 위해 숨을 참는 시간을 늘리려고 애쓰기도 했다.

그뿐만 아니라 자신과 맞붙을 소련 챔피언들의 생각을 읽기 위해 러시아어 공부도 했다.

보비 피셔는 고집스럽고 거만하고 변덕스러운 사람이었다. 그는 게임에 앞서 괴상한 조건들을 내걸었고, 자신의 요구가 받아들여지지 않으면 화를 내며 경기장을 박차고 나가기도 했다.

1972년 7월 11일, 아이슬란드 레이캬비크에서 세계 체스 선수권 대회가 열릴 당시 그는 스물아홉 살이었다.

보비 피셔는 그랜드 마스터들을 상대로 연속 20승을 올린 후 결승전에 진출해 당시 세계 체스 챔피언이었던 소련의 보리스 스파스키와 맞붙게 됐다. 이미 〈세기의 토너먼트〉라고 불린 역사적인 경기였다.

두 선수는 두 달에 걸쳐, 최대 경기 시간이 다섯 시간으로 제한된 스물네 번의 경기를 통해 승부를 가리게 됐다. 미국 선수가 국제 체스 대회에서 이 수준에 오른 것은 사상 초유의 일이었다. 전 세계 TV 채널이 이 역사적 사건을 중계할 예정이었는데, 당시 소련과 미국의 수반이던 레오니트 브레즈네프와 리처드 닉슨 또한 경기를 시청할 것이라고 밝혔다.

에드몽 웰스,
『상대적이며 절대적인 지식의 백과사전』

4

체스 경기가 열리는 레이캬비크의 넓은 대회장. 앞줄에 아이슬란드 대통령과 각료들, 소련과 미국 대사, 기자들, 그리고 유명 세계 체스 챔피언 몇 명이 앉아 있다.

매킨타이어 모녀는 관람석 우측 열 뒤쪽에 자리를 잡았다.

보리스 스파스키의 모습이 보이자 관객석에서 박수가 터져 나온다. 키가 아담하고 앞머리 숱이 유난히 많은 양복 차림의 남자가 무대에 올라와 체스보드 앞에 놓인 의자에 자리를 잡는다.

「피셔는 어디 있어요?」

모니카가 엄마에게 귓속말을 한다.

「금방 오겠지.」

제시카가 좌우를 살피면서 대답한다.

모니카뿐 아니라 관객 모두가 조바심을 느끼며 도전자인 보비 피셔의 도착을 기다리고 있는데 무슨 일인지 미국 체스 챔피언은 모습을 드러내지 않는다.

멀리서 대회 주최자들이 걱정 가득한 얼굴로 얘기를 주고받는 모습이 모니카의 눈에 들어온다.

드디어 경기 시작 시간인 오후 5시. 심판은 피셔가 없는 상태에서 경기를 시작하겠다고 알린다.

스파스키가 첫 번째 수를 둔다. 그가 퀸스 폰 오프닝, 다시 말해 퀸 앞의 폰을 앞으로 두 칸 움직여 중앙을 차지하게 하고 나서 타이머를 누른다. 이제 상대방 시계의 카운트다운이 시작된다.

초침이 쉴 새 없이 움직이지만 피셔는 여전히 경기장에 나타나지 않는다. 경기 규정에 따라 한 시간을 넘기면 자동적으로 기권패로 간주될 것이다.

이때, 무대 뒤쪽에서 장신의 사내가 휘적휘적 걸어 나온다.

그가 교통 체증 때문에 늦었다면서 사과를 전한다.

관객들의 표정에 일제히 안도감이 어린다. 곧 세기의 대국이 펼쳐질 것이다.

보비 피셔가 테이블 앞에 자리를 잡고 앉더니 나이트를 집어 스파스키처럼 보드 중앙으로 옮긴다.

드디어 첫 번째 대국이 시작된다.

보비 피셔의 얼굴을 처음 본 모니카가 깜짝 놀란다. 긴 얼굴이 칼날처럼 날카로운 인상을 준다. 모니카가 시선을 맞추려고 아무리 애를 써도 그는 관람석에 눈길 한번 주지 않는다.

무대에서 먼 자리에 앉아 있는 매킨타이어 모녀는 관람객들을 위해 설치된 전광판에 실시간으로 중계되는 행마 과정을 가슴 졸이며 지켜본다.

5

오코너 부녀는 레이캬비크 경기장 좌측 열에 앉아 대국을 관람 중이다.

니콜은 한 편의 스릴러 영화를 보는 듯한 긴장감 속에 무대에서 눈을 떼지 못한다.

두 체스 마스터는 서로 눈길도 주고받지 않는다.

몇 수가 오가고 나서 갑자기 보비 피셔가 자리에서 일어나더니 심판에게 다가가 카메라 소리가 시끄러워 집중할 수 없다고 항의한다. 심판이 그를 진정시켜 자리로 돌려보내려 하지만 피셔가 욕을 하며 대든다. 스파스키는 흥미로운 표정을 지으며 곁눈질을 할 뿐 자세 하나 흐트러지지 않는다.

스물여덟 번째 수. 게임은 대등하게 펼쳐지고 있다. 양 선수가 잃은 말의 수가 똑같은 상태에서 경기는 무승부를 향해 가고 있다.

스물아홉 번째 수에서 피셔가 체스 초보자나 할 법한 실수를 덜컥 저질러 비숍 하나를 잃지만 여전히 무승부로 끝날 가능성은 남아 있다. 하지만 서른일곱 번째 수와 마흔 번째 수에서 또다시 두 번의 실수를 범하고 나서 결국 쉰여섯 번째 수에서 게임을 포기한다. 그는 불같이 역정을 내면서 자신이 진 것은 카메라 탓이라고, 여러 대의 카메라가 내는 소리 때문에 정신이 산란했다고 말한다. 보비 피셔는 방송국 카메라들을 모두 철수시켜 줄 것을 대회 주최 측에 요구하면서, 요청이 받아들여지지 않을 경우 두 번째 경기에 불참하겠다고 공언한다.

결국 두 번째 경기에서 피셔가 스파스키에게 기권승을 안김으로써 스코어는 0 대 2가 된다.

루퍼트가 니콜에게 작은 목소리로 속삭인다.

「봤지? 미국 선수는 실력이 없는데 거만하기까지 해. 이 경기는 미래 지향적인 인간과 과거 지향적인 인간의 대결을 보여 주고 있어. 전자는 차분하고 감정을 절제할 줄 아는 반면 후자는 신경질적이고 변덕스럽지. 당연히 스파스키가 이길 수밖에 없어. 그의 승리는 결국 집단주의 모델이 개인주의 모델보다 우월하다는 결정적 증거나 다름없다고 봐.」

미국 선수가 우스운 꼴이 되는 모습을 눈앞에서 보며 니콜은 날아갈 듯한 기분을 느낀다. 루퍼트가 말끝을 잇는다.

「보비 피셔가 모르는 게 하나 있어. 그가 지금 상대하고 있는 건 개인 한 명이 아니라 한 팀이야. 저기, 저쪽 구석에 앉아 있는 회색 양복 차림의 사내들을 보렴. 저들은 일반 관람객들이 아니라 모두 소련 출신 체스 챔피언들이야. 이 게임을 열심히 분석 중인 게 분명해. 피셔의 게임 스타일을 파악해서 다음번에 스파스키가 더 나은 경기를 펼치게 하려고 말이야. 내가 장담하마. 거만한 미국 선수는 절대 이번 대회에서 우승할 수 없어.」

6

　스파스키는 카메라 소음을 피해 대회장 뒤쪽에 있는 밀폐 공간에서 게임을 하자는 피셔의 요구를 받아들였다. 새로운 장소는 다름 아닌 탁구장. 이외에도 피셔는 관람객의 입장을 허용하지 말아야 하며, 카메라도 한 대만 설치해 소음을 발생시키지 않아야 한다는 자신의 조건이 수용돼야만 경기에 복귀하겠다고 말한다.

　결국 취재 기자들은 게임이 벌어지는 탁구장 바로 옆방에서 TV 생중계로 게임을 지켜볼 수밖에 없다.

　매킨타이어 모녀는 본래 경기가 열릴 예정이었던 대회장에서 다른 관람객들과 함께 벽에 설치된 전광판으로 실시간 중계되는 기보를 쳐다보고 있다.

　「대체 피셔가 왜 저러는 걸까요?」

　모니카가 엄마에게 귓속말로 묻는다.

　「극도로 예민한 성격인 것 같아. 감각도 지나치게 섬세하고. 두뇌 회전이 너무 빠르다 보면 폭주할 수 있지 않을까. 얼마든지 가능한 얘기야. 과도하게 높은 지능은 때로 불리한 조건이 되기도 해.」

　타이머를 누르는 소리와 함께 세 번째 게임이 시작된다.

　보비 피셔는 중앙을 상대에게 내주고 경기 초반부터 나이

100

트를 포기하는 듯한 위험천만한 전략을 펼친다. 상대의 의도를 파악하지 못한 스파스키는 당혹감을 감추지 못한다. 피셔는 여러 차례 상대의 허를 찌르는 수를 구사한 끝에 게임을 승리로 이끈다.

「보비 피셔가 이제야 게임에 몰입하기 시작한 것 같아.」

제시카가 흐뭇한 표정을 짓는다.

세 번째 게임에서 보비 피셔가 거둔 승리는 레이캬비크를 넘어 전 세계에 큰 반향을 불러일으킨다. 체스에 관심이 없거나 따분하다고 여기던 사람들, 체스 규칙이 뭔지도 모르던 사람들이 갑자기 체스에 열광하기 시작한다. 그들은 무엇보다 보비 피셔라는 인물의 기행에 매료된다. 전 세계인들이 누가 최종 승자가 될 것인가를 두고 내기를 건다.

이후에 다시 처음의 큰 대회장으로 옮겨 경기가 계속되지만, 피셔는 걸핏하면 성질을 내고 변덕을 부려 주최 측을 당혹스럽게 만든다. 그는 뒤쪽 관람석을 없애 달라고 요구해 결국 협상 끝에 세 줄을 없애겠다는 약속을 받아 낸다. 소련 관리들 역시 온갖 요구 조건을 내건다. 그들은 미국 첩보 당국이 소련 체스 챔피언의 집중력을 저하시키는 전자파가 나오는 전자 장치를 대회장에 설치했으리라 의심한다. 보리스 스파스키 본인도 전등에서 방사선이 나오는 것 같다고, 자신이 앉은 의자에서도 방출되는 느낌이 든다고 불만을 터뜨린다. 결국 주최 측에서 대회장의 모든 집기와 장비를 수거해 분해한 후 전문가들에게 감정을 의뢰한다. 아이슬란드 경찰은 혹시라도 문제의 소지가 있는 장비들이 있지 않나 해서 대회장 내부를 샅샅이 뒤진다.

양측 정부가 이렇게 첨단 기술까지 동원해 편집증적인 신경전을 펼치는 상황이 게임에 대한 언론과 대중의 관심을 한층 증폭시킨다.

여러 주에 걸쳐 계속되는 한 게임 한 게임에 전 세계의 이목이 쏠린다.

매킨타이어 모녀는 전혀 지친 기색 없이 가슴을 졸이며 매 게임을 지켜본다.

경쟁을 벌이는 두 선수는 신경이 극도로 날카로워진 상태에서 피로감을 느끼며 경기에 임하고 있다. 이 경기가 가진 세계사적 의미가 그들의 마음을 짓누르고 있을 게 분명하다.

그리고 21라운드 경기가 열리는 1972년 8월 31일.

이때까지의 스코어는 11.5 대 8.5로 피셔가 3점 앞서고 있다. 여기서 피셔가 1점을 따내 12.5점을 선취할 경우, 그의 승리로 이 긴 경기가 끝나게 된다.

대국을 시작한 보리스 스파스키는 초반부터 게임이 잘 풀리지 않는 눈치다. 판세가 피셔 쪽으로 기운 상태에서 그가 컨디션 난조를 이유로 게임 중단을 요청한 뒤 호텔로 돌아가 휴식을 취한다. 어떤 사람들은 불안한 마음으로, 어떤 사람들은 기대에 부풀어 다음 날이 오기를 기다린다. 보리스 스파스키는 결국 호텔에서 주최 측으로 전화를 걸어 게임 포기를 선언한다.

이로써 보비 피셔는 스물아홉 살에 공식적으로 제11대 세계 체스 챔피언에 등극한다. 그는 전 세계 뉴스의 헤드라인을 장식하며 일약 대스타로 떠오른다. 일각에서는 벌써 소련의 이번 패배가 소비에트 제국 붕괴의 신호탄이라는 해석이 나오기도 한다.

제시카 매킨타이어가 들뜬 목소리로 딸에게 말한다.

「너도 봤지, 모니카. 창의력과 독창성을 지닌 인물 하나가 국제 지정학 판을 흔들어 놓을 수 있는 거 말이야.」

우승이 확정된 직후 보비 피셔는 몰래 숙소를 빠져나와 혼자 며칠 자연을 산책하며 시간을 보낸다.

7

오코너 부녀는 실망감을 어렵게 삭이며 아이슬란드의 한 학교 건물에 도착한다. 이곳에서는 역시 국제 체스 연맹의 주관하에 성인 선수권 대회보다 작은 규모로 주니어 체스 선수권 대회가 열릴 예정이다.

경기장에는 TV 중계 팀이나 취재 기자들도, 관람하러 온 국가 정상들도 없다. 북적이는 인파로 후덥지근한 대회장에 소녀 소년 들과 동행한 부모들의 모습만 보인다.

대회장 한쪽에는 주니어 남자 선수권 대회 참가자들이 모여 있고 다른 쪽에는 여자 대회에 참가하는 아이들이 모여 있다.

니콜은 자신과 대적할 상대들을 하나하나 유심히 살펴본다. 대다수가 소련과 중국 선수다.

드디어 호명을 받은 니콜이 배정된 테이블 앞에 가서 앉는다. 첫 번째 상대는 같은 또래의 소련 선수다.

호락호락한 상대가 아니지만 니콜은 평소대로 폰으로 장벽을 세우는 전략을 구사한 끝에 신승을 거둔다.

이후 네 명의 상대를 일사천리로 이기고 니콜은 준결승전에 진출한다.

상대는 미국인 소녀.

첫인상부터 니콜의 시선을 끈다. 검은 머리에 은회색 눈동자가 매력적이기도 하지만 뭐라고 꼬집어 말하기 힘든 매혹적인 분위기를 풍긴다.

이렇게 첫눈에 상대를 사로잡는 매력을 가진 아이는 처음 봤어.

니콜이 상대를 뚫어져라 쳐다본다.

「조금만 있다 시작할게요.」

심판이 골똘한 표정으로 서류를 뒤적이기 시작한다.

「미안해요, 내가 등록 서류를 뒤섞어 놓은 바람에 그만.」

심판의 신경이 곤두서 있다.

그가 심각한 표정으로 계속 서류를 들여다본다.

뜻하지 않은 시간이 생긴 니콜이 정면의 유리창에 비친 자신의 모습을 뚫어져라 바라본다.

저 애에 비하면 난 너무나 평범하게 생겼어.

이다음에 커서 나는 그저 그런 여자가 될 거야. 아무런 매력도 없는.

생각해 보면 외모야말로 세상에서 가장 불평등해.

돈은 유산을 아무리 많이 받아도 그걸 지키거나 불릴 재능이 없으면 사라질 수 있지. 하지만 외모는 달라.

타고난 미모만큼 대단한 특권이 또 있을까.

상대 소녀도 니콜에게서 시선을 거두지 않는다. 눈이 부딪치며 불꽃이 튄다.

쟤는 마치 영화배우 같아.

어쩜 저렇게 자신감 있고 당당해 보일 수 있을까.

그냥 예쁜 게 아니라 〈기품〉이 느껴져.

등록한 선수들의 명단 확인을 마친 심판이 흡족한 표정을 지으며 두 소녀에게 백을 잡아 선수를 둘 사람을 동전을 던져 결정하자고 제안한다.

　게임이 시작된다. 니콜이 백퀸 앞의 폰을 두 칸 전진시켜 중앙을 차지한다.

8

보통내기가 아닌 것 같아.

모니카는 금발 머리에 청록색 눈동자를 지닌 상대를 보며 두려움을 느낀다.

정신 바짝 차려야겠어.

그녀는 평소대로 초반부터 퀸을 활용한 기습 공격을 시도한다. 하지만 상대가 폰을 전진 배치시켜 난공불락의 장벽을 쌓아 놓는 바람에 번번이 좌절된다. 해안을 덮치는 거대한 파도를 연상시키는 백폰의 장벽이 흑 진영을 옥죄어 온다.

포위 상태에서 모니카가 돌파를 시도해 보지만 무시무시한 적의 장벽을 뛰어넘기는 불가능하다.

이미 탈락한 참가자들과 그들의 부모가 빙 둘러서서 게임을 지켜보고 있다.

좌중에서 킥 하고 웃음이 터진다.

날 비웃는 소리야.

모니카는 자신이 불리해질수록 관중이 체스 테이블로 더 바짝 다가온다고 느낀다.

사람들의 체취가 불편하게 느껴지는 순간 오른쪽 귀에 뜨거운 입김이 와 닿는다.

모니카가 몸을 홱 돌려 쏘아보자 한 사람이 움찔하며 뒤로 물러난다.

모두 똘똘 뭉쳐 한패가 된 것 같아.

지금 저들 모두를 나 혼자 상대하고 있어.

모니카가 고심 끝에 수를 두고 타이머 버튼을 누른다. 사람들의 원이 더 좁혀지는 게 느껴진다.

숨을 못 쉬겠어.

모니카가 셔츠 위쪽 단추를 몇 개 풀더니 숨을 크게 내쉬면서 눈을 감는다.

「다들 뒤로 좀 물러나 주시면 안 되겠어요?」

상황을 눈치챈 제시카가 소리를 지르다시피 한다.

몇 사람이 투덜거리며 뒷걸음질을 친다.

모니카와 마주 앉은 청록색 눈의 금발 소녀는 조금도 동요하는 기색이 없다.

게임이 계속된다. 백폰의 장벽은 철통같다. 아니, 마치 지진 해일처럼 흑 진영을 향해 진군해 온다.

얘는 대체 어떤 애지?

상대의 표정을 읽을 길이 없으니 답답하기만 하다. 이따금 금발 소녀는 경기 자체에 무관심해 보이기도 한다.

그녀 옆에 바짝 붙어 서 있는 거구의 성인 남성 하나가 보인다. 소녀의 아빠임이 분명한 뚱뚱한 중년 남자는 소리를 내며 껌을 질경질경 씹는다. 자기 딸 차례가 되면 남자의 턱은 더 빨리 움직이기 시작한다. 그는 이따금 압력솥에서 김이 새어 나오는 것 같은 작은 웃음소리를 내기도 한다.

자기 딸이 나를 코너에 몰아넣은 게 신나 죽겠는 모양이야.

몸에서 열이 나고 호흡이 가빠진다.

저 폰의 장벽을 뛰어넘을 수를 찾아야 해.

분명히 방법이 있을 거야. 반드시 찾아내겠어.

이럴 때 보비 피셔의 영혼이 계시라도 주면 얼마나 좋을까.

그녀를 빽빽이 둘러싼 사람들과 그들이 뿜어내는 체열 때문에 모니카는 집중에 애를 먹는다. 그녀가 신경질적으로 자리를 박차고 일어난다. 천재 체스 플레이어가 기적 같은 한 수는 귀띔해 주지 않고 편집증만 감염시켜 놓은 모양이다.

그녀가 심판에게 다가가 관중을 뒤로 물러나게 하라고 요구한다.

심판이 모니카의 요청을 있는 그대로 전달하자 관중이 즉시 원을 넓히며 뒤로 물러나는 듯하더니 이내 다시 좁히며 다가온다.

「부탁드립니다. 여러분 때문에 우리 애가 집중에 방해를 받고 있어요.」

별거 아니야. 대단한 전략이 있는 게 아니라 폰으로 장벽을 쌓았을 뿐이야. 분명히 틈이 있을 테니 그걸 찾아내면 돼.

시간이 흐를수록 모니카는 포위당했다는 압박감에 시달린다. 반면 상대 소녀는 표정에 전혀 흐트러짐이 없다.

모니카가 비숍 두 개로 공격을 시도하다 결국 하나를 잃고 만다.

그사이 백폰 하나가 흑 진영의 마지막 랭크에 도달해 퀴닝[1]에 성공한다!

파국적인 상황. 흑킹은 그야말로 사면초가에 처했다. 더

---

1 queening. 체스에서 폰이 상대편 진영 보드 끝에 도달했을 때 킹을 제외한 다른 기물로 승격하는 것. 이하 모든 주는 옮긴이의 주이다.

이상 탈출구가 보이지 않는다.

「체크…….」

금발 소녀가 청록색 눈을 반짝이며 내뱉는다.

만족해하는 티도 내지 않는다. 그녀는 자신이 둔 치명적인 한 수에 상대가 어떻게 응수할지 이미 알고 기다린다는 듯이 모니카를 건너다본다.

잠시 후 금발 소녀가 예의 그 무심한 어조로 덧붙인다.

「메이트.」

모니카가 자리에서 일어나 악수를 청한다. 두 소녀가 손을 맞잡는 순간, 시간이 정지하는 느낌이 든다. 그들이 잡은 손을 놓지 않고 서로를 뚫어져라 쳐다본다.

뭔가 이상한 분위기가 감지되는 순간, 모니카가 상대를 와락 끌어당겨 바닥에 넘어뜨린다. 그러고는 위에 올라타 무릎으로 팔을 눌러 꼼짝 못 하게 한 다음 두 손으로 상대의 가느다란 목을 움켜쥔다. 손끝에서 핏줄이 팔딱팔딱하는 게 느껴진다.

모니카가 있는 힘껏 목을 조르기 시작한다.

9

기도가 막히는 느낌이 든다. 그런데도 당혹감이나 공포, 분노 같은 감정이 일어나지 않는 게 이상하다고 니콜은 생각한다.

그녀는 자신을 죽이려는 상대를 빤히 올려다본다.

은회색 눈동자가 거울처럼 맑은 아이야.

이왕 죽을 바에 이런 완전무결한 미모의 소유자에게 죽는 게 낫겠지.

공기가 더 이상 폐로 흘러들어 오지 않아 가슴이 뜨겁고 답답해지는데도 니콜은 엷은 미소를 띠우기까지 한다.

이로써 모든 게임이 끝났어.

열두 살로 내 삶이 마감되고 있어. 지금 내 눈앞의 아이는 체스에서 졌다고 날 죽이려는 걸로 보아 정신적 문제가 있는 게 분명해.

모든 장면이 슬로 모션으로 지나간다. 소리가 끊어진다. 사람들이 입을 뻥긋뻥긋하고 서 있는 게 보일 뿐이다.

한 중년 남자가 달려와 뒤에서 몸을 잡아당기자 공격 중이던 소녀가 그제야 니콜의 목을 놓고 물러난다.

기겁을 하며 놀란 아빠가 니콜을 내려다보고 있다. 귀에 들리진 않지만 뭔가를 쉬지 않고 얘기한다.

아빠의 우렁우렁한 목소리와 무음의 대비가 너무도 극명

해 니콜은 저절로 미소가 지어진다.

아빠가 나한테 괜찮은지 묻고 있는 게 틀림없어.

불쌍한 아빠, 내가 잘못될까 봐 안절부절못하고 있구나.

아빠가 날 얼마나 사랑하는지 느껴져.

방금까지 그녀의 목을 조르던 소녀를 사람들이 마치 맹수처럼 제압해 붙잡고 있는 모습이 보인다.

쟤는 지는 게 죽기보다 싫은가 봐.

고작 체스 게임에 죽기 살기로 덤비는 걸 보면 불행한 애가 틀림없어.

사람들이 그녀를 빙 둘러싸고 내려다보며 걱정스럽게 한마디씩 하는 동안 몇 사람은 여전히 야생마처럼 날뛰는 소녀를 진정시키느라 애를 먹는다.

저 불쌍한 애를 탓하고 싶진 않아. 나도 똑같이 행동했을 테니까.

마치 무성 영화를 저속 재생해 보고 있는 느낌이 든다.

나만 빼고 다들 신경이 곤두서 있는 것 같아 보여. 내가 여전히 생사의 기로에 있어서 그런 걸까? 정작 나는 이 순간이 그다지 괴롭지 않아. 단지…… 낯설 뿐이지.

응급 구조대가 도착해 사람들 사이를 헤치고 니콜에게 다가와 심폐 소생술을 시작한다. 대원 하나가 인공호흡을 실시한다.

깜빡임을 멈춘 그녀의 두 눈이 대원의 얼굴을 바라보고 있다. 한 손으로 그녀의 코를 잡고 있는 구조대원의 얼굴이 오르락내리락하며 입에 숨을 불어넣는다. 그의 입 냄새와 살에 닿는 까칠까칠한 콧수염의 감촉이 느껴진다.

다른 대원 하나가 그녀의 가슴 사이를 압박하기 시작한다.

입에 공기를 불어넣고 가슴을 누르는 동작이 기계적으로 반복되는 동안 그녀를 빙 둘러싸고 내려다보는 사람들의 입술이 열렸다 닫혔다 한다. 하지만 그녀의 귀에는 아무 소리도 들리지 않는다.

인공호흡에는 비 지스Bee Gees의 「살아 있어」가 제격이겠어. 혹시 구조대원들이 그걸 알고 세계적인 히트곡의 리듬에 맞춰 내 가슴을 누르고 있는 걸까?

순간 공기가 다시 허파 꽈리에 들어찼다 빠져나가면서 심장이 박동하기 시작한다. 사람들의 얼굴에 일제히 안도감이 번진다.

아…… 내가 죽지 않고 살았구나.

여전히 변형돼 들리지만 끊겼던 소리도 다시 귀에 들어온다. 〈애가 숨을 쉬긴 해요?〉 〈가만히 있지 말고 어떻게든 좀 해봐요!〉 〈아니, 쟤는 무슨 생각으로 이런 끔찍한 짓을 했을까?〉

무의미한 말들이 쉴 새 없이 오간다.

니콜이 들것으로 옮겨져 앰뷸런스에 실리자 이내 요란한 사이렌 소리를 내며 차가 도로를 질주하기 시작한다.

대체 이 난리법석을 떠는 이유가 뭐지?

간호사가 심장 박동을 체크하기 위해 그녀의 몸에 기계를 부착해 놓는다.

멀쩡한 사람한테 왜 쓸데없는 짓을 하는 거지?

앰뷸런스에 동승한 아빠가 딸의 손을 꼭 쥐고 있다. 그의 얼굴이 붉으락푸르락한다.

「가만두지 않을 거야. 최고의 변호사들을 동원해 걔 부모는 혼쭐이 나게 만들고 그 미친 애는 감옥에 처넣을 테니 두고 보렴.」

아직 목에서 말이 빠져나오지 않아 니콜이 애원하듯 아빠를 쳐다본다.

그러지 마세요. 그건 내가 바라는 게 아니에요.

아빠가 생각하는 방식은 틀렸어요. 복수는 내가 할 거예요. 하지만 지금 당장은 아니에요. 아빠처럼 변호사를 고용해서 피해 보상을 요구하는 방식도 아니고요.

그보다 더 멋진 방식으로, 내 방식으로 복수할 생각이에요.

절대 소송 같은 건 하지 말라고, 이제부터는 내가 알아서 할 거라고 얘기해야 하는데 왜 소리가 입 밖으로 나오지 않는 걸까.

내가 알아서 할게요. 언제, 어떻게 복수할지는 내가 정해요.

걱정 말아요, 아빠……. 걔는 반드시 혹독한 대가를 치르게 될 거예요. 내가 걔를 가만두지 않겠어요.

10

〈레이캬비크 세계 체스 선수권 대회와 별도로 열린 주니어 여자 선수권 대회에서 불상사가 발생했다. 보비 피셔와 보리스 스파스키의 대국이 종료된 후 열린 이 대회의 준결승전에서 겨우 열두 살인 선수 한 명이 또래 상대 선수에게 달려들어 목을 졸랐다. 가해자가 자신의 패배를 받아들이지 못해 저지른 행동으로 보인다. 다행히 피해자의 생명에는 지장이 없는 것으로 알려졌다.〉

정신과 의사가 신문을 내려놓는다. 그러고 나서 테가 가느다란 안경을 콧등으로 내리며 모니카를 바라본다. 엄마 옆에 앉은 모니카는 의사의 턱에 있는 콩알만 한 사마귀에서 시선을 거두지 못한다. 길고 곱슬한 털 세 올이 사마귀 위로 솟아 있다.

「우리 애가 느닷없이 또래 아이들한테 폭력성을 드러낸 게 이번이 처음이 아니에요.」

제시카가 사실을 있는 그대로 말한다.

의사가 알겠다는 뜻으로 고개를 한 번 끄덕인다.

「네 입으로 직접 이번 일에 대해 듣고 싶구나. 무슨 일이 있었던 거지?」

「걔의 플레이 방식이 내 숨통을 조였어요. 그래서 똑같이

115

되갚아 준 것뿐이에요.」

모니카가 당연한 일이라는 듯이 말한다.

「미안하지만 난 체스를 둘 줄 몰라, 모니카. 하지만 말이
야…… 게임에서 상대 숨통을 조이는 것과 실제로 누군가의
목을 조르는 것은 엄연히 달라. 그렇지 않니?」

이 의사는 자기 관점을 나한테 강요하고 있어.

「체스를 배우게 되면 생각이 달라지실 거예요, 선생님. 얼
핏 보면 가로세로로 줄이 그어진 작은 보드 위에서 목각 인
형을 움직여 하는 가벼운 게임 같지만, 실은 우리 인체에 강
한 생리 작용을 일으켜요. 그래서 저는 게임을 하고 나면 살
이 빠져요. 체스 게임이 정신 활동일 뿐 아니라 신체 활동이
기도 하다는 증거죠.」

의사는 납득이 가지 않는다는 표정이다.

「모니카만 그런 신체적 변화를 겪는 게 아니에요. 체스 대
회에 참가하는 선수들은 한 경기를 치르고 나면 1킬로그램
까지 빠지기도 한대요. 천재 체스 플레이어들은 정도가 더
심하다고 들었어요.」

제시카가 보충 설명을 한다.

「아무리 그래도 너는 중대한 잘못을 저질렀어. 상대 선수
에게 위해를 가했으니까. 주변 사람들이 개입하지 않았다면
아마 넌 그 행동을 멈추지 않았을 거야!」

모니카가 못마땅한 표정으로 한숨을 내쉰다.

나보다 머리가 나쁜 사람의 진단을 받아야 하는 어처구니없는
상황이야.

의사가 제시카를 향해 몸을 튼다.

「체스 게임 중이 아닐 때도 갑자기 공격성을 보인 적이 있다고요?」

「가끔은 믿기 힘들 만큼 과격하게요.」

「가령, 살의를 드러낸다든가 하는?」

「우리 애는 무리 짓는 걸 싫어해요. 군중 속에 있는 걸 견디지 못하죠. 그런데 그날 애 주변에 사람이 너무 많아 그 사달이 났던 거예요.」

「그랬었니, 모니카?」

소녀가 고개를 끄덕이고 나서 말한다.

「저는 다른 사람을 좋아하지 않아요.」

의사가 놀라며 한쪽 눈썹을 찡긋한다.

「이유가 뭐지?」

「사람들과 같이 있으면 가슴이 짓눌린 것처럼 답답하고 혼자 있을 때만 마음이 편안하거든요. 〈불행한 둘보다 외로운 하나가 낫다〉라는 말도 있잖아요.」

「무슨 뜻인지 좀 더 설명해 줄래?」

아무것도 모르는 의사야.

「누가 제 생각에 끼어드는 게 싫어요. 음, 이걸 어떻게 설명한다? 그러니까, 저는 제가 하는 생각을 일종의 정결한 음악으로 여겨요. 나머지 것들은 제 고유의 음악을 혼탁하게 만드는 소음 같은 거죠.」

「네 고유의 음악? 그게 뭔지 조금 더 설명해 주겠니?」

「다른 사람들의 존재가 제 생각에 방해가 돼요. 그 시합 때 딱 그랬어요. 사람들의 숨소리, 쑥덕거리는 소리, 저를 향한 시선 때문에 정결한 정신으로 생각에 집중할 수가 없었던 거

117

예요.」

「정결한 정신이라고 했니?」

내 말끄트머리에 물음표만 붙이는 게 이 의사의 치료 방식이구나. 마음에 안 들지만 엄마를 걱정시키지 않으려면 내색하지 말아야지.

「네, 그건 타인에게 침범당하지 않는 정신의 순수하고 오롯한 상태를 말해요……..」

의사는 이미 염두에 둔 병명이 있는 눈치다. 그녀가 고개를 까딱하고 나서 뭔가를 재빨리 메모지에 적는다.

「우리 애 상태가 어떤가요?」

엄마 제시카가 의사에게 묻는다.

「제가 보기엔 호르몬 문제 같아요. 갑상샘이 팽창하면 사이클러사이미아Cyclothymia, 즉 순환 기분 장애를 촉발하는 경우가 있어요. 그렇게 되면 과다 흥분 상태가 되고 공격성을 조절하기가 어렵죠.」

제시카는 애매하고 추상적인 문제에 전문 용어를 사용한 진단명이 붙자 흡족해한다.

사이클러…… 사이미아? 사이미아thymia라면, 가슴샘thymus과 관계가 있을 것 같은데……. 하지만 갑상샘은 목 안에 있고 가슴샘은 목 아래쪽 폐 사이에 있으니 위치가 달라. 물론 갑상샘과 가슴샘 둘 다 호르몬 흐름에 영향을 미치긴 하지만, 지금 내 앞의 의사는 아무 소리나 떠들어 대는 것 같아. 그 애의 게임 스타일 자체가 나에 대한 공격이었다는 걸 이해하기가 그렇게 힘든가?

「일단 갑상샘 초음파를 찍어 보는 게 좋겠어요. 만약 제 진단이 맞으면 수술을 한번 고려해 보세요. 위험하거나 어렵지 않은 수술이에요.」

「그러면 애가…… 차분해질까요?」

「물론이에요. 제 환자 여럿이 이미 수술을 받았는데, 감정 조절 능력이 많이 좋아졌어요. 최소한 모니카가 다시 또래 아이 목을 조르려고 달려드는 일은 없을 거예요. 그것만큼은 확실해요.」

집으로 돌아오는 길에 매킨타이어 모녀는 한동안 말이 없다.

모니카가 먼저 말문을 연다.

「갑상샘 수술을 해야 해요, 엄마?」

제시카가 어깨를 으쓱 추어올린다.

「외과 수술로 사람의 인성을 바꿀 수 있다고 생각하진 않아. 그리고 무엇보다 난 억지로 네 성격을 바꿔 놓긴 싫어. 어쨌든 네가 다른 아이들과 접촉 없이 지금처럼 독학하는 게 좋을 것 같아. 너도 그걸 바랄 테고.」

모니카는 엄마의 생각을 듣고 나서야 안심이 된다.

엄마는 내 문제를 정확히 알고 있어. 족쇄를 채우지 않고 나를 혼자 자유롭게 놔두는 게 해결책이라는 걸 말이야.

「그런데 있잖아, 너한테 공격당한 애 쪽에서 아무 연락이 없는 게 이상하다 못해 걱정스러워. 걔 부모한테서 전화 한 통 없었어.」

그것참, 이상한 일이긴 하네.

「당연히 소송을 걸 줄 알았는데 그럴 기미조차 없으니 너무 이상해.」

「내가 보기에 정말 똑똑한 애 같았어요. 내 행동이 일시적인 기분 문제였다는 걸 충분히 이해했을 거예요.」

모니카가 엄마를 쳐다본다.

「알아보니까 걔 아빠가 양모 사업으로 막대한 돈을 번 오스트레일리아 재력가더라. 그런 사람들은 대개가 없는 문제도 만들려고 하는데, 가만히 있으니 이상하지 않니. 네가 자기 딸을…… 그렇게 했는데도.」

죽이려고 했다고?

모녀가 행인들로 가득한 대로를 걷고 있다.

「엄마는 걔를 어떻게 봤어요?」

「보통 실력이 아니라고 느꼈어. 그러니 널 이겼겠지. 경기를 보면서 네가 드디어 좋은 적수를 만났다고 생각했는데, 네 입장에선 무척 놀랐을 거야. 심리적으로 위축됐을 거고.」

「누구 앞에서 그렇게 두려움을 느끼긴 처음이었어요.」

「체스 상대로 말이니?」

「……그 이상이었어요. 그 아이의 침착함과 플레이 방식, 냉정함, 방관자적 초연함, 주로 폰을 활용하는 전략까지, 걔의 모든 것이 나를 두렵게 만들었어요. 특히나 그 애의 공격 전략은, 뭐랄까…… 내 속을 긁어 놨어요.」

행인들이 부딪히는 사람 하나 없이 빠른 걸음으로 일사불란하게 걷고 있다.

엄마도 충격이 이만저만이 아닌 것 같으니 안심하게 해줘야겠어.

「보비 피셔의 경기를 보고 나서 내가 흥분해 있었어요.」

모니카의 목소리가 차분해져 있다.

「게다가 대회장 분위기, 수많은 사람들의 후끈한 열기로

120

가득 찬 실내, 그 모든 것이 너무도 낯설었어요. 그런 게 다 복합적으로 작용하지 않았을까요.」

「그랬을 거야. 스파스키의 목을 조르진 않았지만 보비 피셔도 너와 비슷한 상태였을 거야.」

인파와 보속을 맞추기 위해 모녀가 빠른 걸음을 옮긴다.

「체스 대회 출전이 너를 위해 좋은 일인지 모르겠어. 경기를 하다 보면 감정을 통제할 수 없는 상황이 벌어지잖아. 특히 경기에서 지면 말이야.」

모니카가 뚝 걸음을 멈추며 엄마를 쳐다본다. 뒤따라 걷던 사람들이 멈춰 서거나 인상을 찌푸리며 모녀를 비켜 지나간다.

「부탁이니 다른 건 몰라도 체스를 그만두라고 하지는 말아요, 엄마.」

「너를 위해서 하는 말이야. 이번 같은…… 난처한 일이 다시는 일어나지 말아야 하니까.」

「다시는 그런 일 없을 테니까 제발 체스는 계속할 수 있게 해줘요. 나도 스트레스를 풀 방법이 필요해요……. 체스라는 전략 게임은 내 감정을 표출하는 통로란 말이에요. 체스를 통해 나 자신을 더 잘 알게 돼요. 충동을 조절하는 방법도 배우고요.」

제시카는 자신이 전사를 낳았다는 생각을 하며 딸의 눈을 빤히 들여다본다.

11

레이캬비크 세계 체스 선수권 대회 후 다섯 달이 지난 1972년 12월 31일.

루퍼트 오코너가 딸을 흐뭇하게 바라보고 있다. 지난번 사건 이후 뜻밖에도 니콜은 더 활기가 넘친다.

어처구니없는 폭력을 당한 아이는 의기소침해지기는커 녕 오히려 자신의 한계를 뛰어넘겠다는 의지를 불태우고 있다.

니콜은 가까운 도시의 체스 클럽에 나가 보내는 시간이 예 전보다 많아졌을 뿐 아니라 지정학 공부에도 열심이다. 니콜 이 TV 앞에 앉아 노트를 펼쳐 놓고 열심히 메모 중이다.

루퍼트가 다가가 딸에게 묻는다.

「뭐 하고 있니?」

「늘 하는 거요. 인간 무리의 진화 방향을 알기 위해 한 해 동안 벌어진 대형 사건들을 되짚어 보는 거. 진보하고 있는 지, 혹시라도…… 낭떠러지에 다가가고 있는 건 아닌지 살펴 보고 있어요.」

루퍼트가 대견해하는 표정을 지으며 옆에 와 앉는다. 그 가 시가에 불을 붙여 입에 물고 나서 딸의 메모를 소리 내 읽 기 시작한다.

- 1월: 북아일랜드 벨파스트. 가톨릭 신도들이 동등한 시민권을 요구하며 평화적으로 벌이던 시위가 비극으로 끝났다. 영국 경찰이 시위대에게 실탄을 발사해 시위 참가자 열세 명이 사망하고 열네 명 이상이 부상당했다. 이 사건에 대한 진상 조사가 이루어졌지만 결국 영국군에 면죄부를 주는 것으로 마무리됐다. 이에 북아일랜드 무장 단체인 IRA는 잉글랜드 영토에서 보복 공격을 펼쳤다. 시위가 있었던 일요일은 이후 〈피의 일요일〉로 불린다.
- 9월: 뮌헨 올림픽에서 팔레스타인 테러리스트 여덟 명이 이스라엘 선수 두 명을 사살하고 아홉 명을 인질로 잡는 사건이 발생했다. 독일 경찰이 구출 작전을 시도하는 과정에서 인질 전원이 사망했다.
- 12월: 서독과 동독이 상호 외교 주권을 인정하는 기본 조약을 체결했다.

루퍼트 오코너가 브랜디를 한 잔 따라 음미하며 마신다.

「그래, 우리 딸은 수집한 정보를 어디에 쓸 생각이지?」

「앞으로 계획을 세워 봐야죠.」

니콜이 녹색이 도는 파랗고 커다란 눈으로 아빠를 쳐다보면서 속으로 생각한다.

전 세계 폰들의 혁명을 일으켜 킹들과 퀸들을 무너뜨릴 거예요.

12

모니카도 1972년 주요 사건들을 다루는 TV 방송을 보고 있다.

세계를 이해하고 싶은 마음은 니콜과 같지만 뉴스를 거시적 관점이 아니라 미시적 관점에서 바라본다. 그녀는 무리가 아닌 개개인들에게, 특히 뛰어난 업적을 이룬 특출한 개개인들에게 흥미를 느낀다.

모니카가 메모지에 빠르게 적어 내려간다.

• 2월: 미국의 닉슨 대통령이 중국을 방문해 마오쩌둥 주석과 역사적인 회동을 가졌다.

• 3월: 최초의 목성 탐사선인 파이어니어 10호를 나사에서 발사했다.

• 3월: 도넬라 H. 메도스와 데니스 L. 메도스, 예르겐 라네르스, 윌리엄 베렌스가 공동 저술한 『성장의 한계 *The Limits to Growth*』가 출간됐다. 로마 클럽의 요청으로 집필된 이 연구 보고서는 한정된 세계에서 무한정한 경제 성장과 인구 증가가 일어남으로써 발생하는 위험을 다루고 있다. 보고서는 인구 증가와 소비를 억제하지 못하는 인류가 지구의 파괴를 초래하게 될 것이라고 전 세계에 경고한다.

• 5월: 모스크바에서 열린 닉슨 대통령과 브레즈네프 공산당 서기장의 정상 회담에서 전략 무기 제한 협정(SALT 1)에 조인한다. 이로써 치열했던 미소 간 군비 경쟁이 억제되리라 기대된다.

• 12월: 세계 체스 챔피언인 보비 피셔가 잠적했다.

모니카가 TV를 끄고 골똘한 생각에 잠긴다.

방금 받아 적은 내용이 이 세계의 변화 방향을 보여 주고 있어. 보비 피셔는 왕으로 추앙받길 원하지 않았던 게 분명해. 아직 나는 피셔처럼 최고의 자리에 오르진 못했지만 언젠가 이 세계에 영향을 미칠 날이 분명히 올 거야.

그건 내가 한 개인이 역사의 흐름을 바꿔 놓을 수 있다는 사실을 인식하고 있기 때문이야.

가능하다는 인식만 있으면 돼. 그걸로 충분해.

백과사전
하얀 죽음(白死)

홀로 대 모두.

1939년 8월 23일, 소련과 독일이 모스크바에서 독소 불가침 조약을 체결했다. 숙적이라고 여겨지던 이오시프 스탈린과 아돌프 히틀러가 손을 잡자 프랑스와 영국은 당혹감을 감추지 못했다. 행동에 제약이 사라지자 두 독재자는 기다렸다는 듯이 계획을 실행에 옮겼다.

1939년 9월 1일, 히틀러는 폴란드를 침공했다.

곧이어 11월 30일, 스탈린의 군대는 핀란드를 침공했다. 일명 〈겨울 전쟁〉이다. 당시 핀란드의 전력은 소련에 비해 형편없어, 병력은 4분의 1, 전투기는 35분의 1, 전차는 2백 분의 1에 불과했다.

하지만 적군(赤軍)은 영토를 지키기 위해 결사 항전하는 조직적인 핀란드 군대를 상대로 힘겨운 전쟁을 치러야 했다.

이 전쟁에서 눈부신 활약을 한 핀란드 병사가 있다. 그는 시모 해위해라는 엘리트 저격수였다. 키 152센티미터의 단신 저격수는 자신의 신체적 특징을 활용해 적진에 몰래 침투하곤 했다. 시모 해위해는 영하 40도의 강추위에도 눈 속에 몇 시간이고 매복해 있곤 했다. 그는 햇빛이 반사돼 위치가 드러날 것을 염려해 총에 조준경을 붙이지 않았다. 입김이 나와 적의 눈에 띌까 봐 입속에 눈을 넣기도 했다. 러시아군은 그에게 하얀 죽음을 뜻하는 〈벨라야 스메르티〉라는 별명을 붙여 주었다.

시모 해위해가 그의 모신나강 소총 M28로 장거리 정밀 조준해 죽인 적병의 수는 세 달 동안 5백 명가량에 이르렀다. 또한 그의 수오미 기관 단총 KP/-31에 저격당한 소련 병사의 숫자도 약 2백 명에 달했다. 상황이 이렇다 보니 소련군에서 시모 해위해를 잡기 위해 정예 저격수를 동원하고 그가 있으리라 짐작되는 장소에 대대적인 폭격을 가하기도 했지만, 천재 저격수를 체포하는 데는 실패했다.

1940년, 시모 해위해는 턱에 총상을 입고 의식이 없는 상태로 아군 병사들에게 발견됐다. 〈얼굴의 절반이 없어진〉 상태였다고 전해진다. 하지만 그는 치료를 받고 결국 목숨을 건졌다. 그의 빈자리가 컸던 핀란드군은 전쟁 발발 105일 만에 소련군에 무릎을 꿇었다.

중상에서 회복하기까지 여러 해가 걸렸지만 그는 강연을 할 만큼 건강을 되찾았다. 강연장을 찾은 청중들에게 그는 자신이 가진 재능은 〈최선을 다하려는 마음가짐〉뿐이라고 말했다.

에드몽 웰스,
『상대적이며 절대적인 지식의 백과사전』

제3막   질풍노도

1

「태초에는 당연히 하나의 세포가, 단세포 하나만이 존재했습니다. 얼마나 외로웠을까요.」

1978년 1월, 니콜의 나이 열여덟 살. 대학에 입학해 사회학을 전공하는 그녀가 시드니 대학 대강당에서 강연을 듣고 있다.

4백 명에 이르는 청중이 강연을 잘 따라올 수 있도록 교수가 과장스러울 만큼 또박또박 천천히 말한다. 그의 뒤로 보이는 대형 스크린에 영사된 슬라이드 필름에는 진한 색깔의 핵(核)을 가진 초록색의 투명한 형체가 담겨 있다.

「나중에 세포들이 모여 이른바 〈다세포〉 생물이 만들어지고, 동시에 기관의 분화가 일어났어요. 이 진화의 단계에서 호흡계, 신경계, 소화계 같은 게 생성되죠. 이후에 새로운 정교화 과정이 다시 일어나 빛을 감지하는 눈, 먹이를 섭취하는 이가 달린 입, 먹이를 찾거나 먹이가 되지 않기 위해 빠른 속도로 이동하는 데 쓰이는 지느러미 같은 효과적인 기관들이 만들어졌어요.」

찰카닥 소리와 함께 다음 슬라이드가 나온다.

「세포들이 모이면 생명체에는 새로운 가능성이 열리게 됩니다. 덩치도 크고 한층 복잡해진 다세포 생물이 출현하는 거죠.」

물고기와 파충류, 공룡의 이미지가 담긴 슬라이드 몇 장이 차례로 스크린 위를 지나간다.

「여러 개의 세포가 합쳐져 보다 새롭고 발전된 능력을 가진 개체가 탄생한 것이 첫 단계였다면, 이 개체들이 모여 각각이 있을 때보다 더 강해진 하나의 공동체를 형성한 것이 그다음 단계였어요.」

한 무리의 영장류를 찍은 사진이 스크린에 나타난다.

「아주 오래전에 우리 선조들은 두려움에 떨며 살았어요. 포식자의 공격에 대한 두려움, 날씨와 굶주림과 추위에 대한 두려움이 선조들의 일상을 지배했죠. 그럴 때 가족의 존재가 그들을 지켜 주었어요. 다 같이 힘을 합쳐 두려움에 맞설 수 있었으니까요. 같이 도망치고, 같이 사냥하고, 같이 살아남았죠.」

선사 시대 동굴에 그려진 벽화가 화면에 나타난다. 수십 명이 무리를 지어 활과 창을 들고 영양을 사냥하는 풍경이 담겨 있다.

「그다음 단계로 두 가족이 하나의 집단을 이뤄 작은 부족을 만들었죠. 시간이 갈수록 부족의 규모가 커지고 이에 따라 자연스레 힘도 더 강해지게 되자 사람들은 두려움에서 벗어나게 되었습니다. 그리고 집단이 보장해 주는 안전함은 더 많은 사람을 유인하는 요인으로 작용했죠. 안전하다고 느끼자 사람들은 아이를 더 많이 낳게 됐습니다. 수명도 더 길어졌죠. 무리를 지어 사냥하다 보니 사납고 큰 짐승도 잡을 수 있었고, 잘 먹으니까 오래 살 수 있었던 거예요. 부족 구성원이 다양해진 덕분에 근친혼으로 인한 질병의 위험도 많이 줄어들었죠. 집단을 이뤄 살기 시작한 것만으로 선순환이 시작된 거예요. 그렇게 인간들의…… 사회(社會)가 출현했습니다.」

새로운 이미지가 화면에 비춰진다. 더 많은 선사인들이 이번에는 모닥불 앞에 둘러앉아 있다.

「고립된 인간들은 버려진 짐승의 사체에 만족해야 했지만 집단을 이룬 인간들은 싱싱한 고기를 먹을 수 있었어요. 아이들이 부모보다 키가 더 크고 힘이 세고 건강한 건 당연한 일이었죠. 이런 부족은 규모가 점점 커졌고, 그러다 보니 자연스럽게 전문화가 일어났습니다. 작은 가족 단위에서는 누구나 무슨 일이든 조금씩 다 할 수 있었어요. 그러다가 (다세포 생물이 그렇듯) 규모가 커지자 부족 내에 각각 활쏘기, 창 던지기, 사냥에 특출한 재능을 가진 사람들이 나오게 된 거죠. 그뿐만이 아니었어요. 부족을 이루어 살다 보니 필수적인 활동 외에 부차적인 활동에도 시간을 할애할 수 있게 됐어요. 무두질, 직조, 요리, 교육 등의 분야에 재능이 있는 사람들이 발견됐죠. 그다음에는 즉각적인 생존과 크게 관계가 없는 종교나 의학, 예술 등이 생겨났어요. 음악과 미술, 수공예, 옷감 짜기, 의복 제작, 약초 수집, 무속 신앙과 사원, 사제의 존재가 갈수록 중요해졌죠.」

토템들을 빙 둘러 세워 놓고 펼쳐지는 의식의 한 장면이 화면에 비춰진다.

「전보다 생각할 시간이 많아지고 여유로워진 인류는 이동을 멈추고 한곳에 정착해 살기로 결심하게 됩니다.」

나무로 지은 오두막들이 서 있는 마을이 화면에 나타난다.

「유목 부족들이 정주 생활을 시작하면서 목축과 농업이 발전하게 됐어요. 이렇듯 집단생활은 우리 조상들에게 어마어마한 기회였던 반면에, 고립은 죽음을 자초하는 것이나 마찬가지였죠. 공동체 생활을 꺼렸던 최후의 수렵 채집민들은 결핍을 겪었고, 아이들은 영양 부족으로 인해 오래 살지 못했어요.」

교수가 청중을 바라보며 잠시 뜸을 들인 뒤 말을 잇는다.

「집단화 현상은 시간이 갈수록 심화돼, 공동체의 규모는 점점 커졌습니다. 음식이 풍족하고 안전이 보장되는 공동체의 구성원들은 평균 수명이 늘어났어요. 더불어 종교와 과학, 예술도 발달했죠.」

「전쟁도 더 많이 했겠죠!」

학생 하나가 손을 번쩍 들어 올리며 큰 소리로 말한다.

「맞습니다. 전쟁은 인간들이 공동체의 규모를 더 확대하게 만들었어요. 전쟁은 과학의 발전을 견인하고 종교의 영향력을 강화시키기도 했죠. 소규모 군대를 가진 공동체는 대규모 전력을 가진 공동체에게 침략을 당했어요.」

교수가 씩 웃으며 덧붙인다.

「오늘날 여러분이 살아서 이 자리에 있는 것은 여러분의 머나먼 조상들이 고립이 아니라 집단화를 선택했기 때문이에요. 혼자인 인간은 힘이 약하지만 군집을 이룬 인간은 한계를 모르는 막강한 존재가 됩니다. 그렇게 되면 궁극적으로 생존과 큰 관계가 없어 보이는 활동도 하게 되죠. 여러분처럼 대학에서 사회학을 전공한다든가 하는!」

좌중이 와 웃음을 터뜨리며 박수를 친다. 기립 박수를 치는 학생들도 더러 눈에 띈다.

강의가 끝나 가방을 챙기는 니콜에게 한 학생이 다가와 귓속말을 한다.

「안녕, 니콜. 여전히 오스트레일리아 부족민 축제에 관심이 있니?」

얀마제리 부족 출신 학생 참피친파다. 니콜과는 몇 번 서로의 강의 노트를 복사해 교환한 적이 있다.

「물론이야.」

「오늘 저녁에 얀다 축제가 있어.」

「그게 뭐야?」

「조상들의 혼을 달래기 위해 하는 우리 부족 전통 축제야. 외부인은 참석할 수 없다는 규정이 있지만 내가 우리 아버지한테 부탁해 너한테는 특별히 예외를 적용해 달라고 했어.」

「너희 아버지한테 그런 권한이 있어?」

「우리 아버지는 꿈을 관장하는 사제야.」

남학생이 자랑스럽게 말한다.

「꿈을 관장한다면, 주술사 같은 거야?」

「그보다는 샤먼이라고 하는 게 맞아. 어쨌든 오늘 밤 9시야. 학교에서 그리 멀지 않아. 정확한 주소를 알려 줄 텐데, 다른 사람한테는 절대 말하지 마.」

2

레이캬비크 사건 이후 6년이 흘렀다. 그 일은 모니카에게 죄책감을 심어 주기는커녕 오히려 다른 사람들과 거리를 두어야 한다는 확신을 강화시키는 계기가 됐다.

아이슬란드에서 돌아온 그녀는 엄마와 살던 집을 나와 따로 방을 얻었다. 뉴욕 대학생 밀집 지역의 한 낡은 건물 꼭대기 층에 있는 작고 허름한 방이었다. 엘리베이터조차 없는 건물에서 그녀는 이웃과 교류 없이 지냈다.

모니카는 이곳을 〈은둔자의 동굴〉이라 부르며 직접 사거나 도서관에서 빌린 책들로 가득 채웠다. 높이 쌓인 책과 어학 사전, 백과사전 더미는 의자나 테이블로 쓰이기도 하고 때로는 간이 소파로 쓰이기도 했다.

모니카는 뭐든지 혼자 빠르게 배웠다.

하루는 신문을 읽다 우연히 작은 광고에 눈길이 갔다. 상단에 큼지막한 글씨로 〈인간의 모든 불행은 방 안에 가만히 앉아 있지 못하는 데서 생긴다〉라고 쓰여 있다. 프랑스 철학자 블레즈 파스칼이 한 말임을 모니카는 알고 있다. 파스칼 또한…… 인간 혐오증을 가지고 있었으므로 이런 진실을 말하기에 누구보다 적임자였을 것이다.

그녀는 광고 첫머리에 이런 인용구가 들어가는 게 특이하

다는 생각을 하며 계속 읽어 내려간다. 〈내면의 빛 명상 센터에서 은거 수행을 해보지 않으시겠습니까?〉

이 광고가 내 시선을 끌었다는 건 하나의 징조로 받아들일 필요가 있어.

모니카는 광고에 적힌 주소를 메모지에 적는다. 센트럴 파크 서쪽. 얼마든지 걸어서 갈 수 있는 거리다. 불현듯 어떤 생각이 떠오를 때 즉시 행동에 옮길 수 있는 건 혼자 자유롭게 사는 삶의 이점이다. 누구한테 이유를 설명하지 않아도 된다. 얽매인 관계가 없으니 어디에 구속될 이유도, 책임감을 느낄 필요도 없다.

광고에 적힌 주소에 도착하자 1900년대식 낡은 건물이 보인다. 상호가 적힌 우편함이 있는 걸 보니 제대로 찾아온 게 맞다.

입구의 벨을 누르자 공이 울리는 소리가 난다. 까무잡잡한 피부를 지닌 새카만 머리카락의 젊은 여성이 나와 문을 열어 준다. 사프란색과 황토색이 섞인 사리를 입은 그녀의 이마 아래쪽에 동그랗고 빨간 점이 찍혀 있는 게 보인다.

「여기가 명상을 하는 곳인가요?」

이 말에 여성이 모니카를 아래위로 한번 훑어본다.

「명상에 관심을 가지는 이유가 뭐죠?」

「수시로 정신이 산만해져 집중이 힘들어요. 집중력을 높일 수 있을까 해서 왔어요. 며칠 정도 은거 수행을 할 각오도 돼 있고요.」

사리를 입은 여성이 인도 양식의 호텔을 연상시키는 건물 안으로 모니카를 들인다. 문턱을 넘자 입구에 2미터가 넘는 거대한 불상이 눈에 들어온다. 무심한 얼굴로 가부좌를 틀고 앉은 부처가 방문객들을 비웃는 듯이 보인다. 백단향의 향기가 코끝에 와 닿는다. 구석구석에서 향이 타며 가느다란 연기를 피워 올리고 있다. 춤을 추거나 명상을 하는 힌두교 신들을 그린 울긋불긋한 벽화들이 방에 가득하다. 코끼리 머리가 달린 가네샤신과 팔이 여러 개인 시바신은 모니카도 익히 알고 있다.

「미리 말하는데, 여긴 전화나 라디오, TV가 없어요. 하지만 다들 문제없이 적응하더군요. 가장 힘든 건 금식 규정이에요. 당연히 식당은 없고, 아무 탈 없이 금식을 마칠 수 있게 죽만 직접 끓여 제공해요. 비용은 하루에 50달러, 대개 주말을 이용해 이틀 정도 머물다 가죠.」

「이틀 이상 있고 싶으면요?」

「시험 삼아 이틀 해보고 나서 기간을 늘리라고 권하고 싶어요. 금식 상태에서 요가만 하며 이틀을 보내기가 생각보다 만만치 않아요.」

「지금 몇 명이나 머물고 있어요?」

「당신까지 오면 일곱 명이 돼요. 다들 스물네 시간을 버틸 수 있을지…….」

내 사기를 확 꺾어 놓고 싶은 모양이야. 저 사람 눈에는 내가 그저 평범한 서양인으로 보일 뿐이겠지.

「언제부터 시작할 수 있어요?」

「지금이 마침 토요일 아침이니까 원한다면 당장이라도 가능해요.」

「그렇게 할게요.」

「짐은 챙겨 왔나요?」

모니카는 혹시나 해서 배낭에 세면도구와 속옷, 티셔츠 두 장을 넣어 왔다.

인도 여성이 이름과 신용 카드 번호를 적으라며 공책을 내민다.

「푸짐한 식사와 오락거리 없이 고립을 견딜 자신이 있어요?」

사리 차림의 여성이 카운터 뒤에서 몸을 빼고 나와 앞장서 계단을 올라간다.

「내 이름은 샨티예요. 따라와요.」

2층으로 올라가자 복도가 나오고 양옆으로 번호가 붙은 문이 스무 개가량 보인다. 그중 하나를 열고 들어가자 가로세로 5미터쯤 돼 보이는 작은 방이 나온다. 왁스 칠이 된 마룻바닥에 얇은 매트리스가 하나 놓여 있고 창틀에 굵직한 초가 켜져 있다. 의자나 테이블, 소파 같은 가구는 눈에 띄지 않는다.

장식품이라곤 미로처럼 생긴 원 안에 화려한 색깔의 신과 꽃이 그려진 만다라가 전부다.

「아까 말했듯이 아주 소박한 방이에요.」

샨티가 모니카를 보며 말한다.

「딱 좋아요.」

「한 시간 뒤에 라자 요가 수업이 있으니 일단 좀 씻고 쉬어요.」

모니카는 미리 가서 기다리다 다른 여섯 참가자와 함께 요가를 한다. 몸을 아프게 뒤틀어야 하는 자세들을 취하다 보니 야릇한 쾌감이 느껴진다. 마치 스스로의 한계를 시험하는 듯한 기분이 든다.

모니카는 이 명상 센터를 혼자 운영하고 있는 듯한 샨티가 직접 지도하는 명상 수업에도 참여한다.

일곱 명의 수련자들은 샨티가 시키는 대로 방석에 앉아 가부좌를 틀고 눈을 감은 상태에서 호흡을 느리게 만든다.

비록 자세는 불편하지만 형용할 수 없는 성취감이 느껴진다.

이날 밤, 딱딱한 매트리스에 누운 모니카는 비로소 자기 자리를 찾았다는 만족감을 느끼며 단잠에 빠진다.

전생에 나는 수도사나 고행자였는지도 몰라.

스트레스에 시달리며 허둥지둥 바삐 살아가는 사람들로 가득한 뉴욕이 바로 저 창 너머에 있어. 그걸 알기 때문에 지금 내가 누리는 이 고요가 더욱 소중해.

나와 내 몸의 관계, 그리고 나의 시간 인식이 서서히 변하고 있는 게 느껴져.

3

연주자들이 입으로 바람을 불어넣자 기다란 트럼펫처럼 생긴 나무 악기 디저리두들이 소리를 낸다.

가슴을 후비는 장중한 소리에 맞춰 부족민들이 노래를 부른다.

활활 타는 모닥불이 축제를 붉은 빛으로 물들인다.

니콜은 자신이 이 자리에 와 있다는 게 믿기지 않을 만큼 신기하다.

참피친파가 니콜에게 축제의 기원을 설명해 준다.

「우리 부족이 이 신성한 얀다 의식을 치르는 이유는 꿈의 시간을 찬양하기 위해서야. 지금 사람들이 부르고 있는 노래는 세계의 기원에 관한 내용이야.」

「너희 부족한테도 고유의 창세 설화가 있어?」

「당연하지. 한번 들어 봐. 태초에 아무것도 없을 때 땅속에 거대한 무지개 뱀 한 마리가 있었대. 깊은 잠에서 깬 뱀은 텅 빈 세상에 자기 혼자만 존재한다는 걸 알게 됐어. 식물도 동물도 심지어 따스한 온기조차 없었지. 외롭고 쓸쓸했던 뱀은 자신이 지닌 마법의 힘으로 하늘에서 비를 내리게 했어. 무지개 뱀이 지나간 자리에 땅이 파이고 거기에 비가 떨어져 흐르자 개울이 생기고 강과 바다가 만들어졌다고 해. 무지개 뱀이 땅속으로 주둥이를 밀어 넣어 흙을 퍼 올리자 봉긋한 언덕과 산이 생겼지. 흙더미에서 나무가 자라 숲을 이루기 시작했어. 무지개 뱀은 땅속으로 되돌아가 이번에는 동물을 지상에 꺼내 놓았지. 제일 먼저 딩고를, 그다음에는 캥거루와 개구리를 풀어놓았어. 그러고 나서는 풍뎅이와 개미 같은 곤충들과 전갈을 지상으로 올려 보냈고, 제일 마지막은 인간 차례였어. 무지개 뱀은 인간들을 물가로 데려가 생명체를 존중하고 땅을 보살피는 방법을 가르쳤지. 그러고 나서 다시 땅속으로 돌아가기 전에 인간은 자연의 주인이 아니라 보호자에 불과함을 명심하라고 했어. 혹여 이기심이나 탐욕 때문에 권력을 남용하고 땅을 훼손한다면 다시 지상으로 올라와 인간이 이 세상에 더 이상 발붙이지 못하게 만들겠다고 무섭게 경고했지.」

이야기에 빠져 있던 니콜이 다정한 눈빛으로 참피친파를 쳐다본다.

쿵덕덕거리는 타악기 소리에 맞춰 부족민들이 모닥불을 빙글빙글 돌며 춤을 춘다.

참피친파가 춤추는 여성들을 손으로 가리키며 니콜에게 상의를 벗으라고 한다. 그녀가 부끄러워하며 티셔츠를 벗는다.

참피친파가 니콜의 맨가슴에 줄을 긋듯 풀칠을 하고 나서 하얀 깃털을 촘촘히 붙여 준 뒤 모닥불 앞으로 데려간다.

팽팽한 북 가죽을 두드리는 손놀림이 빨라진다. 가슴을 드러낸 나이 지긋한 여성들이 나무 막대기를 쳐 메마르고 건조한 소리를 낸다.

니콜은 자신이 속해 있는 풍경에 점점 매료된다. 사람들의 입에서 뜻을 알 수 없는 노랫말이 흘러나오자 그녀가 홀린 듯 따라 부른다.

부족민들 간의 강한 결속이 느껴져. 이들은 사람뿐만 아니라 나무, 동물과도 연결돼 있는 것 같아.

나한테 필요했던 게 바로 이런 영성이야.

탐탐 소리가 긴박해진다.

니콜이 여자들을 따라 허리를 크게 흔들면서 춤을 춘다.

검은색 파뉴를 입고 빨간색과 흰색으로 높게 머리 장식을 한 남자들이 리듬에 맞춰 흙바닥을 발로 쾅쾅 구른다.

참피친파가 니콜에게 걸쭉한 연갈색 액체가 담긴 그릇을 내밀며 먹어 보라는 제스처를 한다. 니콜이 내키지 않아 고개를 갸웃거리다 정체불명의 액체를 입으로 가져간다.

「이게 뭐야?」

그녀가 한 모금 넘기고 나서 묻는다.

「버섯에 풀뿌리와 꿀을 섞어 만든 전통 음료야. 우리가 마시는 음료 대부분에 꿀이 들어가는데, 세계를 이해하려면 벌집의 정신을 가져야 한다는 의미가 담겨 있다고 해.」

참피친파가 나무 기둥 하나를 손으로 가리킨다. 오목하게 파인 구멍 속 벌집에서 벌들이 빠져나와 공중으로 날아오른다. 벌 떼가 8자를 그리며 춤을 춘다.

음료의 영향 때문인지 니콜의 몸이 달아오르기 시작한다. 감각이 생생해지는 게 느껴진다. 혈관 속 피가 용암처럼 들끓고 주변 소리들이 눈앞에서 형형색색의 형체를 만들어 내는 것 같다.

신경을 자극하는 생경한 감각이 문득문득 두렵다가도 참피친파의 웃는 얼굴을 마주하는 순간 공포가 사라진다. 북소리에 맞춰 열정적으로 몸을 흔들어 대는 사람들의 에너지가 니콜에게로 전달된다.

그녀는 자신도 모르게 그들의 노래를 따라 부른다.

그들의 춤을 따라 춘다.

니콜은 어떤 무의식에 의해 움직이고 있다. 그녀에게 미소를 지어 보내며 북을 두드리는 사람들의 집단 무의식과 일체를 이룬다.

마치 구름처럼 생긴 이 집단의 정신을 부르는 이름이 있다고 아빠가 말해 준 적이 있어.

뭐였더라?

생각났어, 에그레고르.

니콜은 부족민들과 섞여 익숙하게 먹고 마시고 행동한다. 낯선 맛에도 더 이상 거부감을 느끼지 않는다. 그녀는 아주 오래전에 존재했던 신성한 무언가와 다시 접속했다는 충만감으로 가득하다.

그런 그녀를 바라보며 참피친파가 미소 가득한 얼굴로 이따금 고개를 끄덕여 준다.

내가 확장된 느낌이 들어.

내가 나 이상이 된 것 같아.

여기 있는 모든 사람들과 내가 연결돼 있는 느낌이야.

내가 저들이고 저들이 곧 나야.

태곳적 무지개 뱀의 에너지가 내게로 흐르는 것 같아.

나와 내가 살고 있는 이 행성이 하나로 융합된 느낌이야.

나를 잊는 무아의 순간.

눈을 지그시 감고 있는 그녀를 등 뒤에서 두 팔이 다가와 감싸안는다.

참피친파.

청년이 니콜의 몸을 뒤로 돌려 뺨에 입을 맞춘다. 잠시 머뭇거리던 니콜도 그의 볼에 입맞춤한다.

두 사람이 땀에 젖은 몸을 밀착한 채 북소리에 맞춰 춤을 춘다. 참피친파가 니콜의 손을 잡아 숲으로 이끈다. 교교한 달빛만이 비추는 공터에서 속삭임 같은 탐탐 소리와 디저리두 소리를 들으며 니콜은 난생처음 사랑을 나눈다.

그녀는 참피친파를 통해 아까 봤던 꿀벌들과 연결되는 느낌을 받는다.

백과사전
창세 설화

무지개 뱀이 세상을 빚어 만들자 지구 가운데가 쿵쾅거리기 시작했다. 지구의 심장을 뛰게 만든 것은 다름 아닌 벌집이었다. 지구의 박동은 꿀벌들이 벌집 벽에 몸을 부딪쳐 내는 소리였다.

어느 날 지구의 심장이 갈라지더니 꿀벌 떼가 빠져나와 우주로 날아올라 무수한 별들을 만들었다. 이때부터 꿀벌들은 뚫린 구멍으로 심장을 드나들었고, 슬픔에 잠긴 지구는 시름시름 앓았다.

하늘로 날아올라 별이 된 꿀벌들이 지구의 심장 속 벌집으로 다시 돌아오게 하기 위해 인간은 하루도 빠짐없이 노래를 하고 춤을 춰야 했다.

에드몽 웰스,
『상대적이며 절대적인 지식의 백과사전』

4

모니카 매킨타이어는 인도 명상 센터에 닷새째 머무르며 매일 명상과 휴식, 요가를 반복하고 있다.

금식 또한 닷새째 이어지고 있다.

새벽 6시에 샨티가 공을 울리는 소리에 잠이 깬 모니카가 얼른 옷을 걸치고 공동 수련실로 내려간다.

「다른 사람들은 어디 갔어요?」

모니카가 방 안을 휘둘러보며 눈을 동그랗게 뜬다.

샨티가 전혀 감정 없는 목소리로 대답한다.

「당신 혼자 남았어요.」

이 넓은 공간에 샨티와 단둘이 있는 기분이 과히 나쁘지 않은걸.

「다른 사람들은 당신만큼 열정이 없어요. 먹지도 말하지도 않고 가만히 앉아 있는 게 미국인들 라이프 스타일에는 힘들게 느껴질 거예요. 지금 자신들이 사는 방식이 소모적이라는 걸 알지만 막상 포기하려고 하진 않아요. 거기에 젖어 있기 때문이죠.」

타락한 세상에 적응했다는 건 건강하지 않다는 뜻이겠지.

샨티와 모니카는 명상용으로 특별히 제작된 방석에 앉아 명상 자세를 취한다. 모니카가 두 발을 반대쪽 넓적다리에 얹어 하트 모양을 만드는 완벽한 가부좌 자세를 잡는다.

그들은 한 시간 가까이 명상을 한 뒤 요가실로 가서 다양한 요가 자세를 연이어 취한다.

「잘했어요. 내가 놀랄 정도예요.」

샨티가 모니카를 똑바로 쳐다보며 말한다.

「요가가 처음이 아니죠?」

「아니요, 처음이에요.」

말끝에 샨티가 갑자기 모니카의 가슴 사이 오목한 곳에 위치한 4번 차크라, 즉 심장에 손을 얹는다.

평소에는 신체 접촉이라면 질색하는 모니카가 웬일인지 상대의 일방적 손길을 뿌리치지 않는다.

샨티가 모니카에게 미소를 지으며 슬쩍 말을 놓는다.

「네 영혼에 접속하는 데 성공했어.」

「그래서요?」

「막연히 우리가 전생에 인연이 있었을 거라고 느꼈는데 방금 전에 확인했어. 우린 전생에 부부 사이였어.」

모니카가 한쪽 눈썹을 찡긋 추어올린다.

「자식을 셋 낳았지, 아들 둘에 딸 하나. 고아 인근에 살았고 브라만 계급에 속했어.」

모니카는 말문이 막힌다.

「우리 둘 다 카마수트라에 정통했고 같이 탄트라 요가도 했지.」

「음…… 〈우리 커플〉에서 내가 남자였나요, 여자였나요?」

「내가 느끼기론 네가 여자였어. 남자인 내가 너한테 이렇게 키스했지.」

말끝에 샨티가 모니카에게 입을 맞춘다. 깜짝 놀라 몸을 뒤로 빼려던 모니카가 뭔가에 붙잡힌 듯 가만히 입맞춤에 응한다.

입술이 포개진 상태로 꽤 시간이 흐른다.

샨티가 모니카의 옷을 벗기더니 파촐리 향 크림을 가져와 온몸에 펴 발라 준다.

아직 긴장이 풀리지 않아 몸이 굳어 있는 어린 제자에게 요가 선생이 말한다.

「걱정 마. 아래층 출입문을 닫아 놨으니까 누가 들어와 방해하지 못할 거야. 진즉부터 너랑 단둘이 있고 싶었어. 샨티라는 이름은 〈평화〉라는 뜻이야. 내 에너지를 느껴 볼래?」

모니카가 미처 대답하기도 전에 샨티가 옷을 벗어 던지고 실오라기 하나 걸치지 않은 알몸이 된다. 눈썹 사이 이마에 찍힌 세 번째 눈이 빨갛게 빛난다.

그녀가 머리를 흔들자 흑단 같은 머리채가 일렁이며 쏟아져 내린다.

헐렁한 사리 밑에 이렇게 아름다운 몸이 숨겨져 있는지 몰랐어. 몸에서 좋은 향기가 나.

「나한테 맡겨.」

인도 여자가 다정한 목소리로 말한다.

샨티가 공을 들여 모니카에게 지압 마사지를 해준다. 그녀의 손끝이 어떤 지점을 누르는 순간 모니카가 존재조차 몰랐던 감각이 일깨워진다. 이번에는 샨티의 입술이 모니카의 몸을 훑어 올라간다. 입술이 한곳에 잠시 머무를 때마다 모니카는 생경한 쾌감을 느낀다.

모니카는 시바신이 여러 개의 입술을 달고 자신 앞에 나타난 듯한 착각이 든다.

샨티의 정교한 동작이 이어지는 동안 감전된 듯 간간이 짧은 탄식을 뱉던 모니카가 마침내 긴 교성을 내지른다.

온몸의 감각이 살아나는 것 같다.

이렇게 모니카 또한 대도시 뉴욕의 한가운데 있는 아슈람[2]에서 사랑에 입문하게 된다.

2 고행자들이 머무는 인도의 전통적인 암자.

5

1978년 3월.

니콜 오코너가 믿기지 않는다는 듯이 임신 테스트기를 들여다본다. 양성.

첫 관계에서 임신이 되는 게 가능한 일일까.

그녀는 아무에게도 말하지 않고 시간이 가길 기다린다.

8주 동안 생리가 없더니 9주째…… 그리고 10주째.

초조해서 견딜 수가 없다.

니콜은 10주째에 한 초음파 검사에서 청천벽력 같은 소식을 접한다. 임신, 게다가 쌍둥이라니.

결국 아빠에게 알리자 루퍼트 오코너가 잠시 놀라는 듯하더니 환하게 웃으며 딸을 바라본다.

「내가 곧 할아버지가 된다는 얘기만큼 좋은 소식이 어디 있겠니? 더군다나 손자가 하나도 아니고 둘이 생긴다는데.」

「아빠, 난 이제 겨우 열여덟 살이라고요. 아직 학생이고 돈벌이도 못 하는데 어떻게 엄마 노릇을 해요. 게다가 한꺼번에 두 아이의 엄마가 된다니 말도 안 돼요.」

「목장에 와서 살면 되잖니. 내가 도우미를 고용해 아기들을 돌보게 할 테니 걱정하지 마. 아기들이 아들인지 딸인지는 모르겠지만 이름에 대한 아이디어도 막 떠오르기 시작

151

했어.」

「아이 아빠가 누군지 궁금하지 않으세요?」

루퍼트가 평소 즐겨 피우는 시가 한 대를 케이스에서 꺼낸다. 시가 머리를 이로 깨물어 잘라 내고 나서 반대쪽에 불을 붙인다. 그는 여전히 싱글벙글한다.

「아빠가 누군데?」

「대학생이에요.」

「잘됐네.」

「부족민 출신이고요.」

「더 잘됐네. 예쁜 혼혈 손자 둘을 품에 안게 됐구나. 유전자가 섞인 아이일수록 건강하다던데.」

니콜은 아빠의 차분한 반응이 믿기지 않는다.

「둘 다 직장도 없이 아이를 낳아야 하는데 아빠는 그게 아무렇지 않아요?」

「너희가 원하면 목장에서 일하게 해줄게.」

아빠의 여유 만만한 태도가 니콜은 오히려 짜증스럽게 느껴진다.

「아빠는 할아버지가 되는 상상이 가능한지 몰라도, 난 엄마가 되는 상상이 불가능해요.」

「네가 이야기를 꺼냈으니 말인데, 아기 아빠 의견은 어떤지 궁금하구나.」

다음 날, 참피친파가 초대를 받아 오코너 가족의 목장에 도착한다.

「자네가 내 딸 남자 친군가?」

루퍼트가 청년을 반갑게 맞이한다.

「니콜과 같은 대학 같은 과에 다니고 있습니다.」

루퍼트가 그에게 맥주잔을 건넨 다음 잔을 부딪친다.

「사회학, 그거 아주 흥미로운 학문이지. 한데 말이야……
자네 내 딸을 어떻게 생각하나?」

「니콜을 사랑합니다.」

「결혼할 생각이 있나?」

「저로서는 더없는 영광입니다!」

청년이 큰 소리로 외친다.

두 사람의 화기애애한 분위기와 달리 니콜은 부루퉁한 표
정으로 입을 꾹 다물고 있다.

요리사가 칠면조구이를 식탁에 내려놓자 루퍼트가 큼지
막하게 잘라 두 젊은이의 접시에 담아 준다. 그가 참피친파
쪽으로 몸을 튼다.

「좋은 소식이 있던데, 혹시 들었나?」

「아니요. 북부에 사시는 삼촌들 댁에 며칠 다녀오느라 못
들었습니다.」

「그렇다면 내가 기꺼이 전달자 역할을 맡지. 니콜이 자네
아이를 가졌네. 쌍둥이야.」

청년이 사레가 들려 캑캑한다.

「자네도 나와 반응이 다르지 않군.」

루퍼트가 농담을 던진다.

「그게…… 저기…… 확실합니까?」

부족민 청년은 차마 니콜과 눈을 맞추지 못한다.

「13주 차일세. 니콜이 초음파를 찍었는데 태아 둘이 분명
히 보이더라는군. 조만간 아들들인지 딸들인지, 아니면 프

랑스인들이 〈왕의 선택〉이라 부르는 아들 하나 딸 하나인지 알 수 있을 걸세.」

참피친파가 슬쩍 니콜을 곁눈질한다. 루퍼트가 호탕하게 껄껄 웃는다. 청년은 수줍은 미소를 지어 보인다.

「어때, 좋은가?」

「네……. 그럼요…….」

참피친파의 목소리가 조금 위축돼 있다.

두 남자가 술잔을 부딪히는 동안 니콜은 굳은 표정을 풀지 않는다.

루퍼트가 딸의 눈치를 살피며 묻는다.

「괜찮아?」

「아니요, 괜찮지 않아요. 내 몸에 일어난 일인데 내 의견을 묻지 않고 지금 두 사람이 결정하고 있잖아요.」

「그래, 네 의견은 뭐니?」

「낳지 않을 생각이에요. 아직 엄마가 되긴 너무 이르고, 지금은 내 커리어가 가장 우선이에요. 나중에 직업이 생기면 그때 결혼도 하고 엄마도 될 거예요. 사회학 교수가 되려면 앞으로 최소한 5년은 더 공부해야 해요.」

니콜이 참피친파를 향해 고개를 돌린다.

「미안하지만 우리 관계를 더 이상 유지할 수 없을 것 같아. 여기서 끝내자. 난 오늘부로 다시 혼자야. 너도 마찬가지고.」

니콜이 충격에 휩싸인 두 남자를 뒤로하고 방을 나간다.

놀라서 헤벌어진 루퍼트의 입에서 시가가 떨어진다.

며칠 뒤, 니콜은 시드니로 돌아가 병원에서 불법 임신 중절 수술을 받은 뒤 며칠 동안 수업에도 가지 않고 기숙사에 틀어박혀 지낸다.

참피친파가 만나자고 간청하지만 그녀는 매몰차게 거부한다. 다시 강의실에서 마주친 그에게 니콜은 눈길조차 주지 않는다. 참피친파는 나날이 수척해 간다. 어느 날부터 그가 보이지 않자 니콜은 참피친파가 자신의 뜻을 받아들였다고 생각한다.

하지만 얼마 후 신문에서 충격적인 사실을 알게 된다. 그가 자신의 기숙사 방에서 목을 맸다는 것이다.

그날부터 니콜은 술독에 빠져 지낸다.

어느 날 저녁, 학교 근처 바에서 술에 취해 있는 그녀를 아빠가 찾아온다.

「너한테 죄책감을 느끼게 하려고 온 게 아니야, 니키. 네 심정이 어떤지 아니까. 술이 해결책이 아니라고 말하러 온 것도 아니야. 술은 아일랜드 출신들의 유전자에 각인돼 있어. 좋은 일에도 나쁜 일에도 절대 술이 빠지는 법이 없지. 문제는 그 술 때문에 죽는 사람이 한둘이 아니라는 거야.」

위스키를 한 모금 넘기고 나서 니콜이 빈정거린다.

「난 암보다는 간경화로 죽는 쪽을 택할래요.」

루퍼트가 고개를 절레절레 젓는다.

「사설탐정에게 네 뒤를 밟게 했더니 그 〈선택〉을 실행에 옮긴 뒤로 술에 의지해 산다고 하더라. 앞으로 어떻게 할 생각이냐? 첫 시련을 겪고 나서 인생 낙오자가 될 거야? 오코너 집안 딸은 그렇게 쉽게 패배를 선언해선 안 돼.」

「내 인생은 실패했어요.」

니콜이 울먹인다.

「그건 열여덟 살에 할 소리가 아니야. 네 인생은 아직 본격적으로 시작하지도 않았어.」

「이미 주변에 너무 많은 불행을 초래했어요. 이제 이 달콤한 물질로 나 자신을 서서히 파괴하는 일만 남았어요. 걱정 말아요, 아빠. 아일랜드산 위스키만 마시니까.」

마치 아빠를 흉내 내듯 니콜이 목을 뒤로 꺾어 젖히며 깔깔거린다.

「정말 이렇게 끝낼 생각이야?」

「내 몸에 대한 결정권은 나한테 있어요. 내 간에 대해서도 마찬가지고.」

그녀가 잔을 단숨에 비운다.

「그렇게 생각하는 건 잘못이야.」

루퍼트 오코너가 고개를 가로젓는다.

「아빠가 전에 우리 모두는 인류라는 거대한 집단의 일원이라고 말했던 거 기억날 거다. 그 말은 네가 다른 사람들에게 책임을 느껴야 한다는 뜻이야.」

「미안해요, 아빠. 난 이제 그런 말 믿지 않아요. 난 저주받았어요. 나는 추락하면서 다른 사람들을 물귀신처럼 끌어내리게 될 거예요.」

니콜이 악의에 찬 웃음을 터뜨리며 아빠를 도발적으로 쳐다본다.

아빠가 날 미워해도 어쩔 수 없어. 난 성인이니까 내가 원하는 대로 살 거야.

루퍼트의 눈자위가 젖는다 싶더니 그에 눈물방울이 뚝 떨어진다. 얼굴에서 웃음이 떠나지 않고 에너지가 넘치던 아빠

156

가 한순간에 이렇게 약해질 수 있다니. 그게 자기 탓이라고 생각하자 니콜은 견딜 수가 없다.

마침내 니콜이 아빠를 와락 껴안으며 울음을 터뜨린다. 부녀 사이에 강한 에너지가 흐른다. 그들이 한참을 부둥켜안고 어깨를 들썩이며 흐느끼는 동안 바 스피커에서 하드 록 그룹 AC/DC의 「올라타다」가 쩌렁쩌렁하게 흘러나온다. 손님 중 부녀에게 눈길을 주는 사람은 아무도 없다.

다음 날, 니콜은 아빠의 제안을 받아들여 지역에 있는 익명의 알코올 의존자 모임을 찾아가 등록한다. 참석자 대부분이 중장년 남성이다. 모임에 나간 첫날, 니콜이 용기를 내 의례적인 인사말을 한다.

「안녕하세요, 제 이름은 니콜입니다.」

모두가 합창으로 인사를 되돌려준다.

「반가워요, 니콜!」

「저는 열여덟 살이고 사회학을 전공하는 대학생입니다. 아기를 지우고 남자 친구가 자살을 한 뒤에 술을 마시기 시작했는데 그만 끊고 싶어요. 이 어려운 일을 해낼 수 있게 여러분이 도와주시길 바랍니다.」

이 말을 내뱉는 순간 그녀는 삶의 힘든 구간을 통과 중인 자신에게 다른 사람들의 도움이 절실하다고 느낀다.

6

「난 이제 떠나야겠어요.」

샨티의 눈이 휘둥그레진다.

「겨우 2주 됐어. 여기서 나랑 지내는 게 좋지 않아?」

모니카가 고개를 가로흔든다.

젠장, 걱정했던 일이 벌어졌어. 그녀가 나한테 집착을 보이고 있어. 헤어지는 게 쉽지 않을 것 같은데 어쩌지. 상대방의 반응이 두려워 차일피일 얘기를 미룬 내 잘못이야.

샨티가 손을 뻗어 모니카의 목덜미를 쓰다듬는다.

「난 널 사랑하고 있어.」

그녀가 속삭인다.

모든 걸 합리화해 주는 한마디가 나오는군. 이 말을 하면서 그녀가 정말로 하고 싶은 말은 〈날 사랑해 줘〉겠지. 더 빨리 관계를 끝내지 못한 게 후회스러워.

「날 사랑한다면 자유롭게 해줘요.」

「여기선 자유롭지 않아?」

「당신이 가르쳐 준 많은 것을 고맙게 생각하고 있어요. 명상, 금식, 힌두교, 요가, 불교, 탄트라 요가, 차크라를 통한 깨달음까지. 인도식 채식도 소중한 경험이었어요. 하지만 이제 그만 가야겠어요.」

「날 사랑하긴 했어?」

「한때 사랑한 사이라고 해서 남은 평생 같이 살아야 할 의무가 있는 건 아니에요. 그건 사랑이 아니라 소유욕이죠. 불교에서도 집착을 버리라고 하지 않던가요?」

모니카를 바라보는 샨티의 눈빛이 매서워져 있다.

「넌 이기주의자야. 너처럼 타인에게 무관심한 사람은 본적이 없어. 넌 내 고통이 느껴지지 않는 거야? 공감할 줄 몰라?」

「방금 당신이 말한 공감이라는 개념은 유대-기독교 문화에서 온 거예요. 난 당신을 만나고 나서 그 문화와 가치를 버렸어요. 〈각자의 업보가 있다〉라고 당신이 말하지 않았던가요?」

샨티의 표정이 딱딱하게 굳는다.

「넌 심장이 없는 사람 같아.」

「난 진실을 말할 뿐이에요. 듣기 좋으라고 거짓말이라도 할까요?」

「네가 날 사랑해 주면 좋겠어. 여기서 같이 아슈람을 운영하면서 살자.」

슬슬 인내심에 한계가 오기 시작해.

샨티가 모니카에게 몸을 밀착시킨다. 그녀의 작고 단단한 젖가슴이 느껴진다.

「안 돼. 그간의 일을 생각하면 네가 날 이렇게 버릴 수는 없단 말이야. 내가 널 성에 눈뜨게 해줬다고 네 입으로 말하지 않았어?」

「그건 고맙게 생각하지만, 그걸로 나한테 굴레를 씌우려고 하진 말아요.」

159

「넌 여길 떠날 수 없어.」

이 일을 어쩐다. 더 일찍 극약 처방을 썼어야 했어.

모니카가 방으로 올라가 짐을 챙겨 내려온다.

「나마스테. 그동안 고마웠어요. 이만 가볼게요.」

현관문을 나선 그녀가 빠른 걸음으로 걷기 시작한다. 뒤를 돌아보니 샨티가 창가에 서서 자신을 내려다보고 있다.

집착이 너무 심해. 이제는 그녀 혼자 이별 의식을 치를 시간이야. 이 세상에 대체 불가능한 건 없어. 조만간 그녀의 매력에 빠질 사람을 또 만나게 될 거라고.

뛰다시피 걷던 모니카는 대로로 나선 뒤에야 비로소 크게 안도의 한숨을 내쉰다.

나라는 사람은 혼자 살도록 태어난 사람이라는 걸 받아들이기가 그렇게 힘들까?

한 시간쯤 걸려 집으로 오는 동안 그녀는 아슈람과 심리적 거리를 둘 수 있게 된다.

건물 꼭대기 층에 있는 집에 도착해 덧창을 열자 방으로 햇살이 쏟아져 들어온다.

연인과 함께도 좋지만 혼자는 더 좋아.

그녀는 재스민차를 끓여 손에 들고 소파에 몸을 파묻은 채 TV를 켠다. 한동안 단절됐던 바깥세상에 다시 접속하는 순간 기분이 좋아진다.

이런 혼자만의 시간이 너무 행복해.

모처럼의 여유로움을 즐기고 있는데 초인종 소리가 들린다.

문구멍으로 내다보니 샨티가 서 있다.

말도 안 돼.

「지금 뭐 하는 거예요?」

모니카가 문을 열어 주지 않고 묻는다.

「너 없인 못 산다고 했잖아.」

문을 빠끔 열자 샨티가 와락 그녀를 끌어안는다. 모니카가 발버둥 치며 몸을 뒤로 뺀다.

「여긴 어떻게 알았어요?」

「전화번호부에서 네 주소를 찾았어…….」

이런, 거기까지는 미처 생각을 못 했네.

샨티가 다시 팔을 뻗어 안으려 하자 모니카가 거칠게 밀어낸다.

「우리가 함께했던 짧은 여정에 대해서는 당신한테 고맙게 생각해요. 하지만 지금부터 우리 길은 갈라져요.」

모니카가 단호하게 말한다.

「너와 나는 여러 번의 전생을 통해 업(業)으로 연결돼 있어. 넌 내 영혼의 자매라고. 내 동반자가 될 수 있는 사람은 너밖에 없어.」

「그건 당신이 가진 확신일 뿐이에요. 미안해요.」

모니카가 떠밀다시피 해 그녀를 내쫓고 나서 황급히 문을 닫는다.

또다시 벨이 울린다.

모니카가 초인종 전원을 끊자 샨티가 문을 두드려 대기 시작한다.

「경고하는데, 난 여기서 한 발짝도 움직이지 않을 거야!」

이런 게 사랑이라면 난 사양하겠어.

161

모니카는 일부러 베토벤의 「교향곡 7번」을 크게 틀어 놓는다. 잠시 후에 혹시나 해서 문구멍으로 내다보니 샨티는 아예 현관 앞 도어 매트에 누워 버렸다. 그녀를 측은하게 여긴 이웃들이 다가와 위로해 주고 있다.

괜히 내 입장만 곤란하게 만들고 있어……. 내가 문제를 너무 쉽게 생각했나 봐. 하지만 결국에는 지쳐서 돌아가겠지.

며칠이 지나도 샨티는 여전히 문 앞에 진을 치고 있다.

나폴레옹이 그랬지. 〈사랑에서 쟁취할 수 있는 유일한 승리는 도망치는 것이다.〉

모니카는 서랍장에서 배낭을 하나 꺼내 옷가지와 세면도구를 대충 챙겨 넣고, 집 안의 불을 다 끈 다음 두꺼비집까지 내린 뒤 살그머니 현관문을 연다.

샨티가 한쪽 눈을 게슴츠레 뜬다.

「내 사랑!」

모니카는 벌떡 일어나 자신을 포옹하려고 팔을 뻗는 샨티를 밀치고 계단을 내리 달린다. 그러곤 대로로 뛰어나가 지나가는 택시를 불러 세운 뒤 급히 올라타 차 문을 닫는다.

「어디로 모실까요?」

택시 기사가 뒤를 돌아보며 묻는다.

「등산 장비를 파는 가게를 찾아가 주세요. 어디든 높은 곳으로 가야겠어요.」

7

니콜 오코너가 차를 몰고 밤길을 달린다. 드디어 멀리서 불빛 하나가 보인다.

불빛이 가까워질수록 탐탐 소리가 크고 선명해진다.

불빛은 어느 순간 커다란 모닥불로 변해 그녀 앞에 나타난다.

모닥불을 돌며 춤을 추는 사람들이 보인다.

꿈의 시간을 숭배하는 의식인 얀다가 펼쳐지고 있다.

여기서 시작됐으니 마무리도 여기서 지어야 해.

그녀가 웃옷을 벗어 가슴을 훤히 드러낸 뒤 부족민 여자들과 똑같이 가슴을 치장한다. 그런 뒤 환각성 물질을 흡입한 상태에서 파트너를 바꿔 가며 과감하게 몸을 흔든다.

불과 버섯, 흙, 그리고 남성들에게서 나오는 에너지가 자신에게 새롭게 다시 일어설 힘을 주리라고 그녀는 확신한다.

8

모니카 매킨타이어는 버스를 타고 한 시간 반을 달려 캐멀 백 스키 리조트에 도착한다.

뉴욕에서 서쪽으로 150킬로미터 떨어진 이 펜실베이니아 휴양지는 방학 기간이 아닌 요즘 같은 때는 썰렁하기까지 하다. 날씨가 추워도 눈이 오지 않아 스키를 탈 수 없다.

모니카는 지도를 펼쳐 놓고 산 정상 대피소에 이르는 등산로를 확인한다.

사람들과 멀리 떨어져 혼자 대자연을 걷다 보니 비로소 자기 자신을 되찾은 것 같다.

뉴욕의 아슈람도 조용하긴 했지만 문밖에서 우글거리는 인간들의 존재가 항상 느껴졌어. 하지만 여긴 나무와 풀과 바람, 산짐승들뿐이야.

그녀의 생각이 잠시 샨티에게 가 머문다.

해탈을 추구하는 인도 철학으로 다져진 현자인 줄 알았더니 인형을 품에서 놓지 않으려고 울어 대는 미성숙하고 소유욕 강한 어린아이였어.

모니카는 외할머니가 엄마에게 입버릇처럼 했다는 말을 떠올린다.

〈네 행복이 타인에게 달려 있다면 넌 불행해질 수밖에 없어.〉

샨티가 딱 그런 경우였어.

어떻게 그런 환상을 품을 수 있지?

타인의 존재에는 마약 같은 중독성이 있다는 걸 그녀는 왜 모르는 걸까?

모니카는 샨티와 보냈던 시간을 떠올린다.

그녀의 사랑이 나를 서서히 옥죄는 걸 견디기 힘들었어. 살기 위해서는 도망치는 것만이 답이었다고.

모질게 군 건 인정하지만 어쩔 수 없었어. 난 누구보다 나 자신이 소중하니까.

사람들이 〈사랑〉에 목매는 건 혼자가 되는 것에 대한 공포 때문이야. 소유욕 때문에 다들 사랑하는 척할 뿐이지.

모니카가 걸음을 멈추고 머리 위를 올려다본다. 비가 오려는지 연회색 구름이 내려앉은 하늘이 어둡게 느껴진다.

산 정상까지 가려면 서둘러야겠어.

급히 발걸음을 옮기는데 순식간에 하늘이 시커멓게 변하면서 번개가 치고 천둥이 울린다.

내가 지표면을 기어다니는 작고 고독한 짐승에 불과하다는 걸 자연이 일깨워 주고 있어.

빗방울이 하나둘씩 떨어지기 시작한다. 손에 든 지도가 금세 비에 젖는다.

빗줄기가 굵어지더니 바람까지 거세진다.

모니카는 이마에 고무 밴드를 둘러 고정시킨 플래시 불빛 하나에 의지해 비바람을 뚫고 가파른 경사로를 올라간다.

빨리 가까운 대피소를 찾지 않으면 큰일 나겠어.

경사는 갈수록 가팔라지고 빗물에 흙이 쓸려 내려가 길은 점점 미끄러워진다. 모니카가 발을 헛디뎌 앞으로 넘어진다.

그녀는 잠시 숨을 고른 뒤 다시 몸을 일으킨다.

모니카가 불안정하게 서 있는 협로의 오른쪽은 암벽이고 왼쪽은 아스라한 낭떠러지다. 쏟아지는 비 때문에 시야가 흐려 앞이 거의 보이지 않는다.

돌풍에 모니카의 몸이 휘청한다. 간신히 몸의 중심을 잡자 또다시 거친 바람이 덮친다. 모니카의 몸이 낭떠러지 쪽으로 쏠린다.

그녀는 미끄러지며 반사적으로 눈앞의 바위를 부여잡는다. 비에 젖은 바위에 매달린 모니카의 두 다리가 허공에서 시계추처럼 왔다 갔다 한다.

차가운 빗줄기가 손등에 내리꽂힌다.

이렇게 죽을 순 없어.

몸을 위로 끌어 올리려고 안간힘을 쓸 때마다 오히려 바위를 붙잡은 손은 점착력을 잃어 간다. 절벽 가장자리로 하체를 끌어 올리려고 손에 힘을 주며 발버둥을 치지만, 무게 중심을 이동시켜 몸 전체를 절벽 위에 얹어 놓기에는 역부족이다.

아무리 애를 써도 모니카의 두 다리는 여전히 허공에서 대롱거린다.

이때, 상상조차 해보지 않은 한마디가 입에서 튀어나온다.

「살려 주세요!」

모니카가 울부짖는다.

사람들을 피해 일부러 찾아온 곳이니 주변에 이 소리를 들을 사람이 있을 리 만무다. 게다가 빗소리에 천둥소리까지 요란하지 않은가.

한참 시간이 흘렀다고 느껴진다. 모니카는 이미 기진맥진한 상태다. 근육에 최대한 힘을 가하기 위해 그녀는 일부러 소리를 내고 호흡을 크게 한다.

「살려 주세요!」

몇 초인지 몇 분이지 알 수도 없는 시간이 흘렀다. 열 손가락이 얼얼하게 저린다. 아니, 부서질 듯 아프다.

고작 열여덟 살에 여기서 인생을 마감하게 되는구나.

모니카는 벌써 계곡 아래로 추락해 나뒹구는 자신의 모습을 상상한다.

누가 내 시신을 발견하려면 여러 날이 걸릴 거야.

아닐 수도 있지…….

인적 없는 외진 곳에 추락하면 발견되기 힘들 거야. 그러면 겨울에 눈이 내려 내 몸을 하얗게 덮어 버리고 말겠지. 내가 여기 온 걸 아는 사람이 아무도 없으니 엄마도 영문을 모른 채 내가 세상 구경을 하러 훌쩍 떠났다고 생각하며 연락이 오기만을 기다릴 거야.

이때, 불그스름하고 두툼한 다리가 여러 개 달린 커다란 거미 한 마리가 눈앞에 나타난다.

곧이어 들리는 목소리.

「꽉 잡아요!」

모니카는 필사적으로 그 형체를 붙잡는다.

알고 보니 그것은 사람의 손이다.

몸이 순식간에 위로 쑥 끌어당겨지더니 두 발이 단단한 땅에 닿는 게 느껴진다.

모니카가 고개를 든다.

헤드램프 불빛과 키 큰 실루엣 하나가 보인다.

그다음부터는 꿈인지 생시인지 분간하기 어려운 일이 벌어진다. 검은 실루엣이 모니카의 팔을 잡아 천천히 앞으로 이끌기 시작한다.

맞잡은 두 손이 비와 어둠과 바람을 뚫고 바위투성이 가파른 협로를 나아간다. 포효하는 대자연도 그들을 막아 세우지 못한다.

마침내 산악 대피소 한 곳이 시야에 들어온다. 멀리서 보니 나무와 돌로 지은 것이 마치 양들을 가두는 축사 같다.

다가가 확인하니 대피소 출입문엔 자물쇠가 달려 있지 않다. 모니카와 그녀의 목숨을 구해 준 실루엣이 얼른 안으로 들어가 문을 닫는다.

비가 떨어지지 않는 따뜻한 실내로 들어서고 나서야 모니카는 마음을 놓는다. 여전히 빗소리와 바람 소리가 들리지만 이젠 그저 웅웅거리는 소리에 불과하다.

생명의 은인이 스위치를 찾아 불을 켜자 간소하지만 정감 있게 꾸며진 실내가 눈에 들어온다. 천장을 떠받치는 굵은 들보들이 보이고 안쪽 구석에는 조그만 벽난로가 설치돼 있다. 원목 테이블 하나와 벤치 두 개가 방 한가운데 놓여 있다. 남자가 비니를 벗어 바닥에 내려놓는다. 장발에 턱수염을 기른 구릿빛 얼굴이 드러난다.

「괜찮아요? 다친 데는 없어요?」

남자가 묻는다.

모니카가 비에 젖은 옷을 벗는 동안 남자가 배낭에서 작은 버너와 통조림 몇 개를 꺼내 음식을 만들기 시작한다.

「먹으면 기운이 날 거예요. 가슴이 철렁 내려앉는 일을 겪었으니 배가 많이 고플 것 같네요.」

「몸이 으슬으슬해요.」

모니카가 몸을 잔뜩 옹송그린 채 이를 딱딱거린다.

남자가 이번에는 배낭에서 코냑병을 꺼내 모니카 앞으로 내민다.

「추울 때는 이만한 약이 없어요. 전 세계 누구한테나 듣는 약이죠.」

모니카가 꿀꺽꿀꺽 코냑을 들이켠다. 술이 목구멍을 타고 넘어가자 순식간에 몸이 따뜻해지는 느낌이 든다.

「고마워요.」

남자가 술병을 다시 건네받아 병째 몇 모금 마신다. 그가 술병을 내려놓으며 묻는다.

「이름이 어떻게 돼요?」

「모니카예요. 〈혼자〉를 뜻하는 그리스어 단어에서 왔죠.」

그녀를 바라보는 남자의 눈빛에서 호의가 느껴진다.

「이번엔 혼자가 아니어서 천만다행이었네요! 내 이름은 코랑탱이에요.」

그가 손을 내민다.

잠시 망설이다 악수를 하고 나서 모니카가 그를 빤히 쳐다본다. 코랑탱도 시선을 피하지 않고 그녀의 은회색 눈을 바라본다.

「내 이름은 켈트어로 〈강풍〉을 뜻해요. 오늘 같은 날 딱 어울리는 이름이죠. 아까 하마터면 그쪽 손을 놓칠 뻔했어요. 젖은 손이 얼마나 미끄럽던지.」

169

「내가 당신한테 빚졌다는 말을 하고 싶은 거죠?」

갑작스러운 비약에 남자가 당황하며 고개를 가로젓는다.

「아니, 절대 그런 뜻으로 한 말 아니에요. 그렇게 생각하는 이유가 뭐죠?」

「Timeo Dananos et dona ferentes. 무슨 뜻인지 알아요?」

「〈나는 선물을 주는 그리스인들이 두렵다.〉 그리스인들이 거대한 목마를 선물하겠다고 하자 트로이아인들이 했던 말이죠.」

어쭈, 유식한데.

「맞아요. 상대가 선물로 나를 현혹시키려 한다는 뜻이 이 말에 담겨 있어요. 그리스인들이 선물한 목마에는 트로이아를 공격할 채비를 마친 오디세우스가 숨어 있었죠. 혹시 다른 라틴어 경구도 아는 게 있어요?」

「Asinus asinum fricat.」

모니카가 폭소를 터뜨린다.

「당나귀는 당나귀와 서로 몸을 문지른다. 끼리끼리 어울린다는 뜻이잖아요. 그럼 내가 당나귀라는 말이에요?」

「우리가 닮은 점이 있는 것 같아 해본 말이에요. 라틴어 인용구와 혼자 등산하는 걸 좋아하는 게.」

재치가 있는 사람이야.

모니카가 숨을 크게 들이쉰다.

「지금은 둘이네요.」

「그러네요.」

「그쪽과 내가 단둘이서 이 산악 대피소 안에 있으니, 게다가 지금 적대적인 자연에 둘러싸여 있기까지 하니 결말이 좋지 않을 게 뻔해요.」

모니카가 짓궂게 말한다.

「결말이 좋지 않다는 게 무슨 뜻이죠?」

퀸을 앞으로 빼서 기습 공격을 펼쳐야겠어. 상대가 어떻게 나올지 궁금하네.

「그쪽이 날 유혹하려 하겠죠.」

남자가 입을 벌리려는 듯하다 그냥 다물고 만다.

「무슨 일이 벌어질지 뻔한데 괜히 위선 떨지 말아요. 당신은 나한테 괜찮은 사람으로 보이려고 애를 쓸 거예요. 그러고는 어떻게든 나랑 자려고 하겠죠.」

모니카는 상대가 수세적 입장이 돼 쩔쩔매는 모습을 보고 쐐기를 박을 생각으로 무표정하게 말끝을 단다.

「유혹하는 기술의 핵심은 자신의 장점만을 보여 주는 것이죠. 수컷 동물도 실제보다 더 아름답고 더 똑똑하게 보이려고 구애 행위를 해요. 공작은 꽁지깃을 부채처럼 활짝 펴고 사슴은 기괴하기까지 한 구애의 울음소리를 내죠. 인간은 거짓말도 서슴지 않아요.」

남자가 대답할 틈도 주지 않고 모니카가 계속 말을 잇는다.

「그쪽이 날 유혹하려고 시도하는 것 자체에는 거부감이 없어요. 하지만 뻔한 방식은 싫어요. 장점이 아니라 단점을 고백하는 걸로 유혹을 시작하는 게 어때요? 당신의 단점이 뭐죠, 코랑탱?」

강풍이 굴뚝을 타고 들어와 벽난로에서 휘파람 소리가 난다.

「난…… 프랑스인이에요.」

「제법이네요. 하지만 그건 꼭 단점이라고는 할 수 없어요. 프랑스 남자들은 요리를 잘하고 와인에 대해서도 잘 알지 않나요?」

「난 이기주의자예요.」

「당연해요, 당신은 남자니까. 아직까지 심각한 단점은 없군요.」

「난 오만한 사람이에요. 남성 중심주의와 과대망상도 있죠.」

「대부분의 남자에게 흔히 나타나는 특성들이죠.」

「난 바람둥이예요. 나비를 수집하듯 여자를 수집하죠. 여자는 내게 수집품 이상의 의미가 없어요.」

「아, 그건 심각하네요. 하지만 지금으로선 나 역시 별반 다르지 않아서 당신한테 돌을 던질 입장은 못 돼요.」

「내 이름은 〈바람〉이나 〈태풍〉 같은 의미뿐 아니라 내게 있는 심각한 결함 중 하나를 암시하고 있어요. 나는 몸으로 바람 소리를 내거든요. 특히 잠을 잘 때.」

모니카가 까르르 웃는다.

코랑탱이 술을 더 따라 주며 모니카에게 묻는다.

「당신 단점은 뭐죠, 모니카?」

「나요? 난 공주라서 단점 같은 건 없어요. 나도 당신처럼 몸에서 바람 소리를 낼 때가 있는데, 그때마다 하늘에 반짝이 장식이 가득 박힌 무지개가 펼쳐지죠.」

「진실만을 말해야 하는 줄 알았는데.」

「난 다른 사람의 존재를 잘 못 견뎌요. 특히 내 귓가에서 입으로 소리를 내는 사람을 싫어하죠. 귀에 다른 사람의 입김이 느껴지는 순간 몸에 소름이 돋아요.」

「미소포니아가 있나 보죠? 소음에 과민한 증상 말이에요.」

「그것도 일부 있죠. 하지만 내 증상은 그보다 더 광범위하게 나타나요. 난 인간의 어리석음과 상스러움을 혐오해요.」

남자가 다시 코냑을 가득 부어 주자 모니카가 단숨에 들이켜고 나서 말끝을 잇는다.

「난 다혈질이에요. 특히 모순적인 상황을 받아들이지 못해요. 그럴 때는 마치 영화 〈엑소시스트〉에 나오는 악귀에 씐 어린 소녀처럼 되죠. 아니, 그보다 더해요. 악마의 조종을 받는 것처럼 폭력적으로 돌변하니까.」

「그거 볼만하겠네요.」

남자가 장난스럽게 말한다.

「웃을 일이 아니에요. 예전에 같은 학교에 다니던 남학생 가랑이 사이로 소화기를 집어 던진 적이 있어요. 걔가 아주 못된 짓을 했거든요. 어떤 여자아이의 머리카락을 싹둑 잘라 놓은 적도 있어요. 학급 대표 선거에서 나를 이겼다는 이유였죠. 체스 대회에서 나를 이긴 아이에게 달려들어 목을 조르기도 했고요.」

「겉보기와 다르네.」

「본성을 숨기는 데는 능하니까. 아 참, 내가 못 견디는 게 하나 더 있네요. 난 나를 사랑해 주는 사람들이 싫어요. 나를 사랑스러운 사람이라고 착각하는 그 순진함을 못 견디겠더라고요.」

「알 것 같아요.」

「아니, 당신은 그 심각성을 절대 알 수 없어요. 난 한번 화가 나면 깨물고 할퀴고 가까이 있는 칼이든 망치든 집어 들어 무기로 사용할 수 있는 사람이에요.」

「그거야 스타일 문제 아닌가…….」

「나를 제지할 수 있는 건 딱 한 가지, 형법뿐이에요.」

「조금 무섭게 느껴지긴 하네요.」

남자는 여전히 무덤덤하게 반응한다.

「무서운 사람이니까 나한테서 도망치란 말이에요. 절대 날 사랑하면 안 돼요. 내가 다른 사람에게 했듯이 당신마저 파괴해 버릴지 모르니까…….」

샨티…….

「다른 사람 누구요?」

「그런 여자가 있어요. 아, 한 가지 깜빡한 게 있네요. 당신이 나비를 수집하듯 나를 수집품에 추가할 가능성은 전혀 없으니 포기해요. 난 남자의 신체적 특성에 혐오감을 느끼는 사람이에요. 남자 체취만 맡아도 구역질이 날 정도로.」

말끝에 두 사람이 마주 보며 배를 잡고 웃는다.

「서로에게 고백한 우리의 단점들을 위해 건배합시다.」

그가 잔을 들며 말한다.

「아직 고백하지 않은 단점들을 위해서도 건배해요.」

모니카가 덧붙인다.

「아직 고백하지 않은 결점이 더 있어요?」

코랑탱이 눈을 동그랗게 뜬다.

「그럼요. 난 변덕이 심한 사람이에요…….」

순간 분위기가 묘해지며 그가 그녀에게 입을 맞춘다.

모니카는 굳이 뿌리치지 않는다.

그녀는 그가 장점이 많은 사람이라는 생각을 하며 이성과의 첫 관계에 거부감 없이 몸을 맡긴다. 희열에 찬 그녀의 교성이 문 밖으로 새어 나온다. 마멋과 독수리와 산양 말고는 아무도 그 소리를 듣지 못한다.

순간 모니카는 자신의 지각이 확대되고 타인과 자기 자신에 대한 장악력이 커지는 것을 느낀다.

남자의 육체도 얼마든지 내 통제하에 둘 수 있구나.

그녀가 또다시 신음 같기도 포효 같기도 한 소리를 내지른다. 밖에서 바람 소리와 빗소리가 이에 응답하듯 뒤엉켜 들려온다.

9

익명의 알코올 의존자 모임 시드니 지부를 나서던 니콜 오코너가 자신을 태우러 온 아빠를 발견하고 미소를 짓는다.

「몸 상태가 훨씬 나아졌어요.」

빨간색 롤스로이스에 오르는 순간 니콜은 긴장이 풀리는 것을 느낀다. 실내가 널찍한 이 고급 차에 탈 때마다 기분이 좋아진다.

「이번에도 아빠가 옳았어요. 나 스스로를 가두는 일은 절대 하지 말았어야 해요. 상황이 안 좋을 때는 다른 사람들의 도움을 받아 극복하는 게 맞아요. 익명의 알코올 의존자 모임 덕분에 힘든 고비를 넘겼으니 이제 기운을 되찾아 본래 자리로 돌아갈 거예요. 벌써 학교 축구팀에 복귀했고 교내 체스 클럽에도 가입해 다시 체스를 하기 시작했어요.」

「그래, 긍정적인 효과를 좀 느꼈어?」

「축구할 때는 여전히 몸이 무겁고 둔해요. 아직 알코올이 완전히 배출되지 않아 그럴 거예요. 이전보다 체중이 꽤 불어 앞으로 살을 빼야 해요. 반면에 체스는 여러 선발전에 나가 좋은 성적을 올렸을 정도로 금방 예전 감각을 되찾았어요. 우리 체스 클럽에서 다음번 세계 체스 토너먼트에 오스트레일리아 대표로 출전하지 않겠느냐는 제안까지 받았

176

어요.」

「무슨 토너먼트지?」

「전 세계 국가 선수들이 참여하는 대회인데, 런던에서 개최된대요. 남아프리카 공화국, 캐나다, 오스트레일리아, 인도를 포함한 영연방 국가 모두와 미국, 러시아까지 참여한다고 들었어요.」

「언제야?」

「다음 달이에요. 같이 가실래요, 아빠?」

「미안하지만 목장 일이 바빠 안 되겠다. 아쉽지만 전화로 소식을 주고받는 수밖에.」

운전대를 잡은 루퍼트가 딸을 자랑스러운 눈길로 쳐다본다.

「함께 가진 못해도 마음은 언제나 너와 함께 있다는 걸 알아 두렴. 네가 알코올의 영향에서 벗어난 게 아빠는 얼마나 대견한지 몰라. 그게 네가 지금까지 이룬 최고의 성취라고 생각해.」

니콜이 아빠의 한쪽 팔을 꽉 잡으며 눈을 맞춘다.

「사랑한다, 니콜.」

「나도 사랑해요, 아빠.」

「런던에 가기 전에 네가 한 가지 꼭 알아 둘 게 있어. 거긴 우리 숙적들 영토의 심장부란다.」

「잉글랜드인이 우리의 숙적이라고요?」

「그래. 이제 네 조상이 누군지, 너한테 어떤 피가 흐르는지 얘기해 줄 때가 온 것 같구나.」

부녀를 태운 빨간 롤스로이스는 이제 도시를 벗어나 한가

한 시골길을 달리고 있다.

「오코너 가문 가계도에서 제일 위에 계신 선조는 아일랜드 코크에서 사셨어. 1845년 아일랜드에 대기근이 발생했지. 당시 아일랜드인들은 감자가 주식이었는데, 감자 역병이 발생해 감자밭이 초토화돼 버린 거야. 식량이 부족해지자 사람들은 톱밥, 흙, 심지어는 쥐까지 잡아먹었어. 엎친 데 덮친 격으로 결핵, 콜레라, 티푸스 같은 감염병까지 돌기 시작했지. 하지만 당시 아일랜드 농토를 전부 소유하고 있던 잉글랜드인 지주들은 자기들 몫의 농작물을 가져가고 아일랜드인들은 그냥 죽게 내버려뒀어. 잉글랜드 지주들의 집에는 음식이 넘쳐 나는데 도로를 사이에 두고 있는 아일랜드 소작인들의 집에서는 사람들이 굶어 죽고 있었지. 당시에는 사람을 잡아먹는 일도 심심치 않게 일어났다고 해.」

니콜이 분노를 참느라 이를 악문다.

「우리 조상인 도너번 오코너는 가족이 굶어 죽을 상황에 처하자 잉글랜드인 지주를 살해하고 식량을 훔쳤어. 그는 체포됐고, 당시 대부분의 죄수들처럼 유형지인 이곳 오스트레일리아로 보내졌지. 잉글랜드에서 강도와 살인을 저지르고 온 자들과 부대끼며 옥살이를 하다 보니 자연스럽게 강단이 생겼을 거야. 신대륙 도로 건설 현장에서 노역을 하면서 도너번 오코너는 오스트레일리아 땅 구석구석을 알게 됐어. 결국 탈옥을 감행했지. 그리고 다른 도형수들과 무리를 지어 양을 훔치기 시작했어. 손해가 점점 커지자 목장주들이 사병을 고용해 양 떼를 지키고 도둑들을 뒤쫓았어. 그의 동료들이 하나둘 사병들의 총에 맞아 죽거나 체포돼 교수형에 처해

졌어. 모기가 들끓다 보니 말라리아에 걸려 죽는 일도 허다했지. 결국 도너번 오코너 혼자만 살아남아 그동안 훔친 양들을 독차지하게 됐어. 그는 더 이상 법 테두리 밖에 있는 게 좋지 않다는 판단을 내리고 행정 관리 한 사람을 매수해 토지를 취득하고 목장 신설 허가를 받았어. 하지만 그가 소유한 양들은 모두 합법적인 목장주들이 몸통에 빨간색 낙인을 찍어 놓은 양들이었지. 도너번 오코너는 자신의 구상을 현실화하기 시작했어. 아일랜드 출신 죄수들을 탈옥시켜 그들과 함께 양들을 훔쳐 사육 두수를 늘려 갔단다. 필요에 따라 목장주들을 살해하기도 했지. 방법이야 불법이었지만 어쨌든 지역 최대 규모의 양 떼 목장이 만들어졌어. 도너번 오코너와 동업자들은 조용히 사업을 하기 위해 수시로 지역 판사들에게 뇌물을 줬어. 주로 아일랜드 출신 판사들을 골라서 말이야. 당시 오스트레일리아는 개척 시대의 미국 서부와 닮은 꼴이었어. 요령이 있고 배짱이 두둑하기만 하면 불가능한 게 없었거든. 이 기회의 땅에서는 저돌적인 추진력만 있으면 누구든 돈을 벌 수 있었지. 시간이 지나 훔친 양들이 새끼를 낳았고, 그 새끼 양들에게는 오코너 목장의 낙인이 찍히게 됐어. 이제 우리 가문이 어떻게 재산을 일구었는지 알겠지? 지금 되돌아보니 도너번 오코너가 그 더러운 잉글랜드 놈들에게 느낀 증오심이 결국 그가 세운 양모 제국의 출발점이고 부의 원천이었어.」

「가슴이 찡해요.」

니콜이 더 이상 말을 잇지 못한다.

「런던에 가거든 잉글랜드인들이 냉소적이고 거만한 자들

이란 걸 늘 머릿속에 떠올리렴. 철저히 계산적인 인간들이
야. 관대함이나 연민, 동정과는 거리가 멀지. 아메리카, 아시
아, 아프리카, 오세아니아 곳곳에 식민지를 세워 착취를 일
삼은 놈들이니까. 사실 아빠는 오스트레일리아의 영연방 탈
퇴를 외치는 단체들을 비밀리에 돕고 있단다.」

니콜이 방금 들은 얘기의 의미를 곱씹으며 고개를 끄덕
인다.

「네가 적들의 땅에 간다는 사실을 명심해야 한다.」

루퍼트 오코너의 말에 비장함이 묻어난다.

「반드시 우승해 아일랜드 혈통의 힘을 그들에게 보여 주
렴. 게임 전략은 네 기존 스타일을 고수하는 게 좋을 것 같아.
폰들로 장벽을 쌓아 적들을 포위함으로써 상대 진영의 공격
가능성을 원천 차단하는 거지. 게임마다 잉글랜드 압제자들
에 맞서는 아일랜드 민중의 혁명이라 생각하고 비장한 각오
로 임해야 해. 그리고 종국에는 내가 꿈에서 엘리자베스 2세
를 죽이듯이 네가 그들의 퀸을 죽이는 거야. 부디 핍박받는
자들을 대표해 착취자들의 땅에서 그들의 여왕을 보기 좋게
쓰러뜨리렴.」

백과사전
엘리자베스 1세

세계사에 지대한 영향을 끼친 인물을 꼽을 때 잉글랜드의 엘리자베스 1세를 빼놓을 수 없다. 카리스마 넘치는 군주였던 헨리 8세와 그의 두 번째 왕비 앤 불린 사이에서 태어난 엘리자베스의 어린 시절은 순탄치 않았다. 아버지인 헨리 8세가 앤 불린을 교수형에 처하자 그녀는 어머니와 함께 공주의 직위까지 한꺼번에 잃었다. 헨리 8세가 사망하자 그가 첫 번째 왕비와 얻은 딸 메리가 왕위를 계승해 잉글랜드 역사상 최초의 여왕이 된다. 잉글랜드를 가톨릭 국가로 되돌려 놓기로 결심한 메리 1세는 에스파냐의 펠리페 2세와 결혼했고, 신교도들을 지지했던 엘리자베스를 감금했다. 성질이 불같았던 메리 1세는 수많은 신교도들을 처형시켜 〈피의 메리〉라는 별명이 붙었다. 메리 1세가 병으로 죽자 이복동생인 엘리자베스가 왕위를 계승했다.

여왕 엘리자베스 1세의 좌우명은 〈video et taceo〉, 즉 〈나는 진실을 알지만 말하지 않는다〉였다.

그녀의 치세 동안 잉글랜드는 빠른 속도로 근대화됐다. 엘리자베스 1세는 윌리엄 셰익스피어와 함께 연극을 발전시켰고, 새로운 건축 양식을 도입했으며, 신대륙에 식민지를 건설했다.

엘리자베스 1세는 구혼자들에게 자신은 이미 잉글랜드 백성과 결혼했으며, 자신과의 결혼을 통해 왕이 될 남편에게 명령을 받을 이유가 없다고 말했다. 그렇게 평생 독신으로 지낸 그녀는 〈처녀왕〉이라는 별명을 얻었다.

엘리자베스 1세는 이복언니 메리에 이어 똑같은 이름을 가진 또 한 사람의 숙적과 맞서야 했다. 바로 그녀의 사촌이자 스코틀랜드의 여왕인 메리 스튜어트였다. 메리 여왕은 프랑스와 에스파냐의 지지를 받고 있었다.

엘리자베스 1세는 메리 스튜어트가 자신을 상대로 꾸민 여러 번의 음모를 번번이 좌절시킨 후 1587년에 그녀를 체포해 교수형에 처했다. 하지만 이 사건은 에스파냐가 무적함대를 파견하게 만들었고, 결국 양국 간에 전쟁이 벌어졌다. 가톨릭 구세계와 개신교 신세계가 정면충돌한 것이다. 1588년 8월, 3만 명의 병력과 거대한 함포를 장착한 에스파냐의 커다란 배 130척가량이 잉글랜드의 작은 군선 약 2백 척과 영불 해협에서 맞붙었다. 세계 3대 해전인 칼레 해전이다. 이때 잉글랜드 해군을 지휘한 사람은 프랜시스 드레이크 제독이었다.

거센 태풍이 일자 해상 전투는 빠르고 민첩한 잉글랜드 군선들에게 유리하게 전개됐고, 결국 뛰어난 지휘관을 가진 잉글랜드 해군의 승리로 끝났다. 아메리카 대륙을 정복해 획득한 금을 기반으로 세워진 에스파냐 제국이었지만 이때의 패전 이후로 서서히 몰락의 길을 걷게 됐다. 반면 잉글랜드는 16세기 이후 강력한 해군력을 바탕으로 해상 무력을 발전시키고 전 세계에 식민지를 건설했다.

말년에 엘리자베스 1세가 약이 바짝 오를 일이 한 가지 있었다. 후사가 없었던 처녀왕은 자신의 철천지원수였던 메리 스튜어트의 아들 제임스에게 잉글랜드의 왕위를 물려줄 수밖에 없었다……

에드몽 웰스,
『상대적이며 절대적인 지식의 백과사전』

10

「잘 잤어, 공주님?」

모니카가 움직이는 기척을 느낀 코랑탱이 말한다.

프랑스인이 버너에 불을 켜놓고 아침을 준비하고 있다.

「으흠…….」

모니카 매킨타이어가 신음 같은 소리를 내며 몸을 일으킨다.

그녀가 개수대에 찬물을 받아 대충 세수를 끝내고 나서 하품을 하며 몸을 쭉 늘인다. 화장실에서 옷을 갈아입고 나온 모니카가 푸짐한 아침이 차려진 식탁에 앉는다.

「각자의 결점은 이미 다 얘기했고, 상대방에 대해서 이제 꽤 많은 걸 알게 됐으니 지금부터는 장점을 얘기해 보면 어떨까? 네가 보기에 내 장점은 뭐야?」

코랑탱이 김이 모락모락 피어오르는 찻잔을 건네며 모니카에게 묻는다.

「날 웃게 만들어요.」

모니카가 짧게 대답한다.

「그게 다야?」

「그게 어디예요. 당신은 어려운 단어를 즐겨 쓰고 난 사피오섹슈얼, 즉 상대의 지성에 끌리는 사람이에요. 지적 매력

184

만 있으면 누구든 상관없어요. 상대가…….」

모니카는 〈여자든 남자든〉이라고 덧붙이려다 다른 표현을 쓴다.

「……나보다 훨씬 나이가 많은 사람이라 해도. 당신 몇 살이죠?」

「서른 살이야.」

나보다 열두 살이나 많네. 간밤에 〈노인네〉랑 잤구나. 하지만 나이에 비해 몸이 탄탄한 편이야.

「나랑 사랑에 빠지진 말아요, 코랑탱.」

「아니야, 그런 거 아니니까 걱정 마. 말했잖아, 나는 수집가라고. 넌 내 수집품에 막 추가된 나비일 뿐이야.」

그가 농담조로 대답하지만 모니카는 진지한 표정을 거두지 않는다.

거짓말이야. 벌써 샨티와 비슷한 조짐이 보여.

「괜찮아, 공주님?」

「아니, 괜찮지 않아요. 당신이 날 쳐다보는 그 눈길이 싫어. 그 〈공주님〉 소리도 이제 소름 돋으니까 그만해요.」

난 공주가 아니라 여왕이야, 하고 덧붙이려다 모니카는 그만둔다.

그가 차를 한 모금 목으로 넘기고 나서 초콜릿이 잔뜩 묻은 에너지바를 우물거린다.

「나도 너처럼 사피오섹슈얼이야. 네 강한 캐릭터와 또래보다 성숙하고 지적인 면이 마음에 들어.」

내 눈엔 감정을 주체 못 하는 로맨티시스트로 보이는데 저 사람은 자기가 돈 후안인 줄 착각하나 봐. 상황이 더 꼬이기 전에 빨리

185

매듭을 지어야겠어.

「내일 같이 정상까지 올라가지 않을래? 애초에 그럴 계획으로 산에 온 거지?」

「글쎄. 어떻게 할지 모르겠네.」

그가 모니카를 바라보며 의미심장하게 말한다.

「〈혼자면 더 빨리 가지만 함께면 더 멀리 간다.〉」

모니카가 미간에 주름을 잡으며 대답한다.

「한심한 소리는! 게다가 그건 틀린 말이야. 혼자면 더 빨리, 그리고 더 멀리 간단 말이야.」

상대가 멱살이라도 잡을 기세로 목소리를 곤두세우자 코랑탱이 당혹스러워한다.

「별 뜻 없이 한 말이야.」

「내가 혐오하는 정신세계의 단면을 보여 주는 말이에요.」

「미안해, 내가 공주님의…… 아니, 아니, 네 심기를 건드렸나 보네.」

그가 어쩔 줄 몰라 하며 모니카의 찻잔에 차를 더 따라 주고 나서 빵에 버터와 잼을 발라 건넨다. 모니카는 지방과 당분뿐인 음식에 눈길조차 주지 않는다. 그녀가 은회색 눈을 크게 뜨고 그를 쏘아본다.

「이제 그만해요.」

「무슨 말이야?」

「방금 말했잖아요. 우린 이제 끝났어요.」

「뭐가 문제야?」

「당신의 아까 그 표현.」

「미안해. 그건 그냥 한 소리일 뿐이야.」

「아니, 내가 혐오하는 세계관을 단적으로 드러내 주는 표현이에요.」

내 감정 상태가 급변한 이유를 이 사람은 눈치채지도 못해. 기습 공격을 당해 맥없이 고꾸라지는 모습을 보니 기분이 꽤 괜찮은걸.

「미안하다니까. 별 뜻 없이 뱉은 말을 가지고 뭘 그래.」

서른 살이나 먹은 남자가 버려질지 모른다는 유년기의 공포를 아직 극복 못 한 모양이야. 내 마음을 돌릴 방법을 몰라 안절부절못하는 꼴이라니. 계속해 봐, 코랑탱. 하지만 아무리 용을 써도 내 마음은 이미 정해졌어. 바뀌는 일은 없을 거야.

「모니카, 우리 관계는 이제 막 시작됐는데 끝이라니, 설마 농담이겠지?」

「아니, 난 진지해요. 나는 당신의 애정 따위에 관심이 없어요.」

그가 어이없어하며 피식 웃는다.

「그 이유나 좀 말해 줄래?」

「당신이 커플이라는 개념을 신격화하니까, 혼자보다 둘이 낫다고 확신하니까. 그게 당신의 작동 방식이니까. 자, 이제 끝났으니까 그만 내 눈앞에서 사라져 줘.」

그의 목소리가 갑자기 높아진다.

「너무하는 거 아니야?」

「이제 당신이 내 눈앞에 보이는 것조차 못 견디겠어.」

그가 되받아치지 않고 그녀를 물끄러미 쳐다본다.

모니카가 짐을 챙기기 시작하자 그가 팔목을 잡으며 제지한다.

「모니카!」

그녀가 손을 홱 뿌리치고 대피소를 나간다.

고마웠어요, 코랑탱. 당신 덕분에 이성애적 관계의 가능성을 확인했어요. 하지만 당신과 연인이 될 마음은 조금도 없어요.

그녀가 경사진 등산로를 한참 뛰어내려 가다 숨을 고르며 뒤를 돌아본다. 그가 뒤따라오지는 않는다.

어차피 며칠 후면 그의 머릿속에서 지워질 일이야.

모니카는 가까운 마을로 내려가 뉴욕행 버스에 오른다. 캐멀백산이 지평선 위로 솟은 희미한 형체로 보일 즈음에야 그녀는 겨우 마음의 평정을 되찾는다.

잠에 곯아떨어진 모니카는 뉴욕 버스 터미널에 도착하고 나서야 잠이 깬다. 해가 서쪽 하늘로 기울고 있다. 그녀가 엄마 집으로 가서 초인종을 누르자 제시카가 깜짝 놀라며 딸을 맞는다.

「모니카! 미리 연락을 했으면 저녁이라도 준비해 놨을 텐데. 그동안 어디 있었어?」

「명상 센터에 들어가서 은거 수행을 했어요. 끝나고 나서는 기분 전환도 할 겸 산에 다녀왔고.」

「그래? 좋았니?」

「네. 친구를 사귀었어요. 여자 한 명과 남자 한 명…….」

「남자 친구 말이야?」

「짧은 인연이었어요.」

딸이 더 이상 길게 말하고 싶어 하지 않는 걸 눈치챈 제시카가 화제를 바꾼다.

「네가 소속된 체스 클럽에서 초청장이 왔어. 런던에서 열리는 세계 체스 대회에 출전 기회를 준다는 거야. 좋은 경험이 될 거야. 기분 전환도 할 수 있고. 네가 간다면 나도 따라 갈 생각이야.」

모니카가 금방 마음을 정하지 못하는 것 같자 제시카가 덧붙인다.

「출전 선수 명단에 지난번 레이캬비크에서 너를 이긴 오스트레일리아 아이 이름이 있더라. 다시 한번 실력을 겨룰 기회가 올지도 모르잖니. 이번엔 져도 절대 그 애 목을 조르진 마라…….」

「그 일 이후에 감정 조절하는 방법을 어지간히 배웠으니 걱정 마세요.」

제시카가 초청장을 들고 와 딸에게 내민다.

「대회 참가를 핑계 삼아 우리 둘이 오붓한 시간을 가질 수 있으니 금상첨화지. 모니카, 엄마는 가끔 네가 나를 멀리한다는 느낌이 들어 속상해.」

모녀가 서로 꼭 껴안는다.

「영국이라……. 한물간 구대륙이죠.」

모니카가 냉소적으로 말한다.

나쁜 기억이라도 떠오르는 듯이 제시카가 눈을 내리깔고 생각에 잠긴다.

「거긴 우리 매킨타이어 집안의 뿌리가 있는 곳이야.」

「스코틀랜드 아니었어요?」

「너한테 우리 가계의 역사를 들려줄 때가 온 것 같구나.」

제시카가 딸에게 옆으로 와 앉으라는 손짓을 하며 말문을 연다.

「매킨타이어 가문은 스코틀랜드의 명망 있는 가문 중 하나였어. MacIntyre는 스코틀랜드어로〈목수의 아들〉을 뜻하지. 우리 가훈은 〈per ardua〉, 즉 〈역경을 헤치고 뜻한 바를 이룬다〉였단다. 우리 조상들은 스코틀랜드 서쪽, 아가일 지방에 살았어. 조상 중에는 우리의 숙적인 잉글랜드인들에 맞서 싸운 영웅들이 무척 많았지. 우리 가문 사람들은 대대로 잉글랜드인을 증오했어. 왜인지 아니? 1338년에 네 조상인 애그니스 랜돌프 백작 부인이, 남편이 성을 비운 틈을 타 성을 포위한 잉글랜드인들과 목숨을 걸고 싸웠기 때문이야. 애그니스 랜돌프는 끝내 잉글랜드인 침략자들을 물리치고 성을 지켰지. 그녀는 스코틀랜드 최초의 여성 영웅이었어. 너를 가졌을 때 네 이름을 그 담대한 여성의 이름을 따 애그니스라고 지을까 생각한 적도 있었어.」

제시카가 흐뭇한 표정으로 딸을 바라본다. 학교를 자퇴하고 이따금 〈보비 피셔식〉 분노 폭발을 보이기도 하지만 어디에 내놓아도 빠지지 않는 예쁘고 똑똑한 딸이다.

배 속에 열 달을 품고 있었던, 자기를 똑 닮은 이 아이는 모든 면에서 자신을 능가한다. 이 세상에 완벽한 사람은 없다. 모니카의 불같은 성격은 사소한 결점으로 보아 넘기면 그만이라고 제시카는 생각한다.

「내가 보기엔 엄마도 전사예요.」

모니카의 맑은 은회색 눈동자가 밤바다의 등대처럼 반짝거린다.

「애그니스 랜돌프의 상대는 성을 침략한 잉글랜드인 기사들이었지만, 내가 싸우는 상대는 무지라고 할 수 있어. 난 무지와 싸우기 위해 너를 비롯한 아이들에게 지성의 중요성을 일깨워 주려고 노력하고 있단다.」

제시카가 초청장을 다시 펼쳐 들여다본다.

「어쨌든 너에겐 스코틀랜드인의 피가 흐른다는 사실을 명심하렴. 영국 땅에 가서 경기를 하게 된 널 따라가 보살펴 주는 건 내 의무이기도 해.」

마음이 통한 모녀가 서로를 다정한 눈으로 쳐다보다 한 번더 깊은 포옹을 나눈다.

11

런던 거리에 추적추적 비가 내리고 있다.

니콜은 오래된 건물들을 바라보며 마치 역사의 뒤안길로 사라져야 마땅한 낡은 세계를 마주하는 기분을 느낀다. 그녀는 이 대영 제국의 심장부에서 벌어졌던 음모와 충돌과 전쟁을 떠올린다. 그 주역들이 느꼈을 고통과 회한이 생생하게 전해져 온다.

오만과 냉소로 가득한 이 도시의 모든 것이 거부감을 일으킨다.

도로를 달리는 빨간색 2층 버스조차 그녀의 눈에는 인위적으로 포개 놓은 거대한 고철 덩어리 두 개에 불과하다.

버킹엄 궁전 앞을 지나는 순간 몸에 소름이 돋고 혐오가 치솟는다.

제 나라 민중뿐 아니라 전 세계 민중을 업신여기는 오만방자한 로열패밀리가 저 안에서 화려하고 사치스럽게 살고 있겠지. 몸에 보석을 휘감은 이 귀족 특권 계급을 위해 그간 얼마나 많은 불법이 자행되고 희생이 강요됐을까……

아빠한테서 들은 아일랜드인들의 고통과 잉글랜드인들의 잔혹성이 떠올라 머릿속이 복잡해진다.

더블린에서 잉글랜드인들은 매끼 잔칫상 같은 식탁을 차린 반면, 길 바로 건너 아일랜드인들은 굶어 죽거나 사람을 잡아먹거나 살기 위해 조국을 떠나야 했어.

지금으로서 그녀가 조상들을 대신해 복수할 수 있는 길은 단 한 가지, 잉글랜드인 참가자들에게 모욕을 안겨 주는 것 뿐이다.

드디어 대회 장소인 고풍스러운 사우샘프턴 호텔이 시야에 들어온다. 호텔 전면을 장식한 정교한 저부조 작품들이 지나가는 행인들의 눈길을 끈다.

이제 니콜 오코너는 레이캬비크 대회에 출전했던 열두 살 어린애가 아니다. 체스에 막 입문했던 그때와 달리 지금은 자신이 가진 힘과 능력을 알고 있다. 비록 1972년 이후 대규모 대회에는 한 번도 출전하지 않았지만, 실력을 향상하기 위한 노력을 멈추지 않았다.

니콜이 호텔 문턱을 넘어 로비로 들어선다. 대리석과 금장식, 명화로 고급스럽게 꾸며진 로비 바닥에 진홍색 카펫이 두껍게 깔려 있다. 곳곳에 붙은 안내 표지판이 경기가 열릴 연회장으로 가는 방향을 일러 준다.

경기장 안은 벌써 웅성거림으로 가득하다.

니콜의 시선이 한 여성 참가자에게 가 머문다. 레이캬비크에서 자신의 목을 졸랐던 바로 그 사람이다.

말도 안 돼. 이런 우연이 있을 수가.

상대가 선명한 살의를 가지고 자신의 목을 조를 때 숨이 막히던 그 느낌이 되살아난다.

니콜은 혼란한 마음을 수습하고 집중력을 되찾기 위해 크게 심호흡을 한다.

193

이제 내가 복수할 차례야. 아직 방법은 정해지지 않았지만 한 가지만은 분명해. 그때 일을 반드시 되갚아 줄 거야.

참가자들이 대회장 중앙으로 모이자 영국 체스 연맹 회장이 인사말을 하기 위해 연단에 오른다. 셔츠에 스카프로 멋을 낸 섬세한 외모의 남자에게서 가느다란 목소리가 흘러나온다.

「여러분, 환영합니다. 이 특별한 자리를 빛내 주기 위해 전 세계에서 모인 참가자 여러분께 진심으로 감사의 말씀을 전합니다. 먼저 귀빈 한 분을 소개하겠습니다.」

그가 30대가량의 금발 여성을 향해 몸을 돌린다. 하늘색 정장을 멋지게 차려입고 가슴에 분홍색 코르사주를 단 우아한 여성이 그와 눈을 맞춘다.

「여러분께 제임스 캘러헌 총리의 따님이신 마거릿 제이 캘러헌을 소개합니다.」

좌중이 박수를 치자 여성이 가볍게 몸을 숙여 인사한다.

대회 조직 위원회에서 참가자들의 이름이 적힌 대진표를 공개하자 시선이 일제히 그쪽으로 쏠린다.

니콜은 금방 모니카 매킨타이어의 이름을 찾아낸다.

모니카의 경기가 벌어지는 테이블 번호를 확인하고 나서 그쪽으로 시선을 던지자 벌써 자리에 앉아 있는 모니카의 모습이 보인다.

많이 변했구나.

더 예뻐졌어.

니콜의 시선이 자기도 모르게 가까운 벽에 걸린 거울로 향한다.

반면에 나는…… 작은 키에 창백하리만치 하얀 피부, 짧은 금 발…… 눈에 띄지 않는 평범한 외모지.

문득 그녀를 꼭 이겨야겠다는 생각이 든다.

니콜의 첫 번째 상대는 모니카 매킨타이어가 아니라 캐나 다 밴쿠버에서 온 선수다.

니콜은 역시나 자신의 주특기인 폰을 활용한 압박 전략을 구사한다. 폰들을 중앙에 전진 배치 해 장벽을 쌓음으로써 적의 공격로를 차단하는 방식이다. 그녀는 이 전략에 맞서 상대가 구사할 수 있는 다양한 방어술을 모두 상상하면서 훈 련을 해왔다.

캐나다 선수는 자신의 말들을 차례로 쓰러뜨리며 진군해 오는 대규모 보병 군단에 속수무책으로 당하다 비숍의 공격 에 최후를 맞는다.

니콜이 상대 선수에게 악수를 청한다.

요리사로 치면 나는 한 가지 메뉴만 있지만 늘 최고의 음식을 손 님에게 선보이려고 애쓰는 완벽주의자 요리사지.

니콜은 다음 상대인 뉴질랜드 선수를 가볍게 이기고 나서, 남아프리카 공화국 선수와 인도 선수를 차례로 꺾는다. 먼 영어권 나라들을 대표하는 선수들이 폰 군단의 맹공에 굴복 하고 만다.

18세기에 위세를 떨쳤던 대영 제국의 잔해를 마주하는 기분 이야…….

이번 상대는 다름 아닌 잉글랜드 선수.

니콜보다 나이가 조금 많아 보이지만 첫눈에 이길 수 있다 는 자신감이 생긴다. 니콜은 이번에도 자신의 장기인 폰 장벽 쌓기를 구사한다. 가차 없이 포위망이 좁혀 오자 상대 선수가 당황해 미간을 일그러뜨린다.

배덕한 앨리언[3]의 대표자가 난생처음 자존심에 상처를 입었겠군.

니콜은 경기에 집중하는 중간중간 모니카 매킨타이어 쪽으로 시선을 던진다. 그녀 또한 연승을 이어 가는 눈치다.

격돌의 순간이 머지않았어.

그녀의 예상은 적중했다. 니콜이 잉글랜드 선수를 이기고 모니카 또한 상대 선수를 간단히 이겨 준준결승에서 맞붙게 된 것이다.

이제 우승까지 세 경기 남았어.

준준결승전은 뜨거운 조명이 쏟아지는 연단 위에서 진행된다. 두 경쟁자가 무대에 오르자 사방에서 카메라 플래시가 터진다. 니콜과 모니카가 천천히 게임 테이블로 다가간다.

내가 자기를 알아봤다는 걸 쟤도 알고 있어.

동전을 던져 누가 백을 잡아 선수를 둘지 결정한다. 니콜이다.

경기에 들어가기 전 두 선수가 악수를 나눈다. 니콜은 상대의 외모에 기죽지 않았다는 것을 보여 주려는 듯 손아귀에 힘을 꽉 준다. 아픈지 그녀의 입술이 살짝 비틀어지는 게 보인다.

드디어 결전의 시간. 니콜은 모니카가 말들을 정확히 칸의 중앙에 배열하려고 애쓰는 모습을 눈여겨본다.

쟤도 보비 피셔처럼 편집증이 있구나.

3 잉글랜드를 가리키는 옛말.

심판이 경기 시작 신호를 준다.

니콜이 킹 앞의 백폰을 두 칸 앞으로 움직여 보드의 중앙을 차지하게 한다.

그러자 상대가 똑같은 방식으로 퀸 앞의 흑폰을 움직인다.

니콜이 나머지 백폰들을 보드에 전개시킨다.

그녀가 평소 즐겨 쓰는 폰 장벽 쌓기 전략을 구사한다. 백폰들의 벽이 서서히 전진해 적진을 포위한다.

상대 선수가 다음 수를 정하지 못해 망설인다. 그녀가 팔짱을 꼈다 풀었다 하며 체스보드를 내려다보는 사이 타이머는 그녀를 압박하듯 쉬지 않고 소리를 낸다.

째깍 째깍 째깍.

서서히 조여 오는 함정에서 빠져나갈 방법을 찾느라 바삐 돌아가는 상대의 머릿속이 훤히 들여다보이는 것 같아 니콜은 쾌감을 느낀다.

절대 웃는 얼굴을 보여선 안 돼, 끝까지 무표정으로 일관해야 해.

째깍 째깍 째깍.

다음 몇 수에 준결승 진출의 향방이, 더 나아가 대회 우승 여부가 달려 있다고 생각하자 니콜은 금방 다시 긴장감을 느낀다.

레이캬비크에서처럼 이번에도 반드시 이기겠어. 혹시라도 쟤가 다시 달려들어 목을 조르면 그때처럼 당하고만 있진 않을 거야. 주먹으로 턱 밑을 냅다 치질러 버리겠어.

12

모니카 매킨타이어가 레이캬비크에서 자신에게 패배를 안겼던 금발 머리 소녀를 빤히 쳐다본다.

조금 전에 내 손이 아플 정도로 꽉 쥐는 걸 보니 그때 일어난 일 때문에 아직 날 원망하고 있는 게 분명해.

모니카가 체스보드를 내려다본다.

예전과 똑같은 전략을 구사하고 있어. 지난번에는 당했지만 이번에는 어림없어. 아무리 폰의 장벽을 쌓으며 압박해 와도 날 이기지 못할 거야.

일단 상대의 약한 고리부터 찾아내야 해. 그래야 상황을 역전시킬 수 있어. 있을 거야. 분명히 무슨 방법이 있을 거야.

모니카가 다급한 마음에 타이머를 슬쩍 쳐다본다.

째깍 째깍 째깍.

시간을 의식하면 안 돼. 불안해지면 생각에 집중할 수 없으니까.

절대 수세적으로 상대에게 끌려가면 안 돼.

지금의 위기에서 벗어나게 해줄 독창적인 콤비네이션을 찾아내기만 하면 돼.

모니카는 자신도 모르게 한숨을 내쉰다.

자기 전략을 완벽하게 마스터한 눈치야. 나를 무릎 꿇릴 자신이 있는 거야.

하지만 분명히 허를 찌를 방법이 있을 거야. 그걸 찾아내면 돼.

쟤의 인식 영역 밖에 있는 어떤 수를 찾아내야 해.

모든 문제에는 해결책이 있게 마련이야.

평소 체스 외에도 역사에 많은 관심을 가지고 다양한 역사서를 섭렵해 온 모니카가 기억 속을 헤집으며 아이디어를 찾기 시작한다.

그래, 만리장성.

한 생각이 모니카의 머리를 반짝 스치고 지나간다.

역대 중국 황제들은 북방 유목 민족의 침공을 막기 위해 성벽을 쌓았어. 성벽은 오랜 세월 중국을 적의 침략으로부터 막아 주며 계속 확장됐지. 그런데 몽골의 칭기즈 칸이 약한 고리 하나를 찾아내는 바람에 모든 것이 한순간에 수포로 돌아갔어. 성벽을 지키던 병사가 몽골군에게 낚여 성문을 열어 주자 몽골 기병대가 쏟아져 들어왔으니까.

기원전 200년부터 시작해 1천 년에 걸쳐 쌓은 장장 6천 킬로미터의 성벽이, 3백만 명이 넘는 일꾼들의 목숨을 희생시키며 세워진 난공불락의 그 성벽이 한 인간의 잘못으로 순식간에 무용지물이 되고 만 거야.

어리석은 중국 파수병 하나가 성문을 열어 주자 칭기즈 칸의 기병 수천 명이 밀물처럼 밀려들어 왔어.

그때부터 몽골군은 파죽지세로 중국 땅을 유린했지.

약한 고리가 있기 때문에 사슬이 강해지는 거야.

기병대…… 기병대가 칭기즈 칸의 무기였어…….

타이머의 째깍째깍하는 소리가 귀에 거슬리는 속에도 모니카는 생각을 집중한다.

나도 나이트를 활용해 상대의 가장 약한 고리를 타격해 보면 어떨까…….

장애물을 뛰어넘을 수 있는 유일한 말이 나이트잖아. 나이트로 폰의 장벽을 뛰어넘는 거야.

은회색 눈동자를 지닌 소녀가 가느다란 손가락으로 자신의 흑나이트 하나를 집어 장벽을 이룬 적군의 백폰 하나를 잡게 한다.

이 귀중한 말은 곧 희생될 것이지만 상대의 폰 장벽을 부수기 위해서는 어쩔 수 없다.

상대 오스트레일리아 선수가 놀란 듯 눈썹을 씰긋하더니 뚫린 방어벽을 순식간에 보강한다.

나이트 하나를 희생시켜 전황을 뒤집기는 불가능하다. 모니카는 또 하나의 나이트를 희생시키기로 결심한다. 성벽에 구멍을 내 아군의 진입로를 확보하기 위한 고육지책이다.

금발 오스트레일리아 선수의 얼굴이 씰룩한다. 동요하는 게 분명하다. 귀중한 흑나이트 두 개를 잡았지만 그 대신 중앙을 내줌으로써 방어력에 타격을 입었다는 것을 그녀가 모를 리 없다.

관중들은 모니카가 자살행위 같은 수를 연이어 두는 이유를 전혀 눈치채지 못한다.

팽팽한 긴장감 속에 경기가 이어진다.

백말들이 뚫린 방어벽을 수비하기 위해 모여들지만 이미 엎질러진 물이다.

흑퀸이 성벽에 난 구멍을 통과해 진격해 오자 동요한 백말들이 방어하느라 분주하다.

관객들의 입에서 감탄사가 터져 나온다.

흑퀸이 장거리 타격 능력을 백분 활용해 공세를 펼치자 아군의 장벽에 가로막혀 운신의 폭이 좁아진 백말들이 우왕좌왕하기 시작한다. 자신들을 지켜 주던 장벽에 갇혀 버린 꼴이 된 것이다. 수적 우세가 아무 의미가 없어진 상황. 움직일 공간을 확보하지 못한 백말들이 자기들끼리 뒤엉켜 있다.

상대 오스트레일리아 선수가 턱을 만지작거리며 초조함을 드러낸다.

본격적인 역습의 시간.

흑퀸이 백말들을 차례로 잡으며 적진을 휘젓고 다니기 시작한다. 일당백의 기세다.

마치 흑퀸 혼자 체스보드에서 춤판을 벌이는 듯하다.

퀸은 최상의 위치를 확보하고 자기 능력을 한껏 활용한 공격을 펼친다. 백말들이 우수수 쓰러진다.

이제 남은 것은 혼자 고립돼 있는 백킹과 먼 전선에 배치돼 왕을 구하러 달려올 수 없는 폰 몇 개뿐이다.

「체크.」

모니카가 무덤덤한 목소리로 말한다.

목숨을 위협받는 백킹이 살기 위해 부질없이 요리조리 움직이자 흑퀸이 추격에 나선다.

모니카는 서두르지 않고 백킹에게 사망 선고를 내릴 준비를 한다. 마침내 그녀가 백킹을 막다른 골목으로 몰아넣는다. 최후의 순간이 왔다.

어두운 표정이 된 오스트레일리아 선수가 필사적으로 수를 찾는 사이 시간이 흐른다.

째깍째깍.

모니카가 앞으로 몸을 숙이며 귓속말하듯 상대에게 말한다.

「Vulnerant omnes ultima necat.」

영문을 몰라 얼떨떨해하는 상대의 모습은 오래전 똑같은 표정을 짓던 프리실라를 떠올리게 한다.

상대 선수가 속수무책으로 체스보드를 내려다보는 사이 어김없이 시간이 흐른다.

째깍째깍…….

사방이 쥐 죽은 듯이 조용한 대회장에서 유난히 크게 들리는 초침 소리에 상대가 압박감을 느낄 게 분명하다.

모니카가 눈을 깜빡인다. 모종의 쾌감이 온몸에 퍼진다.

복수.

폰을 이용한 네 압박 전술이 이번에는 통하지 않았어.

오스트레일리아 선수가 가느다란 한숨을 내뱉더니 모니카의 입에서 〈체크메이트〉라는 치명적인 한마디가 나오기 전에 먼저 자신의 백킹을 쓰러뜨려 패배를 인정한다.

내가 널 이겼어.

패자가 손을 내밀어 악수를 청한다.

이번에는 모니카가 손아귀에 힘을 꽉 준다.

「방금 전에 한 말…… 옴네스 네카트 어쩌고 했던 거. 그거 에스파냐어야?」

니콜이 묻는다.

「라틴어야.」

「무슨 뜻인데?」

상대의 밝고 직설적인 어투에 오히려 놀라는 쪽은 모니카다. 마치 아무 일도 없었다는 듯이, 자신을 지켜보는 수많은 눈을 의식조차 하지 않는다는 듯이, 둘 사이에 적대감 같은 건 없다는 듯이, 정말로 궁금해하는 표정으로 묻고 있지 않는가.

모니카가 잠시 뜸을 들이고 나서 대답한다.

「〈매 순간 상처를 입히고 종국에는 죽인다.〉 고대 로마인들이 사용하던 해시계 시반면에 적혀 있던 글귀야. 매 순간이 우리를 늙게 만들며 상처를 입히다가 마지막 순간에 결국 죽인다는 뜻이지.」

인생의 교훈이 되는 말이라도 들은 듯 상대가 고개를 크게 끄덕이더니 옆에 벗어 놓았던 재킷을 챙겨 자리에서 일어난다.

모니카도 준결승전 상대의 이름을 확인하기 위해 자리에서 일어난다.

제시카가 환한 표정으로 다가와 딸에게 축하 인사를 건넨다.

「잘했어. 상대의 약점을 찾아내 공략한 덕이야. 나이트를 먼저 희생시킨 다음에 이상적인 위치를 잡고 공격 기회를 노린 네 전략이 먹힌 거야. 스코틀랜드 조상들의 영혼이 너와 함께했나 봐. 애그니스 랜돌프가 그랬던 것처럼 멋지게 승리한 네가 대견해. 넌 자랑스러운 딸이야.」

13

니콜 오코너가 웨스트민스터 대로를 따라 걷고 있다.

하늘이 어둑하게 내려앉더니 다시 빗방울이 듣기 시작
한다.

태양의 나라에서 태어난 내가 우울과 습기가 지배하는 나라에
와 있어.

아스팔트에 빗물 떨어지는 소리와 대회장에서 들리던 시
계 초침 소리가 머릿속에서 뒤섞인다.

거만하게 나를 쳐다보던 잉글랜드인들의 얼굴이 떠올라 견딜
수가 없어. 내가 미국 여자애에게 여지없이 지는 꼴이 얼마나 우스
워 보였을까.

그들이 증오스러워. 이 나라가 증오스러워. 오늘 벌어진 일이 증
오스러워 참을 수가 없어.

니콜은 아빠가 스위트룸을 예약해 놓은 호텔로 돌아온다.

이렇게 끝낼 순 없어.

그녀는 방을 서성거리다 창가에 서서 생각에 잠긴다. 차
가운 빗줄기가 침울한 도시로 계속 쏟아져 내린다.

니콜이 주먹을 불끈 쥐면서 이를 앙다문다.

그 자리에서 나를 비웃었던 사람들은 대가를 치러야 해.

특히 나를 우스운 꼴로 만든 그 아이는 가만두지 않겠어. 고통을

안겨 주고 말겠어.

　몸을 틀어 알람 시계를 쳐다보는 순간 머릿속에 복잡하게 엉켜 있던 생각들이 정리되기 시작한다.

「Vulnerant omnes ultima necat?」

　그녀가 라틴어 구절을 되뇌더니 가방을 뒤져 분홍색 토끼 헝겊 인형을 꺼내 품에 안는다. 절벽으로 던져 버렸던 것을 주워 여행 가방에 넣어 왔다.

　니콜이 뭔가를 작심한 사람처럼 결연한 걸음으로 호텔방을 나선다. 그녀가 호텔 밖으로 나가 꼭대기에 왕관 모양이 돋을새김된 빨간색 공중전화 부스 안으로 들어간다.

14

준결승전에 진출한 모니카의 경기가 시작된다.

그녀의 상대는 무표정한 얼굴의 러시아 선수다. 경기는 금방 마무리된다. 모니카는 실력 차이가 너무도 큰 상대를 만나 제대로 싸워 보지도 못하고 패배한다.

끝까지 못 가서 아쉽지만 하는 수 없지.

그녀는 엄마와 함께 나머지 준결승전 경기와 결승전 경기를 지켜본다. 그녀를 간단히 이기고 결승에 오른 러시아 선수가 결국 우승을 차지한다.

모든 경기가 끝나자 시상식이 열린다는 안내 방송이 흘러나온다.

사우샘프턴 호텔 연회장이 웅성거림과 활기로 가득하다. 영국 체스 연맹 회장이 연단에 올라오더니 마거릿 제이 캘러헌이 직접 시상자로 나선다고 자랑스럽게 말한다.

곧 총리의 딸이 연단 위로 올라와 마이크 앞에 선다.

「여러분께서 허락하신다면 시상에 앞서 몇 가지 말씀드리고 싶습니다. 사실은 제가 오랜 기자 생활을 접고 정계 입문을 고민하고 있습니다. 〈아버지의 길을 가려고 하는구나〉 하고 많은 분들이 생각하실 겁니다. 네⋯⋯ 맞습니다.」

몇몇이 얼굴에 점잖은 미소를 띠우고 흐뭇하게 그녀를 바라본다.

「……제 개인적인 얘기는 여기까지고, 이번 대회를 관람한 제 감상을 말씀드리자면, 모든 경기를 정말 재미있게 봤습니다. 체스 경기가 남성의 전유물이 아님을 입증한 대회였다고 생각해요. 승부욕 넘치는 젊은 여성들이 펼치는 경기를 보는 것은 정말로 즐거운 일이었습니다. 이런 능력 있는 여자들과 결혼하는 남자들이 나중에…… 고생깨나 하겠다는 생각도 가끔 했죠.」

여기저기서 유쾌한 웃음소리가 작게 터져 나온다.

「체스라는 멋진 게임에 대해 오늘 여러분께 어떤 말씀을 드릴지 고민을 많이 했습니다. 일단, 제가 이 게임을 좋아하는 이유는 체스가 정치와 닮은 점이 많기 때문입니다. 여러분도 아시다시피 저희 아버지는 총리에 임명되기 전에 재무 장관을 지내셨죠. 재무 장관[4]이라는 직함을 체스보드에서 따온 게 과연 우연일까요?」

좌중에서 와하고 웃음보가 터진다.

「정치의 세계는 체스 게임과 다르지 않습니다. 저는 뛰어난 체스 플레이어는 반드시 뛰어난 정치인이 될 수 있다고 믿습니다. 물론 그 반대의 경우를 증명해 보인 사람은 아직까지 없었습니다.」

좌중은 총리 딸의 유머에 매료돼 한마디 한마디에 귀를 기울인다. 좌중이 자신의 재치 있는 입담을 즐길 시간을 주기

---

4 Chancellor of the Exchequer. Exchequer는 중세에 세금 등을 계산하던 탁자를 가리키던 말이었는데, 이 탁자가 체스보드(프랑스어로 échiquier)와 비슷해서 생겨난 이름이었다.

위해 그녀가 잠시 뜸을 들이고 나서 말끝을 잇는다.

「저희 아버지께서는 노동당 출신이지만, 저는 소속 정당 같은 건 현실에서 아무 의미가 없다고 늘 생각하고 있습니다. 보수당과 노동당이 대립하는 게 아니라, 백말을 잡고 경기를 하는 사람들과 흑말을 잡고 경기를 하는 사람들이 대립할 뿐이죠. 색깔은 수시로 바뀔 수 있으니 순진하게 바라봐서는 안 된다는 의미입니다. 정치인들은 하나같이 상류 부르주아 가문에서 태어나 부족함 없이 자라고 명문 학교를 졸업했습니다. 그 비슷비슷한 사람들이 〈정상에 오르려면 북쪽 능선을 타는 게 나을까 남쪽 능선을 타는 게 나을까〉 하는 고민을 하고 나서 결국 보수당과 노동당 중에서 하나를 택했겠죠. 한마디로 그들은 권력이라는 공통의 목표를 향해 오르는 등반가들에 불과합니다. 말이 나온 김에 정치와 체스의 유사점을 하나 더 말씀드려 볼까요? 정치적 입장은 크게 둘로 나뉩니다. 하나는 노동자들, 즉 폰을 중심에 놓고 사고하는 관점이고, 다른 하나는 고용주들, 다시 말해…… 비숍의 이해관계를 우선시하는 관점이죠.」

또 한 번 웃음이 터진다.

「저희 아버지가 소속한 당내에도 이견이 존재합니다. 가령 대규모 투자를 결정할 때 누구를 우선시해야 하는가의 문제를 두고 말이죠. 한쪽에서는 서민에게 직접 혜택이 돌아가게 투자를 해야 한다고 하고, 다른 쪽에서는 기업가들에게 투자함으로써 고용 창출을 유도해야 한다고 말합니다.」

몇몇이 피식 실소를 터뜨린다.

「어쨌든 여러분도 잘 아시다시피 체스에서 가장 강력한

기물은 퀸이 아니겠습니까? 자, 한마디 덧붙이면서 이만 마치겠습니다.」

그녀가 목소리를 높여 말끝을 단다.

「GOD SAVE THE QUEEN(신께서 여왕 폐하를 지켜 주소서).」

몇 사람이 큰 소리로 영국 국가를 부르기 시작하자 시상식장에 어색한 분위기가 감돈다. 체스 연맹 회장이 다급히 연단으로 올라와 마이크를 잡는다.

「멋진 인사말 감사합니다, 마거릿. 나중에 정말 아버님처럼 정치를 하게 된다면 우리 연맹의 지지는 걱정하지 않아도 되겠어요. 자, 이제 우승컵을 수여하도록 하겠습니다.」

동 트로피를 받아드는 순간 모니카는 이 귀중한 물건을 자신의 작은 아파트 어디에다 놓을지 고민한다.

비록 우승은 못 했지만 3위로 입상해 시상대에 오른 딸을 향해 제시카가 뿌듯한 표정으로 걸어온다.

「정말 장하구나. 여기까지 온 보람이 있어!」

「고마워요, 엄마. 1등을 했더라면 더 좋았겠지만, 솔직히 러시아 선수는 나한테 너무 벅찬 상대였어요.」

「엄마는 네가 오스트레일리아 선수를 이길 때 가장 짜릿했어. 어떻게 그런 과감한 전략을 쓸 생각을 했니?」

「가끔은 기물을 희생시켜 공격로를 확보할 필요도 있죠.」

「레이캬비크에서처럼 질까 봐 얼마나 마음을 졸였는지 몰라.」

제시카가 딸의 어깨를 두드려 준다.

「똑똑한 사람은 같은 실수를 두 번 하지 않아요. 처음에는 찾지 못한 해결책을 그다음에는 반드시 찾아내죠.」

「어쨌든 대회 입상이 네가 다시 체스에 열정을 느끼는 계기가 되면 좋겠구나. 넌 분명히 천재적인 소질이 있어.」

시상식장에 여전히 박수 소리가 이어지고 있는 가운데 제복을 입은 경찰관 한 명이 들어오더니 체스 연맹 회장에게 다가가 귓속말을 한다. 회장이 놀란 얼굴을 하곤 총리 딸에게 걸어가 똑같이 귓속말을 한다. 그러자 마거릿 제이 캘러헌의 안색이 급변하더니 실내를 한번 휘둘러보고 나서 가방을 챙겨 출입문을 향해 빠른 걸음을 옮긴다.

「분위기가 이상하지 않아요?」

모니카가 엄마를 보며 묻는다.

「집안에 무슨 일이 생겼나 보지.」

체스 연맹 회장이 어두운 표정으로 행사 진행을 맡은 사람들과 소곤소곤 얘기를 나누더니 마이크를 잡고 떨리는 목소리로 말한다.

「여러분, 당황하지 마시고 침착하게 행동하시길 부탁드립니다.」

일순간 좌중의 얼굴에 불안감이 서린다. 〈당황하지 마시고 침착하게 행동하시길 부탁드립니다〉라는 말이 역설적으로 공포를 불러일으킨 것이다.

「저희는…….」

회장이 말을 더듬는다.

「저희 판단에는 장난 전화 같습니다만, 어쨌든 무시할 수는 없으니까요. 조금이라도 위험한 일이 벌어지면 안 되니까…….」

좌중이 공포에 떨기 시작한다.

회장이 쉽게 말을 잇지 못한다.

「방금 전 폭탄 테러 협박을 받았습니다.」

웅성거림이 커진다.

「협박자는 IRA입니다. 총리 따님께서 여기 계시기 때문에, 아니 계셨었다고 해야겠네요, 협박을 가볍게 넘길 수 없었다는 점을 알아주시기 바랍니다. 여러분께서는…… 침착하게 밖으로 나가 주십시오.」

경찰들이 대피를 도우러 안으로 들어 오지만 공포에 휩싸인 시상식장은 순식간에 아수라장이 된다. 군중이 이 화려한 대연회장의 하나뿐인 출구를 향해 우르르 몰린다.

매킨타이어 모녀는 떠밀리다시피 해서 출구 쪽으로 이동한다. 많은 사람들이 일제히 한 방향으로 몰리자 병목 현상이 일어나 걸음을 떼기조차 힘들다. 뒤에서 등을 떠미는데 앞으로는 한 발짝도 나아갈 수 없다.

모니카의 머릿속에서 반사적으로 인구 밀집도 측정기가 가동된다.

벌써 1제곱미터당 다섯 명이야.

매킨타이어 모녀는 몸이 이리저리 쏠릴 뿐 한 걸음도 내딛지 못한다.

아직 연단에 서 있는 체스 연맹 회장이 마이크에 대고 애원조로 말한다.

「제발 부탁드립니다, 여러분. 출구가 하나뿐인데 이렇게 모두가 동시에 움직이시면 안 됩니다.」

하지만 제 살기에 급급한 사람들은 들은 체 만 체 한다.

모니카는 몸이 짓눌리는 느낌을 받는다.

사방에서 고함 소리와 비명 소리가 터져 공포를 가중시킨다.

「**제발 좀 지나갑시다!**」

「**비켜! 비키라니까!**」

인구 밀집도 1제곱미터당 여섯 명.

밀고 밀리는 아우성이 펼쳐진다.

순간 모니카의 발이 땅에서 떨어지는 느낌이 들더니 몸이 공중에 떠 앞으로 나아가기 시작한다.

이제 방향도 내가 정할 수 없어.

엄마의 존재가 옆에서 느껴지지 않아 고개를 돌리자 반대 방향으로 떠밀려 가는 모습이 보인다.

「엄마!」

땀이 흐르고 숨은 가빠 오는데 압력은 거세지기만 한다. 여기저기서 터지는 비명 소리가 사람을 소름 끼치게 한다.

1제곱미터당 일곱 명.

정신이 아찔하고 몸이 휘둘린다.

내가 악몽을 꾸는 중인 게 분명해.

소리가 들리지 않고 시야의 이미지도 사라진다.

그녀의 몸은 여전히 공중에 뜬 채 꼭두각시 인형처럼 이쪽 저쪽으로 움직인다.

엄마…….

그녀의 은회색 눈에 두꺼운 장막이 내리덮인다. 온몸의 힘이 스르르 풀리며 모니카는 의식을 잃는다.

15

니콜 오코너의 호텔방에 있는 전화기가 울린다. 그녀가 조심스럽게 수화기를 들어 올려 귀에 갖다 댄다.

「수십 번을 걸었는데 이제야 받는구나! 라디오에서 뉴스를 듣고 너한테 무슨 일이 일어났으면 어쩌나 하고 얼마나 가슴을 졸였는지 몰라.」

루퍼트 오코너가 수화기 너머에서 소리를 지른다.

「끔찍한 일이 벌어진 것 같던데, 어떻게 거기를 빠져나왔니?」

「걱정 마세요, 아빠. 난 안전해요. 무사히 호텔로 돌아와 있어요.」

루퍼트가 크게 안도의 한숨을 내쉰다.

「정말이지 십년감수했다. 라디오에서 듣기로 출입문이 하나뿐이었던 데다 아주 작았다면서. 연회장으로나 어울리지 이번처럼 사람이 대규모로 모이는 체스 대회를 할 곳은 아니라고 하더구나. 게다가 관람객 숫자도 주최 측 예상을 훨씬 웃돌았대. 그런 장소에 총리 딸까지 시상식을 위해 가 있었으니 테러리스트들 입장에서는 완벽한 타깃이었겠지. IRA가 배후라는 말을 듣는 순간 좌중이 공포에 빠질 만했어. 총리 딸이 사람들한테 깔려 잘못되기라도 했으면 어땠을까!」

잠시 말이 없던 니콜이 태연하게 묻는다.

「사망자가 있대요?」

「부상자가 아주 많다고 들었어. 몇몇은 상태가 아주 위독하고.」

「대부분 잉글랜드인들이겠죠. 아빠 말대로 우리 조상들을 짓밟은 더러운 놈들의 후손. 죽어도 싼 놈들 아닌가요?」

루퍼트는 딸이 아무렇지 않게 내뱉는 말에 당혹감을 느낀다.

「만약에 총리 딸이 이번 일로 잘못됐다 해도 잉글랜드인들의 입장에서 그건…… 치러야 할 응분의 대가를 치른 거잖아요?」

수화기를 사이에 두고 무거운 침묵이 흐른다. 잠시 말문이 막혀 있던 루퍼트가 입을 연다.

「어쨌든 네가 무사하니 난 그걸로 됐어. 자세한 내용은 뉴스를 더 보면 알게 되겠지.」

백과사전
오트파유의 비극

프랑스가 프로이센과 전쟁 중이던 1870년 8월 16일. 전선에서 멀리 떨어진 도르도뉴 지방의 오트파유 마을에서 카미유 드 마야르가 사람들 앞에서 전황과 관련한 최신 뉴스를 큰 소리로 읽어 주고 있었다.

이날은 연례행사인 가축 시장이 서는 날이어서 마을이 사람들로 북적였다. 프랑스 군대가 라이히스호펜에서 패배해 후퇴하게 됐다는 소식을 전하자 마을 사람들은 사기를 꺾기 위해 만들어 낸 가짜 뉴스라며 카미유를 비난했다. 그가 적에게 매수돼 고의로 그런 말을 퍼뜨린다고 믿는 사람들도 있었다.

카미유 드 마야르가 해명을 시도했지만 군중은 적대적인 반응을 보였다. 일촉즉발의 상황에서 그는 자기 소작인의 도움을 받아 간신히 도망쳤다.

마침 그의 사촌 알랭 드 모네가 행사를 참관하러 현장에 도착해 분개한 군중을 보게 됐다. 시장의 아들이자 명망 있는 귀족이었던 그는 관대하고 평판이 좋았다. 프랑스군에 자원해 조만간 프로이센 군대와 싸우러 전선으로 떠날 예정이었던 그는 사촌에 대한 어이없는 오해를 풀어 주고 군중의 성난 마음을 달래 주려고 했다.

좋은 의도가 꼭 좋은 결과를 낳지는 않는다. 카미유를 계속 변호하는 그의 곁으로 많은 이들이 몰리며 사람들은 그를 카미유와 혼동하게 됐고, 그 순간 농부 하나가 큰 소리로 외쳤다. 〈저자는 프로이센 놈인 게 틀림없어! 교수형에 처해 버려야 해!〉 이 말이 불씨를 당겨 주먹이 하나 날아왔고, 이내 집단 린치가 시작됐다. 오트파유의 사제가 드 모네를 구하러 권총을 들고 현장에 달려와서는 그를 데리고 사제관으로 몸을 피했다. 하지만 군중이 즉시 사제관을 포위했다. 사제는 분위기를 누그러뜨리기 위해 사람들에게 술을 돌렸다.

하지만 술이 들어가자 오히려 군중은 더 흥분했다. 떼를 지어 모인 농민들이 드 모네를 벚나무에 매달아 놓았다. 그런데 나뭇가지가 꺾여 그가 땅으로 떨어지자 다들 그를 때려 죽이려고 달려들었다.

그때, 주동자 하나가 〈이 프로이센 놈을 그냥 죽이지 말고 고통스럽게 죽이자〉라고 제안했고, 사람들은 드 모네를 고문하기 위해 대장간으로 데려갔다. 드 모네는 파스칼이라는 하인의 도움을 받아 그곳에서 간신히 도망쳤지만 금방 추격해 온 사람들에게 붙잡히고 말았다.

성난 군중은 그에게 린치를 가한 뒤 장작더미에 올려 산 채로 불태웠다. 소문에 따르면 이 집단 살인에 참가한 몇 사람은 불에 탄 그의 시신을…… 먹기까지 했다고 한다.

이 집단 린치는 당시 프랑스 사회에 엄청난 반향을 불러일으켰다. 사건에 가담한 스물한 명은 신원이 확인돼 체포됐고, 신속한 재판을 거쳐 네 명이 사형을 선고받았다.

이 사건이 발생하고 오랜 세월이 지났지만 오트파유 마을은 아직도 그 비극의 기억을 간직하고 있다. 이 사건은 작은 오해가 집단 광기를 불러일으켜 살인으로 이어질 수도 있음을 보여 준다.

에드몽 웰스,
『상대적이며 절대적인 지식의 백과사전』

16

입안이 까끌까끌하고 쓴맛이 느껴진다. 모니카 매킨타이어가 한참 만에 눈을 뜬다. 가장 먼저 뭉툭한 코가, 그러고 나서 위아래로 붙어 있는 눈 두 개와 입 하나가 시야에 들어온다. 성인 남자의 얼굴이 분명하다. 숨소리가 유난히 큰 사람이다. 쌕쌕하는 콧소리와 얼굴에 닿을 듯이 가까이서 내려다보는 시선에 그녀가 흠칫 목을 움츠린다.

몸을 내리누르는 몇 겹의 시트를 덮고 침대에 누워 있다는 사실을 모니카는 그제야 인식한다.

남자의 목소리가 들린다. 그런데 그가 말하는 상대는 모니카가 아니라 다른 사람이다.

「됐어. 의식을 회복했어.」

곧이어 손 하나가 그녀의 이마에 와 닿는 게 느껴진다.

「이제 열은 다 내렸어.」

목소리의 주인공은 하얀 가운을 입은 나이 지긋한 남자다.

그의 옆에 젊은 간호사가 서서 누워 있는 모니카를 걱정스럽게 바라보고 있다.

천장이 하얗고 사방 벽도 하얘.

난 지금 병원 침대에 누워 있어.

번뜩 자신이 누구인지, 그리고 의식을 잃기 직전 무슨 일이 일어났었는지 기억이 되살아난다.

폭탄 테러 협박.

공포에 사로잡힌 사람들.

하나뿐인 출구를 향해 일제히 몰려가던 광경.

앞뒤에서 나를 밀던 사람들.

사람들 틈에서 숨이 쉬어지지 않던 순간.

땅에 닿지 않고 떠 있던 두 발.

공중에 뜬 채 왼쪽으로 떠밀려 가던 느낌.

새파랗게 질린 엄마의 얼굴

집단적 공포.

비명 소리.

그러고 나서는…… 암전.

「내 말 들려요, 매킨타이어 씨?」

모니카가 눈을 깜빡이고 나서 고개를 까딱한다.

「생명에는 전혀 지장이 없어요. 몇 군데 멍이 들고 찰과상을 입은 것 빼고는 다 괜찮아요.」

모니카가 팔꿈치를 짚고 몸을 일으키려고 애쓴다. 근육이 뻣뻣하게 켱겼는지 어마어마하게 힘이 들어간다.

「안심해요.」

의사가 말한다.

안심하라고? 뭘 안심하라는 거지?

「상태가 아주 좋아요. 타박상만 좀 입었을 뿐이에요. 의식을 잃은 건 군중이 몰려 공포를 느끼는 순간 발작을 일으켰기 때문이에요.」

의사가 잠시 뜸을 들인 후 간호사에게 모니카를 일으켜 앉히라는 제스처를 한다.

「지금은 기분이 좀 어때요?」

쓸데없는 말로 시간을 끄는 이유가 뭐지?

의사가 모니카를 똑바로 쳐다보지 못하고 의자에 앉은 채로 몸을 비비 꼰다. 그가 얕은 한숨을 내쉬더니 독백처럼 중얼거린다.

「……미안해서 어쩌나.」

뭐가 미안하다는 거야?

「정말 미안해요. 도저히 손쓸 방법이 없었어요.」

대체 무슨 얘길 하는 거야?

「……어머니 일은.」

엄마한테 무슨 일이라도 생긴 거야?

「모니카 씨 어머니가 넘어지면서 사람들한테 밟히는 바람에 그만…….」

엄마가?

「……중상을 입고 병원에 도착했는데 끝내 일어나지 못했어요.」

아냐, 그럴 리 없어. 거짓말이야. 그런 일은 일어나지 않았어.

「어떻게 할 도리가 전혀 없었어요.」

아니야아아아아!

모니카가 시트를 휙 걷어 버리고 침대에서 뛰어내려 맨발로 병실을 뛰어나간다. 괴성을 지르면서 눈에 보이는 대로 부수고 깨면서 병원 복도를 내달리다 뒤쫓아 온 간호사들에게 붙잡힌다. 간호사 하나가 팔에 주삿바늘을 찌르고 나서야 그녀는 비로소 차분해진다.

17

TV 뉴스가 큰 소리로 켜져 있다. 세계 여러 국가들이 참여하는 여성 체스 대회가 열린 사우샘프턴 호텔에서 압사 사고가 발생했으며, 총리 딸은 사고 직전에 현장을 빠져나왔다고 아나운서가 전한다.

사망 세 명, 부상 스물일곱 명.

희생자들의 얼굴이 차례로 화면을 지나간다.

아나운서는 체스 대회 동메달 입상자인 미국 선수 모니카 매킨타이어의 어머니 제시카 매킨타이어가 희생자 명단에 포함돼 있다고 덧붙인다.

니콜 오코너가 천천히 의자에서 몸을 일으킨다. 그녀가 여행 가방에서 체스보드를 꺼내 테이블에 올려놓고 말들을 보드에 정렬한다.

그녀는 지난 며칠간 벌어진 사건들을 떠올리며 말들을 움직인다. 백폰들이 적진의 타깃 하나를 에워싼다.

흑폰 하나가 보드 위에서 사라진다.

18

모니카가 침대에 몸이 묶여 발버둥 친다.

의사가 뛰어 들어와 단호한 목소리로 알아듣게 상황을 설명한다.

「매킨타이어 씨, 당신이 얼마나 고통스러운지, 그리고 앞으로 얼마나 힘든 애도 기간을 보내게 될지 우리는 누구보다 잘 알아요. 간장이 끊어지는 슬픔을 느끼고 있겠죠. 그런데 말이에요…… 어머니의 사망 소식을 접한 당신의 반응이 우리 의료진의 눈에 평범하게 보이지 않아 체스 연맹에 문의를 했더니, 이…… 난리가 처음이 아니라고 하더군요. 동료 의사들과 상의를 거쳐 당신이 양극성 정동 장애라는 진단을 내렸어요. 효과적인 치료법이 있으니 우리 병원에 입원해 당분간 치료를 받는 게 좋겠어요.」

대체 무슨 소리를 하는 거야?

모니카는 곧바로 전기 장치가 있는 병실로 옮겨진다. 전기 충격 요법을 쓸 모양이다. 간호사가 팔에 주사를 놓자 모니카는 순식간에 잠이 든다. 잠에서 깨보니 팔뚝에 링거 주사기가 꽂혀 있다. 몸 여기저기가 아프긴 하지만 이상하게 마음이 차분해졌다고 느낀다.

난 지금 악몽을 꾸고 있는 거야. 아무 일도 일어나지 않았어. 곧

잠에서 깰 거야.

의사가 침대 옆으로 다가온다.

「고칠 수 있어요. 게다가 이 병은 당신뿐 아니라 다른 사람들에게도 위험하기 때문에 반드시 치료가 필요해요. 당신이 선택할 수 있는 문제가 아니라는 뜻이에요. 치료하지 않으면 다시 발작이 일어날 거고 증상은 점점 심해질 거예요.」

이 남자는 실제로 존재하는 사람이 아니라 내 상상력이 만들어 낸 거야. 지금 내 눈앞에 보이는 건 다 가짜야. 눈을 뜨면 나는 내 침대에 누워 있을 거야. 엄마가 입상 트로피를 벽난로 위에 올려놨다고 말하는 소리가 귀에 들릴 거야.

「다행히 리튬이라는 효과적인 치료 성분이 있어요. 아주 잘 듣는 약이에요. 단, 몇 가지 부작용이 있는데, 당신 같은 젊은 여성의 경우 고용량을 장기간 복용하면 불임 가능성이 있어요. 아기를 낳지 못할 수도 있단 뜻이죠.」

모니카가 의사를 빤히 쳐다보더니 고개를 젖히고 까르르 웃는다.

감쪽같이 속을 뻔했어. 하마터면 진짜로 병원에 입원해 전기 충격 치료를 받는 줄 알았을 거야. 당장 엄마부터 찾아야겠어. 이 짓궂은 장난을 엄마한테 들려주면 얼마나 재밌어할까. 그런데 왜 이렇게 머릿속이 뿌옇고 모든 게 희미할까. 제대로 생각을 할 수가 없어. 내 뇌가 정상 작동하지 않는 기분이 들어. 왜 그럴까? 꼭 내가 무언가를 망각하고 있는 것 같아. 무슨 중요한 일이 벌어진 것 같은데 기억이 희미해.

모니카가 다시 몸부림을 치자 간호사가 링거액에 투명한 물질을 추가한다.

「걱정하지 말아요, 당신은 혼자가 아니에요. 우리 병원 의료진이 책임지고 당신을 치료하고 도와줄 테니 마음 편히 가져요.」

의사가 내뱉은 무수한 단어들이 어지럽게 뒤엉킬 뿐 모니카의 머릿속에서 명확한 의미를 만들어 내지 못한다.

다른 사람들이 나한테 위해를 가하려 하고 있어. 얼른 다시 나 스스로 생각할 수 있어야 돼. 그래야만 지금 나한테 무슨 일이 벌어지고 있는지 알 수 있어.

19

런던발 비행기가 시드니 공항에 착륙한다.

딸을 마중 나온 루퍼트 오코너가 빨간색 롤스로이스 운전석에 앉아 있다.

니콜의 모습이 보이자 그가 달려가 포옹한 뒤 가방을 받아든다.

공항을 출발해 목장으로 달리는 차 안에서 루퍼트가 한숨을 내쉰다.

「사우샘프턴 호텔 뉴스를 듣고 네가 잘못되기라도 했을까 봐 얼마나 가슴이 철렁했는지 알아?」

「이렇게 멀쩡히 살아서 돌아왔잖아요.」

「한 가지 마음에 걸리는 게 있어서 내가 더 가슴을 졸였는지도 몰라. 지난번에 네 아일랜드 조상들과 대기근 얘기, 그리고 도형수로 이 땅에 와 양모 제국의 기반을 닦은 도너번 오코너에 대해 얘기해 줬지. 핍박받는 민중의 해방을 위해 활동하는 단체와 조직에 아빠가 재정 지원을 하고 있다는 얘기도 했을 거야. 그때 말하지 않은 게 하나 있어. 아빠가 가장 많은 돈을 대는 조직이 바로 IRA야. 그러니 이번에 머릿속이 오죽 복잡했겠니. 혹시라도 내 동지들이 그 테러 협박의 배후일까 봐 전전긍긍했단다.」

「심장을 뛰게 하는 얘기예요, 아빠. 구체적인 지원 방식에 대해 조금 더 자세히 설명해 줄 수 있어요?」

루퍼트는 딸에게 여러 페이퍼 컴퍼니를 거쳐 상당수 국가가 테러 단체로 규정하는 IRA에 자금이 전달되는 방식을 설명해 준다.

IRA가 현대식 무기를 갖추고 효과적인 대영(對英) 투쟁을 벌일 수 있는 것은 아빠의 지원 때문이라는 것을 니콜은 알게 된다.

「이 자금 흐름을 자세히 설명해 주는 이유는 언젠가 네가 내 뒤를 이어 우리 목장을 운영하게 될 것이기 때문이야. 네가 박해받은 조상들을 잊지 않고 비밀 활동을 계속해 나가기를 바란단다.」

니콜이 대답 대신 고개를 까닥 끄덕인다.

「한 인간이 가진 역량은 타인을 위해 투쟁할 때 비로소 드러나게 돼 있어. 부자로 안전하고 안락하게 산다고 행복해지는 게 아니야. 다수를 위해 뭔가 해야겠다는 야망을 가질 때만 사람은 행복감을 느낄 수 있어. 익명의 알코올 의존자 모임의 도움을 받아 알코올 의존을 극복한 너도 그런 행동의 수혜자인 셈이야. 아빠는 네가 전 세계 핍박받는 민중의 해방을 위해 투쟁하는 삶을 살면 좋겠어.」

20

며칠 동안 리튬 치료를 꾸준히 한 덕분에 양극성 정동 장애가 다소 완화됐다.

혼란스럽던 머릿속도 정리되기 시작했다. 문제는 무감각한 상태가 되었다는 것이다. 상황을 이해하고 논리적으로 생각하는 데는 큰 문제가 없지만 마치 마취된 것처럼 아무런 감정도 느끼지 못한다.

퇴원 즉시 호텔방에 틀어박혀 며칠째 TV만 보는 그녀에게 전화가 걸려 와 엄마의 장례식을 치르는 데 필요한 절차를 밟아야 한다고 말한다.

모니카는 사망 신고에 필요한 수많은 서류를 작성한다.

영안실에 들어가자 부검의가 시신이 〈심하게 훼손된〉 상태니 보지 않는 게 좋겠다고 그녀에게 말한다.

이 사람이 나한테 무슨 말을 하는 거지?

그녀가 무표정한 얼굴로 고개를 끄덕인다.

그러고 나서도 숱한 서류에 사인을 하고 복잡한 행정 절차를 밟은 뒤에 화장장에 가서야 조용히 혼자가 된다. 엄마가 누워 있는 관이 이동 레일에 실려 가마 안으로 들어간다. 잠시 후 불꽃이 탁탁 튀는 게 보인다.

내가 여기 온 이유가 기억나지 않아.

여러 겹의 차폐막이 있지만 나무 관이 타는 냄새가 밖으로 새어 나와 그녀의 옷과 코로 스며든다.

약기운이 도는지 몸이 노곤해.

아, 이제 생각났어.

엄마. 엄마가 사람들 밑에 깔렸지.

분노가 치밀어 오르고 심장 박동이 빨라진다.

장난 테러 협박 때문에 엄마가 죽었어.

모니카가 주먹을 쥐며 입술을 꽉 깨문다.

울컥대는 마음을 가까스로 진정시키고 있는 그녀에게 화장장 직원이 유골함을 건넨다. 고인이 스코틀랜드 출신이라는 걸 알고 장례업체에서 신경 써준 건지 하늘색 바탕에 흰색으로 X 자가 있는 스코틀랜드 국기가 유골함에 그려져 있다. 국기 위에는 스코틀랜드 국화인 자주색 엉겅퀴가 그려져 있고 아래쪽에는 〈스코틀랜드여 영원하라〉라는 글귀가 새겨져 있다.

모니카가 넋이 나가 화장장을 나선다.

런던 거리에 비가 내리고 있다.

망할 놈의 도시. 망할 놈의 잉글랜드인들. 잉글랜드 놈들이 우리 엄마를 죽였어.

엄마가 그들의 발에 밟혀 죽었어.

휘적휘적 대로를 건너는 그녀를 차 한 대가 들이받을 듯 지나가며 길게 경적을 울린다.

엄마를 타 넘고 밟고 간 사람들…… 그리고 가짜 폭탄 테러 협박을 한 그놈.

모니카가 길에 우뚝 멈춰 선다.

누구의 소행일까?

그녀가 눈앞에 보이는 술집으로 들어가 차를 시켜 놓고 앉는다.

엄마를 죽인 범인이 누굴까?

그녀가 호흡을 가다듬으며 유골함을 쳐다본다.

이렇게 허무하게 보낼 순 없어.

유골함에 새겨진 스코틀랜드라는 글자가 눈에 들어오는 순간 그녀가 움찔한다.

그녀가 벌떡 일어나 술집을 나선다. 템스강 가, 웨스트민스터 다리 북단의 빅토리아 스트리트에 위치한 런던 경찰국인 뉴 스코틀랜드 야드로 향한다.

현대식 호텔을 연상시키는 흰색 건물이 보인다. 모니카는 한참을 기다리고 나서 이 부서 저 부서 거친 후에야 담당자와 마주 앉게 된다. 동판 명패에 〈맥스웰 경위〉라고 쓰여 있다. 유골함을 무릎에 올려놓고 있는 그녀에게 경위가 먼저 말을 건다.

「당신이 누군지 들었어요. 먼저 심심한 조의를 표합니다.」

경찰관이 예의를 갖춰 말한다.

「누구 짓이죠?」

모니카가 유골함을 경관의 책상 위에 올려놓는다.

「폭탄 테러 협박을 한 자가 누구냐고요.」

경관이 서류를 꺼내 재빨리 내용을 훑어 내려간다.

「공중전화에서 협박 전화를 걸었기 때문에 용의자를 특정하기가 불가능해요.」

「통화 내용은 녹음돼 있겠죠?」

「물론 녹음된 통화 내용은 확보했어요.」

「한번 들어 볼 수 있을까요?」

「미안하지만 그건 안 돼요. 이건 민감한 정치적 사건이에요. 총리 따님께서 현장에 계셨고, 테러 단체인 IRA가 자신들의 소행이라고 밝혔기 때문이죠. 이런 사건의 증거물을 대중에게 공개할 수는 없습니다.」

모니카가 이를 악물더니 긴 한숨을 내뱉는다.

「남자예요? 여자예요?」

형사가 서류를 들여다본다.

「그 정도는 얘기해 줄 수 있어요. 여자예요.」

「나이는? 적어요, 많아요?」

경위가 다시 힐끗 서류를 내려다본다.

「젊은 사람이에요.」

모니카의 숨소리가 거칠어진다. 그녀의 초점 잃은 시선이 한참을 경위의 뒤쪽에 가 머문다.

「커피 마실래요? 아니면 차?」

형사가 모니카에게 묻는다.

「그 여자를 잡을 수 있을까요?」

모니카가 되묻는다.

「우리로선 그 여성의 신원을 확인할 방법이 없어요.」

「영영 범인을 지목하지 못할 수도 있다는 뜻인가요?」

「그게 바로 익명 테러 협박의 문제예요. 가령 젊은 애 하나가 친구에게 〈야, 너 경찰에 전화해 폭탄이 설치됐다고 믿게 할 수 있어? 못하지?〉 하고 바람을 넣고, 옆에 있던 다른 녀석이 〈IRA가 배후라고 하면 경찰이 더 진지하게 듣지 않을까?〉하고 거들면 얼마든지 일어날 수 있는 일이에요.」

홍분한 모니카가 숨을 씩씩거린다.

혹시 엄마의 묘비를 세우게 된다면 〈장난삼아 한 가짜 폭탄 테러 협박 때문에 동요한 군중에 깔려 압사하다〉라고 비문을 새겨야겠구나.

모니카가 경위의 뒤쪽 벽에 붙어 있는 지명 수배자들의 사진을 뚫어져라 쳐다본다.

「런던 경찰국을 스코틀랜드 야드라고 부르는 이유가 있나요? 스코틀랜드와 무슨 관계라도 있어요?」

모니카가 갑자기 화제를 돌리자 형사가 당황한 표정을 짓는다.

「아무 관계 없어요. 창설 당시 런던 경찰국 건물이 세인트 제임스 지구에 있는 옛 스코틀랜드 궁전터에 있었기 때문에 붙은 별칭일 뿐이에요.」

모니카가 고개를 까딱하고 나서 본론으로 돌아온다.

「만약 형사님이 제 처지라면 살인범을 찾기 위해 어떻게 하시겠어요?」

「무슨 뜻이죠?」

「전문가시니까 물어보는 거예요. 범인을 검거하기 위해 형사님은 뭘 어떻게 하시겠어요?」

「흠……. 안타깝게도 할 수 있는 게 별로 없을 거예요. 공중 전화 부스에서 건 익명의 전화는 출처를 확인하기가 불가능해요. 조금 전에도 말했지만 목소리의 주인공을 특정할 방법이 없어요. 아직은 그런 기술적인 수단이 없거든요. 이 말은 수백만 명을 용의선상에 올려야 한다는 뜻이에요.」

231

모니카가 쉭쉭 소리를 내며 거친 숨을 몰아쉰다.

「그런 상황에서, 그런 방식으로 사람을 죽이는 게 비열한 짓이라는 데는 동의하시죠? 우리 엄마가 사람들한테 밟혀 죽었단 말이에요.」

「당연히 비열한 짓이죠.」

「그런 범죄를 저지른 범인이 처벌받지 않고 편안히 사는 게 맞나요? 그게 옳은 일인가요?」

「그건…….」

모니카의 얼굴이 험악하게 일그러지더니 의자를 뒤로 자빠뜨리며 벌떡 일어난다.

「당장 범인을 찾아내 체포하지 않고 뭘 하고 있는 거예요?」

모니카가 대뜸 맥스웰 경위의 멱살을 거머쥐더니 악에 받쳐 소리를 지른다.

「당신들 경찰들은 무능하기 짝이 없어! 살인자들이 활개 치고 다니는데 당신들은 아무것도 안 하고 있잖아! 당신들을 믿어서는 평생 우리 엄마의 원수를 갚지 못할 거야! 이 망할 놈의 나라에 대체 정의가 존재하기는 하는 거야?」

제복을 입은 형사들이 뛰어들어 와 모니카를 붙들어 멱살을 풀게 하느라 애를 먹는다.

21

1978년 12월 31일.

니콜 오코너가 런던에서 돌아온 지 6개월이 지났다.

새해를 하루 앞둔 ROC 목장이 떠들썩하다. 송년 파티에 온 사람들이 술을 마시고 음악에 맞춰 신나게 몸을 흔들어 댄다. 니콜의 몸이 땀으로 흥건하다.

강한 비트가 갑자기 소프트 록으로 바뀌며 「호텔 캘리포니아」의 전주가 흘러나오기 시작한다. 발표된 지 1년도 넘었지만 여전히 각종 음악 차트의 상위권에 머물러 있는 이 세계적인 히트곡을 들으며 니콜은 사우샘프턴 호텔의 기억을 떠올린다.

그녀는 같이 춤을 추자는 사람들에게 고개를 저어 보이고는 시끌벅적한 분위기를 피해 조용한 2층으로 올라가 TV를 켠다.

그녀는 마치 의식을 치르는 사람처럼 1978년의 주요 사건들을 요약해 주는 프로그램에 눈과 귀를 고정한다.

• 2월: 세계 최초의 관측 위성인 내브스타가 발사됨으로써 지구상에 존재하는 모든 사람과 사물의 위치를 파악할 수 있는 GPS 시스템의 도입이 가능해졌다.

• 3월: 라이베리아 국적 유조선인 아모코 카디즈호가 브르타뉴 해안에서 좌초했다. 이 사건은 〈세기의 환경 재앙〉으로 불리게 됐다.

• 5월: 이탈리아 기독교 민주당의 거물 정치인인 알도 모로가 붉은 여단에 납치되는 사건이 벌어졌다. 그는 여러 날 포로로 잡혀 있다 결국 처형됐다.

• 7월: 사상 최초의 시험관 아기가 태어났다. 이 여아의 이름은 루이즈 브라운이다.

• 9월: 이집트와 이스라엘이 미국 캠프 데이비드에서 만났다. 안와르 사다트 이집트 대통령과 메나헴 베긴 이스라엘 총리는 지미 카터 대통령의 중재하에 평화 협정을 체결했다. 이집트는 이스라엘의 존재를 인정하고 이스라엘은 시나이 반도에서 철수한다는 내용이 그 골자였다.

• 9월: 보트나 어선, 심지어 뗏목을 만들어 타고 공산주의 정권을 피해 조국을 떠난 베트남인들이 탄 배가 먼바다에서 좌초되는 경우가 빈번히 일어났다. 세계 여러 나라의 구호 단체들은 바다에 빠진 이 보트 피플을 건져 올려 임시로 제작한 구호선에 태우기도 했다.

• 11월: 남아메리카의 작은 나라 가이아나에서 914명이 집단 자살 하는 사건이 벌어졌다. 이들은 모두 인민 사원이라는 사교의 신도들로, 스스로를 메시아라고 칭한 교주 짐 존스의 지시에 따라 목숨을 끊었다. 그들 대부분은 사이안화물을 탄 음료를 마시고 사망했다.

• 미국이 중성자탄 연구를 잠정 중단하겠다고 발표했다. 이 폭탄은 시설물에는 피해를 주지 않으면서 다수의 사람을

죽일 수 있는 게 특징이다.

열여덟 살에 벌써 양도 사람도 죽여 봤다는 생각이 들자 니콜이 뿌듯한 표정이 되어 가느다란 한숨을 내뱉는다.

마치 양떼를 이끄는 목동이 된 듯한 기분을 느낀다.

22

모니카는 6개월째 혼자 집에 틀어박혀 지내고 있다. 런던에서 뉴욕으로 돌아와 줄곧 엄마의 아파트에 머물며 세상과의 관계를 단절했다.

매년 이 날짜에 빠지지 않고 봤던 TV 시사 프로그램도 보지 않는다.

그녀의 머릿속은 엄마의 죽음에 지배당하고 있다.

모니카가 사진첩을 꺼내 펼쳐 놓고 친구처럼 다정했던 엄마와의 추억을 떠올린다.

그러다 여전히 거실에 놓여 있는 엄마의 유골함을 물끄러미 바라본다.

「범인을 꼭 찾아내고 말겠어요. 시간이 얼마나 걸리든 상관없어요. 맹세해요. 엄마를 위해 반드시 복수하겠어요. 범인은 지옥에 떨어져 응당한 벌을 받게 될 거예요.」

백과사전
긴 수저의 은유

하루는 어린 천사가 대천사를 찾아가 천국과 지옥의 차이를 물었다.

그러자 대천사가 어린 천사를 두 개의 문 앞으로 데려갔다.

대천사가 첫 번째 문을 열자 방 안에 커다란 식탁이 하나 있었다. 둥그런 식탁 위 솥에 맛있는 냄새가 나는 스튜가 담겨 있었고, 그 앞에는 굶주린 얼굴을 한 사람들이 자루가 긴 수저를 하나씩 들고 앉아 있었다.

사람들이 허겁지겁 수저를 뻗어 스튜를 뜨기 시작했다. 그런데 수저가 팔보다 길어 음식을 입에 넣지 못했다.

그들은 음식을 바로 눈앞에 두고도 허기를 채울 수 없었다.

「여기가 바로 지옥이란다.」

대천사가 어린 천사에게 말했다.

대천사가 두 번째 문을 열었다.

첫 번째 방과 똑같은 풍경이 펼쳐지고 있었다. 똑같은 식탁에 똑같이 맛있는 냄새가 나는 스튜 요리, 그리고 똑같은 수의 사람들이 똑같이 긴 수저를 들고 있었다. 그런데 방금 전 방에서 본 사람들과 달리 이들은 굶주려 보이지도 비쩍 마르지도 않았다. 그들은 웃으면서 얘기를 나누고 있었다.

237

「여기가 바로 천국이란다.」

대천사가 말했다.

어린 천사가 영문을 몰라 얼떨떨한 표정을 지었다.

「무슨 말씀인지 설명을 해주세요.」

「첫 번째 방이 지옥이 된 것은 그 안의 사람들이 오로지 음식이 제 입에 들어가는 것만 생각했기 때문이야. 두 번째 방이 천국이 된 것은 사람들이 자루가 긴 수저를 들고 서로에게 음식을 떠먹여 주었기 때문이지.」

에드몽 웰스,
『상대적이며 절대적인 지식의 백과사전』

제4막 니그레도 1

1

「오늘은 군중의 힘을 바라보는 다양한 관점들에 대해 얘기할 생각이에요.」

7년이 지난 1985년 3월, 스물다섯 살인 니콜 오코너가 한 대학의 대강당 연단에 서 있다.

그녀는 오스트레일리아를 떠나 조상들의 나라인 아일랜드, 보다 정확히 말하면 북아일랜드의 벨파스트로 유학을 와 공부를 마치고 교수로 임용됐다. 군중학을 전공한 그녀는 젊은 나이에도 불구하고 사회학자로서 많은 인정을 받았다.

강당에 모인 대학생 450명의 호기심 어린 시선이 연단에 있는 청록색 눈의 금발 교수에게 고정돼 있다. 니콜이 슬라이드 한 장을 화면에 띄운다. 오래된 그림 속에 토가 차림의 남자가 서 있다.

「군중의 지혜에 대한 언급은 오래전부터 있었어요. 기원전 4세기, 아리스토텔레스는 자신의 저서 『정치학』에서 이미 이 개념에 대해 말한 바 있죠. 집단이 개인보다 현명하다고 책에 썼지만, 아리스토텔레스에게 그것은 민주주의를 옹호하기 위한 직관적 생각에 불과했습니다. 그는 당시로서는 혁명적이었던 이 개념을 실험을 통해 뒷받침하거나 구체적인 근거를 제시하며 설명하지는 못했어요.」

찰칵 소리와 함께 슬라이드가 바뀐다.

「프랑스 대혁명 당시 활약했던 수학자 겸 정치가 니콜라드 콩도르세는 1785년 출간한『다수결 확률 해석 시론』에서, 한 사람이 투표를 통해 좋은 결정을 내릴 확률이 50퍼센트라고 한다면, 투표하는 집단이 커질수록 좋은 결정을 내릴 확률 또한 높아진다고 했어요.」

니콜 오코너가 이번에는 상대적으로 근대에 들어 활동한 인물을 스크린에 띄운다.

「이 사진의 주인공은 귀스타브 르 봉이에요. 역시 프랑스인이고 군중학의 개척자 중 한 명이죠. 1895년에 발표한『군중 심리』에서 그는 학자로서는 최초로 인간이 한 개인으로서뿐만 아니라 집단 구성원으로서 연구의 대상이 될 수 있다고 썼어요.」

또다시 찰칵하는 소리. 구레나룻을 기른 대머리 남자가 화면을 가득 채운다.

「내가 제일 좋아하는 영국의 인류학자이자 통계학자인 프랜시스 골턴이에요. 이분은 군중은 우매하다는 확신을 가지고 있었어요. 1906년에 골턴은 자신의 생각을 증명해 보이기 위해 실험을 하기로 했죠. 농업 박람회를 찾은 관람객들에게 황소 한 마리를 보여 주며 몸무게를 맞혀 보게 했어요. 사람들이 답한 추정치를 모아 평균을 내보니 1,197파운드가 나왔는데, 놀랍게도 실제 황소의 무게는…… 1,198파운드였죠. 거의 오차가 없었어요. 집단의 우매함을 증명하기 위해 했던 골턴의 실험이 역설적으로 집단의…… 지혜를 입증해 준 셈이 됐어요.」

니콜은 수강생들이 강의 내용에 갈수록 흥미를 보이고 있음을 느낀다.

「이걸 어떻게 설명할 수 있을까요?」

한 학생이 손을 번쩍 들어 올리며 말한다.

「양극단이 상쇄되고 나면 결국 중앙값이 남으니까요. 이게 바로 군중이 발휘하는 일종의 집단적 지혜겠죠.」

「맞아요. 이 집단 지성 개념을 가장 쉽고 간단하게 확인할 수 있는 방법은 바로 노래예요. 지금부터 여러분 누구나 아는 〈카니마러 자장가〉를 같이 한번 불러 볼까요? 여럿이 부를수록 음이 정확해진다는 걸 확인할 수 있을 거예요.」

니콜 오코너가 화면에 가사를 띄운다.

바람의 날개를 달고 출렁이는 깊은 어둠을 지나
천사들이 잠든 너를 보러 온단다
천사들이 너를 지켜 주러 온단다

오, 밤바람이여, 분노를 거두소서
우리 섬의 소중한 사람 어느 누구도 길을 잃지 않게 하소서

그녀가 손을 저어 시작 신호를 보내자 학생들이 일제히 자장가를 합창한다. 450명의 입에서 동시에 똑같은 멜로디가 흘러나온다. 틀린 음이 교정되고 맞춰지면서 마지막에는 정확한 하나의 선율이 만들어진다. 통일된 거대한 멜로디가 대강당 안을 가득 채운다.

노래를 끝낸 학생들이 방금 하나의 예술 작품을 탄생시켰다고 막연히 생각하는 순간, 니콜 오코너가 양 떼 사진 한 장을 화면에 띄운다. 오스트레일리아에 있는 아버지 목장에서 찍은 사진이다.

「방금 여러분은 그레고리오 성가의 원리를 몸소 확인했어요. 여럿이 모일수록 그 힘이 더…… 막강해진다는 걸 입증하는 가장 확실한 예죠!」

객석에서 박수가 터져 나온다. 노랫소리 못지않게 정연한 박수 소리에 그녀가 고개를 살짝 숙여 화답한다.

강의를 마친 니콜은 걸어서 벨파스트 북쪽에 있는 자신의 아파트로 향한다. 미행당한다는 느낌이 들어 슬쩍 뒤를 돌아보니 실루엣 하나가 일정한 거리를 유지하며 그녀를 뒤따라오고 있다.

대체 누굴까?

가게 진열장 유리에 키가 작고 붉은 턱수염을 기른 남자의 모습이 비친다. 그녀가 몸을 홱 돌려 면전에 대고 쏘아붙인다.

「나한테 원하는 게 뭐예요?」

바로 앞에서 보니 남자는 오렌지색에 가까운 붉은 턱수염과 대비되는 초록색의 커다란 눈망울을 지녔다.

「내 이름은 라이언 머피, IRA 대원입니다. 난 당신이 누군지 알아요. 아니, 누구의 딸인지 안다고 하는 편이 더 정확하겠군요. 당신과 얘기를 좀 하고 싶습니다.」

분명히 〈IRA 대원〉이라고 했지?

이 사람은 아일랜드 해방군 병사야.

니콜 오코너는 몸이 덜덜 떨리지만 소리를 지르거나 달아나지 않는다. 두 사람이 아무 말 없이 상대방을 관찰하며 서 있는데 갑자기 하늘이 어두워지더니 우르릉우르릉 소리를 내며 천둥이 치기 시작한다.

「곧 비가 쏟아질 모양이니 근처 술집으로 들어가 기네스 맥주나 한잔하면 어떨까요? 내가 살게요.」

니콜은 남자를 따라 〈더 레프러콘〉이라는 간판이 붙은 술집으로 들어간다.

실내는 왁자지껄 떠들면서 맥주를 마시는 사람들로 가득하다. 다들 캐러멜과 당근 냄새가 나는 시가나 파이프를 입에 물고 있다.

「여긴 가톨릭교도들 아지트예요.」

남자가 설명한다.

「우린 스스로를 디펜더defender라고 부르죠. 길 건너 술집에 진을 치고 있는 개신교도들은 보인 전투에서 가톨릭왕 제임스 2세에게 비열한 방법으로 이긴 개신교도 오렌지 공 윌리엄 3세에 빗대 오렌지 공 지지파라고 불러요.」

「보인 전투가 언제 있었죠?」

「1690년 7월 1일.」

「아주 오래전이네요.」

「하지만 여전히 사람들 기억에 생생히 각인돼 있어, 이따금 술이 거나하게 취하면 길을 건너가 반대편에서 술을 마시던 사람들과 즉석에서…… 보인 전투를 재현하기도 하죠. 물론 전투에서 개신교도들이 이기는 경우는 아주 드물어요, 정말이에요.」

「당신들 풍습인가 보죠?」

「맞아요. 흑맥주, 가톨릭교, 잉글랜드인들과 그들의 동맹인 오렌지 공 지지파를 향한 증오…… 이 모두가 대를 이어 물려져 내려오는 것들이죠.」

라이언이 자리에서 일어나더니 부드럽고 하얀 거품이 두껍게 덮인 기네스 맥주 두 잔을 손에 들고 돌아온다.

니콜이 맥주를 받아 먼저 혀끝으로 맛을 본다. 한 모금 목으로 넘기자 끌꺽 트림이 올라오려 해 참느라 애를 쓴다.

「여기선 트림할 때 눈치 보지 않아도 돼요. 우린 격식을 차리는 사람들이 아니니까.」

니콜의 시선이 구석 피아노 옆에 세워진 레프러콘 조각상으로 향한다. 귀가 뾰족하게 생기고 붉은 수염을 기른 사내가 초록색 옷과 대가 높은 초록색 모자를 썼다.

호기심 어린 눈으로 조각상을 바라보는 니콜에게 라이언이 설명해 준다.

「오스트레일리아 출신인 당신한테는 무척 생소하고 이국적으로까지 느껴질 거예요. 레프러콘은 아일랜드 민속 문화의 상징적인 존재죠. 숲에 사는 장난꾸러기 정령인 레프러콘은 구두를 만들고, 황금을 찾아 무지개 끝에 있는 항아리에 감춰요. 혹시라도 당신 손에 잡히면 레프러콘은 자기를 풀어 주면 세 가지 소원을 들어주겠다고 할 거예요.」

「혹시 당신이 인간의 모습을 한 레프러콘 아니에요?」

남자가 씩 웃는다.

「과히 틀린 말도 아니에요. 내가 당신을 만나려고 한 이유 중 하나가 〈레프러콘의 관심사〉와 비슷하니까.」

「……장난치려고?」

「……항아리에 금을 가득 채우려고.」

라이언이 호주머니에서 기다란 파이프를 꺼낸다. 파이프에 불을 붙이는 순간 술집에 가득 차 있는 캐러멜과 당근 냄새가 니콜의 코에 확 끼친다.

「아마 알고 있겠지만, 당신 아버지는 우리 조직의 최대 자금원 중 하나예요.」

니콜은 시원한 흑맥주가 목으로 넘어갈 때의 부드러운 감촉이 마음에 든다. 술이 아니라 쓴맛이 살짝 나는 맥아음료를 마시는 느낌이다.

누군가 피아노를 치기 시작하자 손님들이 피아노 반주에 맞춰 큰 소리로 아일랜드 민요를 합창한다.

「아까 강당에서 학생들에게 노래를 부르게 한 건 참 좋은 아이디어예요. 아일랜드인들은 노래하는 걸 좋아해요. 그것도 우리 유전자에 새겨져 있죠.」

「당신이 나한테 원하는 게 정확히 뭐죠?」

니콜의 표정이 진지하게 변한다.

「방금 말했다시피 당신 아버지께 우리 항아리에 금을 채워 달라고 부탁 좀 해줘요. 얼마 전 영국 경찰의 기습 검거 작전 때 자금책을 포함해 우리 대원 여러 명이 체포됐어요. 그리고…… 놈들이 우리 항아리를 찾아냈죠.」

「영국 경찰이 당신들 자금을 몰수했단 말이에요?」

「경찰이 아니라 영국 정보기관인 MI5가요. 우린 지금 자금 여력이 없어 최상의 조건에서 작전을 준비하기가 불가능해요. 한마디로 말해 파산 상태죠. 이 상황을 해결해 줄 수 있는 사람은 당신뿐이에요.」

「왜 우리 아빠한테 직접 연락하지 않죠?」

「이미 했어요. 그런데 더 이상은 안 된다는 답변을 들었죠. 제대로 관리도 못 하는 조직에 자금을 대는 게 무의미하다며 질타하시더군요.」

「맞는 말이네요.」

「더 안전한 자금 관리 시스템을 구축하고 나서 다시 연락을 취했는데 그쪽에서 응답이 없어요…… 더 이상 우리를 믿지 못하겠다는 뜻이겠죠.」

그래서 딸을 이용해 아빠의 마음을 움직여 보겠다는 거군……

「레프러콘 항아리에 금을 채워 달라?」

니콜이 몽상에 잠긴 눈빛으로 숲속 정령의 조각상을 바라본다.

「아까 레프러콘이 자신을 잡았다 풀어 주는 사람의 소원을 세 개 들어준다고 했죠?」

갈수록 커지는 노랫소리가 실내를 가득 채운다. 술집 주인이 카운터에 맥주잔을 착착 올려놓으면 발랄한 종업원들이 테이블을 돌면서 민첩한 동작으로 손님들 앞에 잔을 내려놓는다.

「맞아요. 더도 덜도 아닌 딱 세 개.」

「자, 그럼 내 첫 번째 소원부터 말할게요. 당신들 회합을 참관하고 싶어요. 나머지 소원 두 개는 나중에 천천히 말하도록 하죠.」

2

1985년 3월. 봄치고는 날씨가 무척 덥다. 모니카 매킨타이어가 혼자 사막을 걷고 있다.

엄마가 돌아가신 후 양극성 정동 장애에서 벗어나기까지 오랜 시간이 걸렸다. 그동안 무수한 약을 먹고 정신과 치료와 심리 상담을 받았다. 밤낮으로 책을 읽고 대학에서 관심 분야인 심리학, 역사학, 전략 지정학을 공부하다 보니 서서히 마음이 치유되었다. 이 세 과목은 교직 과정까지 이수할 정도로 공부에 몰입했다.

학교 밖에서는 무술 수련과 근육 강화 운동에 힘썼다.

그녀는 식단에서 지방과 설탕, 유제품, 커피, 술을 완전히 배제했다.

육체와 정신의 고른 회복을 위해 명상에도 집중했다. 모니카는 예전처럼 자신의 정신을 완벽히 제어하고 싶었다.

완벽주의자인 그녀는 모든 분야에서 최고가 되고자 했다. 심지어는 검은 띠를 딴 무술 유단자가 되기도 했다. 책을 읽지 않을 때는 머리에 떠오르는 생각을 정리하기 위해 글을 썼다. 글을 쓰다 보면 머릿속에 발아한 중요한 개념과 아이디어가 구체화되면서 발전하는 게 느껴졌다.

하루는 심리 상담사가 그녀에게 생각을 표현하는 방식이

무척 독특하고 매력적인데, 혹시 출판에는 관심이 없느냐고 물었다. 모니카는 이때부터 글쓰기라는 새로운 도전을 시작했다. 그녀답게 이번에도 완벽주의가 작동했다.

그녀는 자신의 생각을 정리한 에세이집의 제목을 〈홀로 대 모두〉로 정했다. 책에서 그녀는 개인주의와 자율성, 〈어정쩡한 집단적 합의〉에 맞서 개인의 의견을 표출하는 용기의 중요성에 대해 말했다. 모니카는 오직 재선이 목표인 요즘 정치인들의 포퓰리즘을 맹비난했다. 〈척추 없는 연체동물이나 다름없는 정치인들은 여론 조사만 의식하고 유권자들의 눈치만 보며 줏대 없이 흐느적흐느적할 뿐〉이라면서, 과감하고 일관된 비전을 가진 위정자의 출현이 시급하다고 썼다.

〈과거에 독재자들을 권좌에서 끌어내리는 데 쓰였던 민주주의가 오늘날 새로운 전체주의의 형태로 우리 사회에 자리 잡았다. 이것의 정체는 바로 우매함이다. 소위 민주적이라는 선거에 출마하는 이들은 하나같이 선동가다. 이들은 민중을 기만하기 위해 이 민중이라는 이름을 입에 담을 뿐이다. 우리는 모든 분야에서 하향 평준화를 목도하고 있다. 유권자들은 지켜지지 않을 공약과 거짓 미소에 혹해 표를 던진다. 우리는 광고와 홍보가 현대성의 동의어로 여겨지는 시대에 살고 있다. 지금의 방식은 평화와 발전을 향한 전진을 가로막고 집단적 무지몽매함만 심화시킬 뿐이다. 사람들의 저속한 본능만 자극하는 프로그램들이 TV 화면을 지배하고 있는 한심한 세상이다.〉

모니카는 스스로의 결점을 직시하고 싶어 하지 않는 대중에게 쓴소리를 해줄 사람이 필요해 자신이 총대를 멨다고 생각했다.

완성된 원고는 심리 상담사의 편집자 친구에게 전해졌고, 이 편집자는 큰 기대 없이 책을 출간했다. 그런데 한 문학 프로그램 진행자가 『홀로 대 모두』가 〈우리에게 꼭 필요한, 구원과도 같은 책〉이라고 극찬하고서 책이 팔리기 시작하더니, 입소문을 타면서부터는 날개 돋친 듯이 판매됐다.

며칠 만에 초판이 소진됐고, 출간 2주 뒤 모니카의 책은 베스트셀러 리스트에 올랐다.

나락으로 떨어졌다 일순간에 정상에 서자 그녀는 얼떨떨하기만 했다.

그녀는 일체의 언론 인터뷰와 TV 출연 제의를 거절하고 예전과 다름없이 조용히 지냈다. 그러자 〈베일에 싸인 작가〉라는 오라까지 생겨 대중의 관심은 한층 높아졌다.

혼자 있기를 좋아하는 그녀는 자신에게 딱 맞는 직업을 찾았다고 확신했다. 그런데 책이 대중적인 성공을 거두자 왠지 혼란스러워지면서 제자리로 돌아와야겠다는 생각이 들었다. 그래서 뉴욕을 떠나 이렇게 사막을 혼자서 걷고 있는 것이다.

모니카는 일부러 뉴욕에서 멀지 않고 찾는 사람도 적은 모하비 사막을 택했다.

미국 서쪽, 네바다주와 애리조나주 사이에 위치한 이곳에는 키 작은 관목이 드문드문 솟아 있을 뿐 사람의 시선을 끄는 건 아무것도 없다. 앞선 선지자들이 그랬듯이 모니카는 우주의 거대함이 발산하는 보이지 않는 에너지와 연결돼 있다고 느낀다.

뉴욕의 아슈람에서 힌두 철학의 지혜와 사랑의 육체성에 입문했고, 캐멀백산에서 적대적 세계에 맞서는 자신의 생존 능력의 한계를 깨닫고 이성애적 사랑을 경험했다. 그리고 지금, 그녀는 사막 한가운데에서 정신과 육체가 새로운 단계로 고양되는 경험을 한다.

숨 막히는 더위 속에서 상처투성이 다리를 고통스럽게 내딛으면서 스스로의 한계와 가능성을 발견한다. 자신이 강한 지구력의 소유자임을 새삼 깨닫는다.

그녀는 주저앉지 않기 위해 걷는다.

그녀는 엄마의 죽음을 인정하기 위해 걷는다.

그녀는 몸에 남아 있는 정신과 약의 흔적을 지워 버리기 위해 걷는다.

몸이 고통스러울수록 정신은 회복되는 게 느껴진다.

해가 아주 넘어가고 어둠이 짙게 깔린 뒤에야 걸음을 멈춘다. 모니카는 배낭에서 텐트를 꺼내 펼친 후 말린 채소 몇 가지로 간단히 요기를 하고 나서 가부좌를 틀고 앉는다. 별이 총총한 밤하늘을 올려다보며 엄마에게, 아니 엄마의 영혼에게 말을 건다.

「엄마, 꼭 성공해 자랑스러운 딸이 될게요. 무슨 일을 하든지 엄마를 떠올리며 최선을 다할게요. 엄마는 내 인생의 등불이고, 저 별처럼 방향을 일러 주는 사람이에요.」

모니카는 생각을 비우고 잠을 청한다.

한동안은 머릿속에 잔상으로 남아 있는 압사 사건의 이미지가 그녀를 괴롭혔다. 그런데 사막이 모든 것을 상대화해 바라보게 해주었다. 상처가 서서히 아물어 갔다.

아침에 눈을 뜨면 침낭을 개고 소지품을 가방에 챙겨 서쪽으로 이동하는 똑같은 하루가 의식처럼 반복됐다.

더위와 메마른 기후, 밤에 찾아오는 사막의 추위, 끝없이 펼쳐진 모래, 밤하늘의 별, 심지어는 뱀과 전갈조차 약이 되고 영혼을 어루만져 주는 친구가 됐다. 마실 물조차 없는 상태에서도 걸음을 멈추지 않던 그녀는 몸이 완전히 정화됐다는 느낌이 들고 나서야 마을로 들어선다.

〈마지막 기회〉라는 간판이 달린 작은 모텔이 보인다.

투숙객이 거의 없는 누추한 건물 1층에는 초라한 카지노장이 있고, 2층에는 지저분한 식당이 있다. 안내 데스크의 중년 여자가 모니카를 노숙인으로 알고 떨떠름하게 쳐다본다. 신용 카드를 내밀자 비로소 방으로 안내해 준다.

모니카는 욕조에 라벤더 향이 나는 입욕제를 풀어 거품 목욕을 하고 나서 오랜만에 식사다운 식사를 한다. 휑뎅그렁한 식당에 혼자 앉아 있는 그녀 앞에 샐러드 한 접시가 놓인다. 토마토, 아보카도, 양상추, 오이를 섞고 올리브를 얹은 샐러드를 신기한 것을 보는 눈으로 바라보던 모니카가 포크를 집어 든다. 입안에서 토마토즙이 터지는 순간 그녀는 자신도 모르게 눈을 감는다. 아보카도가 녹듯이 부드럽게 뭉개질 때는 천국에 온 듯한 기분마저 든다. 탄산수 한 모금이 목으로 넘어가는 순간, 그녀는 마치 물이 살아 있는 느낌이 들어 몸을 옹송그린다.

방으로 돌아온 그녀는 단잠에 아침까지 잔다.

다음 날, 모니카는 버스를 타고 공항에 도착해 뭔가에 홀린 듯이 뉴욕이 아닌 스코틀랜드 에든버러행 표를 산다.

도망치는 것만이 해결책은 아니야. 그 근원에서부터 매듭을 풀어야 하는 문제도 있어.

3

「날 따라와요.」

레프러콘을 닮은 남자가 광야 한가운데 덩그마니 서 있는 건물로 니콜 오코너를 데려간다.

문 앞에 도착하자 그가 암호인 듯한 말을 내뱉는다.

「자유를 위해 죽음을 불사한다.」

즉시 문이 열리더니 안에서 사내 한 명이 나와 인사를 건넨다. 그가 낯선 여자를 보고 놀라는 눈치를 보이더니 옆으로 비켜선다.

라이언이 안으로 들어가 버튼을 누르자 한쪽 벽이 빙그르 돌더니 뒤쪽에 계단이 나타난다.

세 사람은 벽돌로 아치형 천장을 만든 넓은 방으로 들어간다.

남자 일곱 명이 테이블에 둘러앉아 지도들과 사진들을 들여다보고 있다. 벽에는 아일랜드의 상징색인 주황색, 흰색, 초록색 바탕에 기관총이 한 자루 그려진 깃발이 걸려 있다. 기관총 밑에 게일어로 적인 IRA의 모토가 니콜의 눈길을 끈다.

Tiocfaidh ár lá.

〈우리의 날이 오리라.〉 니콜이 속으로 중얼거린다.

아일랜드를 상징하는 클로버, 하프, 초록색 모자, 켈트 십자가, 패트릭 성인을 그린 그림들과 수북이 쌓인 무기 더미가 보인다.

여기가 초록 정령들의 은신처구나.

「동지들, 오코너 씨의 따님을 모시고 왔어.」

몇몇은 뜻하지 않은 여성의 출현이 반가운 눈치고 몇몇은 미간을 모으며 노골적으로 불편한 기색을 드러낸다.

「이 사람을 데려온 이유가 뭐야?」

「꼭 오고 싶다고 해서.」

「이렇게 신원을 노출해서 어떻게 하려고 그래? 확실히 믿을 수 있는 사람이야?」

「지금 상황에서 확실한 건 아무것도 없어. 때로는 모험을 할 필요도 있지. 그녀는 어쨌든 오코너 가문 사람이야. 그 아버지는 오래전부터 우리에게 자금을 대주고 있고.」

말끝에 라이언 머피가 주먹으로 테이블을 세게 내리친다.

「어차피 우리에겐 선택의 여지가 없어.」

이 말에 모두가 입을 다물어 버린다.

니콜이 일곱 사람을 차례로 훑어본다.

이 사람이 우두머리인가 보구나.

「니콜 오코너는 오늘 손님 자격으로 우리 회합에 참관할 거야. 우리 조직 사람이라 생각하고 평소대로 회의를 진행하면 돼.」

라이언 머피가 반론을 용납하지 않겠다는 듯이 강경하게 말하자 몇 사람이 그의 시선을 피해 고개를 돌린다. 한두 사람은 여전히 얼굴을 살짝 찡그리며 불만을 드러낸다.

「자, 이제 시작합시다. 오늘 의제가 뭐지?」

「이 사람 앞에서 다 얘기하자고?」

앞에 서류를 잔뜩 쌓아 놓고 앉아 있는 사내가 라이언 머피를 쳐다본다.

「시작해.」

다시 어색해진 분위기. 남자가 내키지 않는 표정으로 맨위의 서류철을 펼쳐 읽기 시작한다.

「음…… 지난번 특공 작전에 참가했던 동지 여러 명과 그들의 가족 스무 명가량이 체포돼 지금 HM 메이즈 교도소에 수감돼 있어.」

무거운 침묵이 흐른다.

라이언 머피가 니콜 쪽으로 몸을 돌린다.

「이분이 알아들을 수 있게 내가 설명을 좀 해드려야 할 것같아. HM 메이즈 교도소의 전신은 1971년에 공군 기지 자리에 세워진 롱케시 수용소예요. 아일랜드 반체제 인사들을 구금할 목적으로 만들어졌죠. 이후 롱케시 수용소에 H-블록이라는, 경계가 매우 삼엄한 수용 시설을 따로 만들어 테러범들을 구금하기 시작했어요. 이 H-블록이 바로 방금 전동료가 말한 HM 메이즈 교도소예요. 보비 샌즈가 66일간의 단식 투쟁 끝에 사망한 곳이 바로 거기죠.」

사내들이 적개심을 드러내며 웅성웅성하더니 북아일랜드 개신교도들과 잉글랜드인들을 욕하기 시작한다. 욕설로 쓰이는 〈돼지들〉이라는 단어가 수시로 니콜의 귀에 들린다.

「죄수들을 심리적으로 완전히 굴복시키기 위해 새로운 고문 방식을 도입했대. 잔인한 놈들이야.」

「그런데 말이야, 놈들이 검거 대상을 어떻게 특정할 수 있었을까?」

라이언이 입술을 씰긋하며 묻는다.

「특공 작전에 참가한 대원들 중에 배신자가 있었으니까. 우리 조직에 침투한 MI5 요원이 있다는 걸 그동안 까맣게 몰랐어. 바로 이놈이야. 정보원들도 확인해 줬어.」

대원 하나가 사진을 내밀자 모두가 돌려보며 고개를 끄덕인다. 눈에 익은 얼굴이기 때문이다.

얼굴이 갸름한 대원 하나가 흥분한 목소리로 말한다.

「우리 동지들과 가족들이 감옥에서 고생하고 있는데 그 가브샤이트가 활개 치고 돌아다니게 놔둘 순 없지.」

〈머저리〉를 뜻하는 비속어 가브샤이트가 아일랜드인들이 즐겨 쓰는 욕이라는 것을 니콜은 어디선가 들은 기억이 난다.

참석자들이 일제히 고개를 주억거린다.

「그 가브샤이트 놈은 죽여 마땅해.」

한 사내가 주먹을 불끈 쥔다.

「당연히 죽여야지.」

모두가 그의 말에 동조한다.

「MI5 새끼들이 다시는 우리 조직에 침투할 엄두를 내지 못하게 이번에 본때를 보여 주자고.」

복수한다는 생각이 그나마 사람들에게 위안이 되는 눈치다.

잠자코 듣기만 하던 라이언 머피가 말문을 연다.

「당연히 복수해야지. 특공 작전을 펼쳐 놈을 저세상으로 보내 버리자고. 문제는 방법인데, 누구 좋은 아이디어 좀 없어?」

「차에 폭탄을 설치하는 게 어때?」

「어렵게 할 것 없이 그냥 기관총으로 갈겨 버리지?」

입을 꾹 다물고 있던 사내 하나가 고개를 가로젓는다.

「안 돼.」

「안 돼? 왜?」

라이언이 그를 쳐다본다.

「내가 놈을 잘 알아. 같이 몇 번 작전에 투입된 적이 있거든. 보통 교활한 놈이 아니야. 게다가 놈은 그동안 우리와 같이 활동하면서 우리 방식을 누구보다 잘 알게 됐어. 분명히 빠져나갈 구멍을 찾을 거야.」

니콜 오코너가 손을 번쩍 든다.

「내가 보기에 당신들은 끝나지 않는 핑퐁 게임을 하고 있어요. 당신들이 테러를 하면 영국 경찰이 체포에 나서고, 그러면 다시 당신들이 보복 테러를 감행하죠. 저쪽에서 즉각 대규모 검거 작전에 돌입하면 당신들은 또다시 테러를 저지르는 식으로……. 그럴 때마다 메이즈 교도소에 수감되는 당신네 대원들의 숫자는 늘어날 테고, 그건 결국 당신들에겐 전략 약화를 의미해요. 활동 가능한 대원의 숫자가 줄어드니까.」

「그게…… 우린 지금까지 쭉 그런 식으로 해왔어요.」

라이언이 방어적으로 말한다.

「전통과 악습을 혼동해서는 안 돼요. 과거의 실수를 반복하는 게 아니라 이 전쟁에서 이기는 게 당신들 목표가 아닌

가요?」

　은근히 자존심이 상하지만 맞는 말이라 생각하며 다들 서로를 빤히 쳐다본다.

　서류를 앞에 쌓아 둔 대원이 테이블을 주먹으로 내리친다.

　「당신은 우리 조직 사람이 아니기 때문에 이해 못 해요. 그건 우리의 비합법 투쟁 방식이에요.」

　니콜이 눈도 꿈쩍하지 않고 말을 이어 간다.

　「문제는 그 방식이 예측 가능하다는 거예요. MI5 요원들은 폭탄과 기관총을 들고 덤비는 당신들을 한심하게 여길 거예요. 그런 어리숙한 짓을 할 때마다 놈들은 새로 감옥을 짓고 검거에 투입할 경찰 인력을 증원하겠죠……. 그 결과가 뭘까요? 당신들은 패배자가 되고 북아일랜드는 절대 해방되지 못할 거예요. 시간은 당신들 편이 아니에요.」

　「이 여자가 우릴 모욕하고 있어!」

　남자가 발끈하며 자리를 박차고 일어나자 라이언 머피가 끼어든다.

　「일단 끝까지 얘기를 들어 보자고. 그래, 우리한테 제안할 효율적인 투쟁 방식이라도 있나요, 오코너 씨?」

　「당신들과 아주 다른 방식을 염두에 두고 있어요.」

　니콜이 잠시 뜸을 들인다.

　「그게 뭔데요?」

　대원 하나가 참다못해 묻는다.

　「아주 독창적인 방식이에요. 문제의 MI5 요원을 제거하되 배후에 우리가 있다는 걸 아무도 모르게 하는 거예요. 그러면 당연히 저들이 수사를 할 일도, 검거 작전을 펼칠 일도 없을 테고, 그걸 빌미 삼아 경찰 병력을 증원하거나 교도소를 신축하는 일도 없겠죠. 적들은 영문을 몰라 혼란스럽게만 느낄 거예요. 진실은 우리만 알고 있겠죠.」

방 안에 흐르는 침묵이 그녀에 대한 존중을 표현해 준다. 참석자들의 시선이 니콜의 입으로 쏠린다.

「라이언이 내 소원을 세 개 들어준다고 했어요. 하나는 이루어졌으니 이제 두 번째 소원을 말할게요. 내가 제안하는 방식대로 보복 작전을 펼쳐요.」

니콜이 차분한 어조로 자신의 구상을 설명하기 시작한다.

4

스코틀랜드의 황야. 모니카 매킨타이어가 거대한 바위에 누워 있다. 그녀는 이 야생의 땅과 하나로 연결돼 있음을 느낀다. 고성들, 식물과 동물, 음악, 음식까지 이 땅에 존재하는 모든 것에 켈트족의 마법이 스며 있다.

그녀는 눈을 감고 숨을 깊이 들이쉬었다 내뱉는다. 스코틀랜드 신화의 이미지들이 마치 한 편의 영화처럼 생생하게 머릿속에 펼쳐진다.

거죽을 벗었다 걸쳤다 하며 인간과 바다표범의 모습을 오갔다는 오크니 제도의 신화 속 주인공 셀키.

물속에 사는 악마의 영혼이자, 스코틀랜드 서쪽 바다를 지나가는 배들을 빨아들여 좌초시켰다는 코리브레컨만의 소용돌이.

말(馬) 몸에 깃들어 강과 하천에 살면서 자유자재로 인간의 모습으로 변했다는 전설 속 켈피. 악귀에 씌어 동굴 속에서 주술을 행했다는 15세기 포비 마을의 사제. 자정이 되면 어김없이 버클랜드 다리에 나타났다는 머리가 없는 여성의 유령.

그리고 공룡의 모습을 하고 거대한 네스호에 숨어 살았다는 그 유명한 괴물.

몽상에 잠겨 있는 그녀의 귀에 낯익은 백파이프 소리가 들려온다. 몸을 일으켜 높고 날카로운 소리의 진원지를 향해 고개를 틀자 멀리서 백파이프를 불며 양 떼를 몰고 있는 한 남자의 모습이 보인다.

고대 스코틀랜드의 전통이 여전히 사람들 속에 살아 있어.

모니카는 천천히 걸어 에든버러 근교의 외딴집으로 돌아온다. 처음 보는 순간 홀린 듯이 마음에 들어 세를 얻은 집이다.

벽 두께가 2미터가 넘는 이 집은 사실상 성이라는 표현이 더 어울린다.

그녀가 밖에서 억수같이 쏟아지는 빗소리를 들으며 벽난로 앞에 자리를 잡는다. 타닥타닥 소리를 내며 타오르는 불을 보면서 습관처럼 엄마를 떠올린다. 엄마가 입버릇처럼 했던 말이 귓가를 맴돈다.

네 행복을 다른 사람에게 맡긴다면 불행해질 수밖에 없어.

현관에서 종소리가 난다.

이런…… 밖에 사람이 왔나 보네. 대체 누굴까?

문을 열자 비에 흠뻑 젖은 남자가 서 있다.

머리에 캡을 쓰고 무릎 아래까지 올라오는 목이 긴 양말에 킬트를 입었다. 자전거 핸들 모양으로 다듬어 기른 짙은 콧수염이 인상적이다.

안으로 들어오라고 하자 남자가 모자를 벗으며 정중히 인사를 건넨다.

「만나서 반갑습니다, 매킨타이어 씨. 저는 티머시 매킨타이어라고 합니다. 저 역시 성이 매킨타이어죠.」

「혹시 제 먼…… 친척뻘이라도 되시나요?」

「아니, 그렇지 않습니다.」

남자가 웃으며 손사래를 친다.

「매킨타이어는 맥퍼슨, 매코맥, 매클라우드, 맥그리거만큼 흔한 성이에요. 저는 에든버러에서 서점을 운영하고 있는데, 저희 서점 옆에 있는 작은 시립 공연장에 작가님을 모시고 강연과 사인회를 했으면 싶어 이렇게 실례를 무릅쓰고 찾아왔어요.」

잠시 어리둥절해하던 모니카가 묻는다.

「참석 인원을 대략 몇 명으로 잡으세요?」

「공연장 최대 수용 인원이 2백 명입니다.」

모니카가 그에게 앉으라고 권하고 나서 베르가모트차를 내온다.

「솔직히 말씀드리면 제가 안트로포비아 증세가 있어요. 주변에 많은 사람이 모이는 걸 좋아하지 않아요.」

「아, 그러세요? 저희가 작가님 자리를 청중과 멀리 떨어뜨려 준비해 놓겠습니다. 사인회도 직원들을 배치해 한 사람씩 사인을 받아 가는 식으로 진행하면 되고요.」

「그래 주신다면…… 제안을 받아들이겠습니다.」

일주일 뒤, 모니카는 에든버러 시내에 있는 소공연장에 도착한다.

티머시 매킨타이어가 반갑게 그녀를 맞는다. 지역 라디오와 TV를 통해 홍보가 이루어졌는지 공연장이 사람들로 가득하다. 자리가 없어 밖에 서서 강연이 끝나고 사인회가 시작되길 기다리는 사람들도 눈에 띈다.

티머시 매킨타이어가 모니카를 연단으로 안내한 뒤 뿌듯한 표정을 지으며 말한다.

「준비 기간이 무척 짧았는데도 작가님이 와서 강연을 한다는 입소문이 나서 이렇게 많은 사람이 모였네요. 3월에는 보통 이런 행사가 거의 없어요.」

스물다섯 살의 젊은 작가가 연단에 오르자 관객들이 일어나 박수를 친다.

모니카가 객석을 뚫어져라 바라본다.

한편으로는 자신과 뿌리가 같은 사람들이 이렇게 많이 모였다는 사실이 뿌듯하면서도 다른 한편으로는 사람들의 시선이 부담스럽게 느껴져 불안해진다.

「먼저 제 책에 이렇게 많은 관심을 가져 주신 여러분께 감사드립니다.」

마이크를 잡은 그녀의 목소리가 떨린다.

「저는 흔히 천재라는 이름으로 지칭되는 개인들의 삶에 관심이 많습니다. 그들은 혼자서 세상을 바꿀 수 있는 힘을 가진 사람들이죠.」

수백 개의 눈이 자신에게 고정돼 있다는 생각이 드는 순간 모니카는 당혹감을 느낀다.

무대 뒤에 서서 강연을 지켜보고 있는 티머시 매킨타이어가 그녀를 향해 응원의 제스처를 취한다. 연단과 객석 첫 줄 사이에 충분한 거리가 있다는 걸 다시 확인하고 나서야 모니카가 안정감을 되찾는다.

「우리는 서로 다르면서 상호 보완적인 존재들입니다. 다람쥐에게 수영을 가르치고 물고기에게 나무 타기를 가르칠 필요는 없습니다. 각자의 특성이 있고 그 특성이 우리 한 사람 한 사람을 유일무이하고 필요한 존재로 만들어 주기 때문이에요. 다름의 문화, 그것이 바로 제가 『홀로 대 모두』에서 강조한 가치입니다. 이 세계의 진보를 이끈 사람들은 혼자서, 시류를 거스르며 자신만의 독창적인 비전을 관철시킨 사람들입니다. 몇 사람 예를 들어 볼까요. 아르키메데스, 크리스토퍼 콜럼버스, 조르다노 브루노. 오늘날 우리 눈에는 너무도 명백해 보이는 진실을 말하기 위해 이들은 동시대인들의 몽매함과 홀로 맞서 싸워야 했어요. 대부분의 말로가 비참했죠. 아르키메데스는 로마인 병사의 손에 무참히 살해됐어요. 크리스토퍼 콜럼버스는 약속된 직책 등 보상도 제대로 받지 못한 채 병을 앓다 숨졌고, 조르다노 브루노는 종교 재판에서 고문을 당한 뒤 화형대에 섰죠. 끔찍한 역사가 아닐 수 없습니다. 인류는 이 용감한 개척자들에게 고마워할 줄 몰랐어요. 이들과 달리 수많은 독재자들의 마지막 길은 편안했죠. 민중을 등에 업고 자신의 도그마를 관철시키려 했던 스탈린, 마오쩌둥 같은 독재자들은 오래도록 대중의 사랑을 받으며 집에서 조용히 삶을 마쳤죠. 지금도 여전히 많은 사람들이 그 독재자들의 이름을 연호하고 묘를 찾아 참배하고 있어요.」

그녀가 객석의 반응을 살피며 잠시 뜸을 들인다.

「어리석게 살면 쉬운 것을 왜 똑똑한 사람들은 사서 고생을 할까요? 성경에도 〈Beati pauperes spiritu, quoniam ipsorum est regnum caelorum(마음이 가난한 사람은 행복하다. 하늘나라가 그들의 것이다)〉라고 적혀 있으니 이거야

말로 철학적 아이러니가 아닐까요? 이 한마디에는 많은 뜻이 함축돼 있어요. 복잡하게 생각할 필요가 없다는 거예요. 그러면 삶이 너무나 쉽고 단순해지겠죠. 반대로, 고민하는 사람들에게는 모든 게 복잡해지죠. 똑똑한 사람들은 의심을 품는 반면 어리석은 사람들은 확신을 가져요. 제가 내린 결론을 간단히 말씀드리자면, 인류는 창의력을 가진 혁신가들과 수동적인 추종자들, 이렇게 두 부류로 나눌 수 있습니다.」

모니카가 숨을 크게 들이쉬고 나서 덧붙인다.

「추종자들로만 이루어진 사회는 제대로 작동할 수 없습니다. 혁신 없이 과거의 경험만 되풀이하려 하니까요. 반면에 창의적인 사람들은 위험을 무릅쓰고 행동함으로써 사회에 불안감을 조성합니다. 얼핏 이런 창의적인 사람들이 항상 옳을 것 같지만, 그렇게 간단히 생각할 문제는 아니에요. 창의적인 사람이라고 해서 모두가 사회에 유용한 건 아니거든요. 공동체에 아무 도움이 되지 않는 것들을 만들어 내는 사람들도 있죠. 창의적인 사람들만 있는 사회가 반드시 더 잘 작동하는 건 아니라는 사실을 우리는 알 필요가 있어요. 이런 사람들은 늘 기존 체제에 반기를 들기 때문에 사회는 더 불안정해지게 돼요. 제가 생각하는 이상적인 사회는 앞서가는 창의적인 사람들 10퍼센트와 그들의 추종자들 90퍼센트로 이루어진 사회입니다. 현실에서는 10퍼센트의 창의적인 사람들이 존재하는 사회도 그리 흔하진 않아요. 자, 여기까지가 이상적인 사회에 대한 제 생각이었습니다. 경청해 주셔서 감사합니다.」

객석에서 뜨뜻미지근한 박수 소리가 들려온다.

티머시 매킨타이어가 연단에 올라와 객석을 향해 질문이 있는지 물어보자 모니카가 단칼에 잘라 말한다.

「죄송하지만 질문을 받고 싶지 않습니다.」

순간 당황해하는 눈치를 보이던 서점 주인이 이런 태도가 오히려 엘리트주의적인 작가의 강연 내용과 부합한다고 생각하며 고개를 끄덕인다.

「자, 다시 한번 뜨거운 박수로 작가님께 감사의 마음을 표시하면 어떨까요? 제가 알기로 지금까지 단 한 번도 인터뷰에 응하거나 사인회를 연 적이 없는데, 오늘 특별히 이 자리에 와주셨어요. 제 말이 맞죠?」

「네, 맞아요. 오늘 이 자리는 제게 각별한 의미가 있어요. 옆에 계신 티머시 대표께서 찾아와 스코틀랜드 독자들을 만나 달라고 설득하지 않았다면 굳이 제 원칙을 깨고 이 자리에 서지 않았을 거예요. 이분의 제안을 받고 이왕 원칙을 깰바엔 제 조상들의 땅인 스코틀랜드에서 강연도 하고 사인회도 하자고 생각했죠.」

티머시가 연단 아래로 내려가더니 직원들과 함께 테이블을 설치하고 그 위에 책을 잔뜩 쌓아 놓는다. 그러고 나서는 다시 연단으로 올라와 마이크를 잡고 객석을 향해 말한다.

「여러분, 지금부터 모니카 매킨타이어 작가님이 여러분이 가지고 계신『홀로 대 모두』에 사인을 해드릴 테니 줄을 서주시기 바랍니다. 작가님에게 너무 바짝 다가서는 행동, 특히 신체 접촉은 삼가 주세요. 사진 촬영도 금합니다. 양해 부탁드립니다.」

모니카가 중간중간 호흡을 가다듬으며 독자들에게 사인

을 해준다. 마지막 사람이 그녀 앞으로 다가선다.

테가 가느다란 안경을 쓰고 연한 밤색 머리를 틀어 올린 여성이다.

감색 슈트를 걸친 모습이 첫인상은 비행기 승무원 같았는데 자세히 보니 머리를 꼿꼿이 세우고 몸가짐에 흐트러짐이라곤 없는 게 고위직 여성이라는 확신이 든다.

「어떤 일을 하시는 분인가요?」

상대방에게 맞춰 사인을 해주기 위해 모니카가 묻는다.

「정보기관에 책임자로 있어요.」

모니카가 볼펜을 손에 쥔 채 상대를 빤히 올려다본다.

「농담이시죠?」

「더 정확히 말하면, MI5에서 대테러 업무를 총괄하고 있어요.」

그녀는 줄 맨 끝에 있었던 터라 이 대화를 들을 사람은 이제 아무도 없다.

모니카가 입을 손으로 가리고 헛기침을 하면서 되받아칠 방법을 고민한다.

「그러시군요……. 그런 직업이라면 당연히 티를 안 내려고 할 것 같은데.」

「보아하니 작가께서 에둘러 말하는 걸 좋아하지 않는 것 같아 처음부터 내 색깔을 드러내는 쪽을 택했어요.」

「아…… 네……. 그러면 〈MI5 국장님께〉라고 사인을 해드리면 될까요?」

「그냥 〈소피에게〉라고 쓰세요. 전체 이름은 소피 웰링턴이에요.」

「가명? 아니면 본명인가요?」

「본명이에요.」

모니카가 눈을 휘둥그렇게 뜬다.

「뭘 믿고 저한테 이름을 얘기해 주시죠? 제가 비밀을 지킬지 안 지킬지 어떻게 아세요?」

「난 공인이에요. 당신이 어디 가서 내 얘길 해도 기밀 누설 같은 것엔 해당하지 않아요. 미국이나 프랑스 정보기관 수장처럼 나 역시 대중에게 알려진 사람이에요. 물론 우리가 무슨 일을 하는지는 정확히 아무도 모르지만.」

「웰링턴…… 웰링턴이라……. 혹시 워털루 전투에서 나폴레옹에게 패배를 안긴 그 웰링턴 공작의 후손이신가요?」

「맞아요, 우리 조상님이세요. 당신이 궁금해할지는 모르겠지만, 그 웰링턴 공작께서는 1852년에 돌아가셨어요. 그분한테는 찰스라는 아들이 있었고, 그 찰스는 아서라는 아들을 낳았어요. 그 아서는 에벌린이라는 딸을 낳았고, 이 에벌린은 역시 아서라는 이름의 아들을 낳았죠. 이 아서가 낳은 아들이 리처드인데, 이분이 바로…… 우리 아버지시죠.」

정확성에 집착하는 사람이구나.

「그리고 이건 여담인데, 우리 가문 사람들은 모두가 장수해요. 우리 할아버지 아서는 118세에 돌아가셨죠.」

이 사람이 나한테 원하는 게 뭐지?

독심술을 익혔는지 소피 웰링턴이 금방 말끝을 단다.

「강연을 듣고 책에 사인을 받는 것 말고 내가 여기 온 목적이 더 있어요. 어디 조용한 장소로 옮겨 얘기를 좀 할 수 있을까요?」

티머시 매킨타이어가 공연장 바로 옆에 있는 자신의 서점으로 가 그곳 사무실에서 얘기를 나누는 게 어떻겠느냐고 제안한다.

가는 길에 늦게 도착한 몇 사람이 다가와 사인을 부탁하지만 티머시 매킨타이어가 작가가 피곤한 상태라 힘들다며 거절한다.

두 여성은 책 더미가 가득 쌓여 있는 널찍한 방으로 안내된다.

「두 분이 방해받지 않고 얘기를 나눌 수 있게 제가 조치하겠습니다.」

티머시 매킨타이어가 자리를 비켜 주자 소피가 뭔가를 찾는 듯하더니 찻주전자를 들고 온다. 그녀가 모니카에게 차를 따라 주고 나서 자신도 한 잔 따라 손에 든다.

「웰링턴 국장님, 저를 찾아오신 용건이 뭐죠?」

「조금 전 강연에서 당신은 다람쥐와 물고기의 비유를 들면서 사람은 누구나 자신만의 독특한 특성이 있다고 했지요. 우리들은 시민의 안전을 지키기 위해 보이지 않는 곳에서 일하죠. 그런 우리의 흥미를 끄는 아주 독특한 특성을 바로 당신이 가지고 있어요.」

소피가 말을 이어 가면서 비스킷을 건네자 모니카가 정중히 거절한다.

「우리 부서의 핵심 업무는 IRA 테러범들을 관리하는 일이에요. IRA 조직 내에 우리 요원 하나를 침투시켜 놓은 덕에 최근 IRA 테러범 여러 명을 검거할 수 있었죠. 많은 시간과 조직적인 준비가 필요하고 위험도도 높은 작전이었지만 결과적으로 성공했어요. 이번 일로 막대한 타격을 입은 IRA가 지금 이를 갈며 복수를 준비하고 있죠. 그런데 우리 요원이 IRA 회합 장소에 설치한 도청 장치를 통해 새로운 정보 하나가 막 입수됐어요. 새로 입단한 조직원이 있는 것 같더군요. 그것도 외국인 여성이.」

「그게 저랑 무슨 상관이 있다는 건지…….」

「그 여성이 독창적인 테러 전술을 제안했어요. 상대의 허를 찔러 테러인지조차 모르게 해야 한다고 하더군요.」

「도청 장치가 설치돼 있으니 이미 세세한 정보까지 다 취합했을 텐데 뭐가 문제죠?」

「그게 그렇지가 않아요. 마이크 송출 시스템에 기술적 결함이 있는지 소리가 중간에서 끊겼어요. 결론부터 말하자면, 그 여성 조직원이 IRA에 제안한 새로운 테러 방식이 뭔지 우리는 전혀 감을 잡지 못했어요…….」

「그 여성을 체포해 신문하면 되겠네요.」

「마음이야 굴뚝같죠. 하지만 당신도 알다시피 민주주의의 단점 중 하나가 바로 그런 거예요. 범죄를 저지르기 전에는 사람을 체포할 수 없는 거. 하지만 우린 저들이 뭘 구상하고 있는지 기필코 알아내야 해요.」

「제가 이 일과 무슨 상관인지 여전히 모르겠군요.」

소피 웰링턴이 가방에서 사진 한 장을 꺼내더니 앞으로 내민다.

「당신이 아는 사람일 거예요. 오스트레일리아 출신이죠.」

얼핏 보니 평범하게 생긴 금발 여성이다. 모니카가 고개를 갸웃하면서 다시 사진을 들여다본다. 어디서 본 적이 있는 듯한 인상이다.

「니콜 오코너. 오스트레일리아 갑부 루퍼트 오코너의 딸이에요. 〈속이 빨간 억만장자〉로도 불리는 루퍼트 오코너는 현대판 로빈 후드 행세를 하며 제 잘난 멋에 사는 인물이죠. 한쪽에서 보기에는 억압받는 민중의 해방자, 다른 쪽에서 보기에는 테러리스트들의 뒷배를 봐주는 범죄자.」

모니카가 사진에서 눈을 떼지 못한다.

「당신 둘은 1972년 레이캬비크에서 처음 만났죠. 세계 챔피언 자리를 놓고 피셔와 스파스키가 세기의 대결을 펼쳤던 바로 그 대회에서. 그때 당신과 그녀 둘 다 열두 살의 어린아이였어요. 경기에서 진 당신이 니콜 오코너한테 달려들어 목을 졸랐죠. 이후 1978년, 런던에서 개최된 세계 여성 체스 대회에서 당신들은 다시 만났어요. 그 설욕전에서 당신이 보기 좋게 이겼죠. 우리가 주목하는 건 바로 이 점이에요. 당신이 그녀를 능가하는 지능을 가졌다는 사실. 그래서 당신에게 도움을 요청하러 온 겁니다. 니콜 오코너를 무력화시킬 수 있게 우리를 도와줘요.」

소피 웰링턴이 표현을 달리해 설명한다.

「……당신 둘이 체스를 한 판 둔다고 생각하면 어떨까요. 물론 이건 단순한 게임이 아니라 그 이상의 차원이에요. 사람들의 목숨이 달린 문제니까.」

모니카는 여전히 사진에 시선을 고정시키고 있다.

「글쎄요. 그때 우린 어린아이들이었어요. 개성이 강한 두 여자아이가 지나친 경쟁의식을 느끼다 보니 벌어진 일이고요. 경기에 지고 분을 참지 못해 욱해서 저지른 행동을 나중

273

에 후회했어요. 두 번째 만남에서는 내가 정정당당하게 실력으로 그 아이를 이겼고요. 물리적인 힘이 아닌 다른 걸로도 얼마든지 상대를 능가할 수 있다는 걸 보여 주었던 셈이죠.」

눈을 가늘게 찡그리고 사진을 들여다보던 모니카는 망원 렌즈로 찍은 사진 속에 그녀 말고 한 사람이 더 있다는 것을 발견한다. 키가 작고 턱수염을 기른 빨간 머리 남자가 니콜 옆에 서 있다.

「이 사람은 누구죠?」

「라이언 머피라고, 현재 IRA의 우두머리예요. 자, 어떻게 할래요?」

「미안하지만 난 정치에 개입하고 싶지 않아요. 당신들 전쟁에 끼어들 생각이 손톱만큼도 없어요. 설령 있다 해도 그 낯선 일을 능숙하게 익힐 시간도 없고. 내가 무슨 치마 입은 제임스 본드도 아니잖아요.」

소피 웰링턴이 다시 가방에 손을 넣어 MI5 직인이 찍힌 서류 한 장을 꺼내 모니카 앞으로 내민다.

「이걸 보고 나면 생각이 변할지도 몰라요. 우리 오디오 분석 팀에서 최근에 작성한 보고선데, 당신에 관해 조사를 하던 중에 눈에 띄었어요. 당신 엄마가 압사한 군중 밀집 사건이 1978년에 있었죠. 그 일을 초래한 테러 협박 전화 용의자의 음성을 분석한 보고서예요. 당시 스코틀랜드 야드에서 녹음된 목소리만으로는 용의자 특정이 불가능하다고 당신한테 말했던 것으로 알아요. 그건 거짓말이 아니었어요. 당시기술력으로는 불가능했으니까. 그런데 1985년인 지금은 그때와 비교하면 기술이 비약적으로 발전했죠. 고성능 컴퓨터

274

를 활용해 얼마든지 그런 난제를 풀 수 있어요. 우리 전문가 팀이 녹음된 그 협박 전화의 음성을 분석해 용의자의 신원을 알아냈어요. 확실해요. 용의자는 다름 아닌…… 니콜 오코너 예요.」

갑자기 모니카의 동공이 커진다. 자신도 모르게 몸을 으스스 떤다.

「지금 어디 있어요? 어딜 가야 찾을 수 있는지 말해 줘요.」

「없애고 싶나요? 그 심정은 이해해요. 하지만 지금부터 내가 하려는 제안은 그보다 훨씬 차원이 높아요…….」

모니카의 호흡이 불규칙해진다.

「니콜이 어떤 작전을 구사할지 알아내요. 그러면 우리 요원의 목숨을 구하는 동시에 그녀를 체포할 수 있어요. 잡아서 새로 지어진 감옥에 처넣는 거예요. 경계가 삼엄하기로 유명한 구금 시설이죠.」

소피가 말하는 내내 차를 홀짝거린다.

「지금 어디 있냐고요!」

「날 믿어 봐요. 그런 감옥에 감금되는 건 죽는 것보다 더 끔찍한 일이니까. 그녀는 〈감각 박탈〉이라는 교정 방식에 따라 사방 벽이 새하얀 수감실에 갇혀 평생 썩을 거예요. 우리가 알아보니 니콜 오코너한테 심각한 심리적 문제가 있더군요. 중학교 때 처음 문제가 발견됐다고 해요. 그녀는 오토포비아 환자예요. 혼자 있는 걸 견디지 못하죠. 우리한테 체포돼 감옥에 갇히면 그녀가 가장 두려워하는 상황이 벌어지게 되는 거예요.」

모니카가 가쁜 숨을 몰아쉰다. 소피 웰링턴의 한마디 한

마디가 동굴 속 메아리처럼 그녀의 머릿속에 크게 울린다.

「그래, 지금 어디 있냐니까요?」

「IRA에 잠입해 있는 우리 요원이 한 명 더 있어요. 놈들이 타깃을 제거하기 위해 언제, 어디서 행동에 나설지 알아내 보고해 왔어요.」

소피 웰링턴이 축구 경기장을 찍은 사진 한 장을 모니카에게 보여 준다.

「유러피언 컵 결승전이 열리는 날, 벨기에 브뤼셀의 에젤 경기장이라는군요. 타깃이 된 우리 요원에게 미리 알렸는데 혼자 대처할 수 있다고 큰소리치네요. 워낙 열렬한 축구팬이거든요.」

모니카가 사진 속 니콜 오코너에게서 시선을 거두지 못한다.

백과사전
포식자와 피식자의 동공

양의 동공은 가로 모양이다.

가로로 길쭉한 동공은 최대한 시야를 넓혀 주어 포식자의 출현을 감지할 수 있게 해준다.

반면 고양잇과 동물과 뱀, 악어의 동공은 세로 모양으로 생겼다.

세로로 긴 동공은 먹잇감과의 거리를 정확히 측정해 초점을 맞출 수 있게 해준다.

동공이 생긴 모양만으로 포식자인지 피식자인지 가늠할 수 있다.

에드몽 웰스,
『상대적이며 절대적인 지식의 백과사전』

5

1985년 5월 29일, 벨기에 브뤼셀의 에젤 경기장.

전 세계인이 손꼽아 기다리던 날이다. 이날 저녁 잉글랜드의 리버풀과 이탈리아의 유벤투스가 유러피언 컵 결승전에서 맞붙기 때문이다.

경기장 안팎의 군중은 흥분하다 못해 폭발 직전이다.

VIP 관람석에서 소피 웰링턴과 모니카 매킨타이어가 쌍안경을 들고 앞쪽 관중석을 채우는 사람들을 살펴보고 있다.

그들 바로 옆에서는 프랑스어권 스위스의 한 TV 방송국 기자가 마이크를 손에 들고 카메라 앞에 서 있다. 기자가 격앙된 목소리로 말하기 시작한다.

「지금은 벨기에 시각으로 저녁 6시 30분. 날씨는 무척 화창합니다. 하지만 경기장 안에는 벌써 긴장감이 감돌고 있습니다. 잉글랜드와 이탈리아 응원객들이 경기 시작 시간보다 일찍 도착해 맥주를 들이켜는 모습이 보입니다. 대기에 남아 있는 열기에 술기운까지 더해져 사람들은 잔뜩 흥분한 상태입니다. 여러분, 기억하실 겁니다. 작년에 로마 올림피코 경기장에서 펼쳐졌던 시합에서 AS 로마 팬들의 공격을 받은 리버풀 FC 팬들이 호텔로 몸을 피할 수밖에 없었던 사건 말입니다. 그때 일을 잊지 못하는 잉글랜드 스포츠 팬들이 이번에 복수를 다짐하며 경기장을 찾았다고 합니다. 경기장 밖에서도 양측이 협박과 위협을 주고받고 있습니다. 하지만 벨기에 경찰에서는 이번 대회의 안전을 위해 많은 준비를 했습니다. 이탈리아 팬들은 경기장 오른쪽인 O, N, M 구역에서 경기를 관람하게 하고 영국 팬들은 반대편 X, Y 구역에서만 경기를 관람할 수 있게 한다고 합니다. 중간에 있는 Z 구역은 소위 〈중립 구역〉으로 지정해 현지 벨기에 관람객들과 유벤투스에서 활약 중인 자국 출신 스타 선수 미셸 플라티니를 보러 온 프랑스인들이 예약할 수 있도록 자리를 배정했다고 합니다. 또한 일체의 폭력 사태를 예방하기 위해 입장하는 스포츠 팬들을 대상으로 이미 철저한 몸수색을 벌여, 응원하는 팀의 깃발에 붙은 깃대까지 떼고 경기장에 들어오게 했다고 합니다. 안전한 경기를 위해 대규모 경찰 병력이 배치된 것을 감안하면 큰 문제는 없으리라 예상됩니다.」

　모니카는 관중들을 바라보면서 로마 콜로세움에서 펼쳐졌던 검투 경기를 떠올린다. 이미 극도의 흥분 상태인 군중이 콜로세움을 찾았던 고대 로마인들과 하나도 다를 바 없어 보인다.

　Panem et circenses. 빵과 서커스. 로마 권력자들은 민중의 과격한 에너지가 자신들을 향하지 않게 통제할 가장 효율적인 방법을 이미 오래전에 알고 있었던 거야. 배를 불려 주고 오락거리를 제공해 스트레스를 해소시켜 주면 무조건 효과를 보게 돼 있지.

　골똘한 생각에 잠긴 미국 작가를 지켜보던 MI5 국장이 그녀와 생각을 나누기 위해 한마디 툭 던진다.

　「게임이 펼쳐질 체스보드가 눈앞에 보이는군요.」

「말이 총 몇 개죠?」

모니카가 시선을 앞으로 향한 채 묻는다.

「6만 개. 아니, 이건 경기장 측 추산일 뿐이에요. 내가 입수한 정보에 의하면 비공식 채널을 통해 판매된 표가 상당해요. 그러니 전체 숫자는 그보다 더 많겠지.」

「얼마나 더요?」

「4천 개가량.」

「그렇다면 관중의 숫자가 6만 4천 명, 체스보드의 칸은 예순네 개. 묘하게 숫자가 맞아떨어지네요. 추가로 판매된 입장권은 어느 구역 입장권이죠?」

「대부분 중립 구역인 Z 구역 입장권이라고 들었어요. 벨기에와 프랑스 축구 팬들이 이 구역에서 관람할 예정인데, 입수된 정보에 따르면 이탈리아인 팬들이 이 추가 입장권 상당수를 구입했대요.」

소피의 설명을 듣고 나니 빨간색 티셔츠를 입은 영국인 응원객들에게 지정된 X, Y 구역과 붙어 있는 Z 구역에서 검은색과 흰색이 섞인 유벤투스의 깃발이 휘날리는 게 눈에 들어온다. 옆 구역 영국 축구 팬들 또한 경쟁적으로 가마우지와 독수리 혼종 새 모양의 엠블럼이 그려진 레즈The Reds 깃발을 높이 흔들어 대고 있다.

모니카가 쌍안경으로 관중석 상황을 예의 주시한다.

양 진영 사이에는 15미터에 이르는 빈 공간을 두었고, 서로 넘나들지 못하게 좌우로 높이 3미터짜리 철책 두 개를 세웠다.

소피가 무전기를 들고 누군가와 짧게 대화하고 나더니 모니카에게 말한다.

「우리가 지켜야 할 타깃이 리버풀 팬들과 함께 X 구역 응원석에 있다는군요.」

포식자들 진영에 있군.

군중이 뿜어내는 호전적인 에너지가 모니카를 압도한다.

공기 중에 술 냄새와 폭죽이 터지면서 나는 매캐한 연기, 그리고 테스토스테론이 진동하는 시크무레한 땀 냄새가 뒤섞여 퍼져 있다.

「다들 극도로 흥분해 있어요.」

모니카가 말을 뱉기 무섭게 리버풀 팬들이 Z 구역을 향해 보란 듯이 폭죽을 발사해 댄다.

바로 머리 위에서 폭죽이 작렬하자 약이 오른 유벤투스 팬들이 건너편 응원단을 향해 소리를 지르고 욕을 한다. 이내 양철 캔, 유리병, 시멘트 조각, 심지어 벤치에서 뜯어낸 나뭇조각까지 온갖 물건들이 공중을 날아 분리용 철책 두 개를 넘어 상대방 구역에 가 떨어진다.

순식간에 긴장이 고조된다.

「벨기에 경찰이 입장객들의 무기를 다 압수한 게 정말 확실해요?」

영국 축구 팬들이 검과 마체테, 심지어 도끼까지 손에 들고 흔들어 대는 모습을 쌍안경으로 지켜보며 모니카가 소피에게 묻는다.

이어폰을 통해 들어오는 정보를 계속 듣고 있던 소피가 대답한다.

「그게, 문제가 생겼어요. 경기장 외벽에 구멍이 뚫려 밖에 있는 사람들이 경기장 안으로 무기를 들여보냈대요.」

모니카는 영국 팬들이 철책을 타 넘어 가려고 뾰족한 꼭대기에 깃발과 머플러를 던져 걸쳐 놓는 것을 지켜본다. 그들이 철책을 앞뒤로 흔들어 대 넘어뜨리고 나서 X 구역과 Z 구역 사이의 안전지대 안으로 진입한다. 이탈리아 축구 팬들도 가만히 있지 않는다. 이들도 칼을 치켜들고 영국 응원단을 위협한다. 이탈리아 응원단 일부 역시 영국 응원단과 한판 벌이기 위해 Z 구역과 안전지대를 나누는 또 다른 철책을 잡고 흔들어 대기 시작한다.

저녁 7시 20분, 두 번째 철책마저 무너지자 사람들의 이동을 제지할 방법이 없다. 영국 응원단과 이탈리아 응원단이 충돌한다.

「당신 타깃은 지금 어디 있어요?」

경기 시작도 전에 상황이 야릇하게 돌아가는 모습을 모니카가 신기한 눈으로 지켜보면서 묻는다.

「시야에서 놓쳤어요. 현장의 우리 요원들도 어디 있는지 모르겠다고 하네요.」

「지금 단계에서 내가 당신들 작전에 무슨 도움이 될 수 있다는 건지…….」

「이건 니콜 오코너의 작품일 거예요. 어떻게 했는지는 모르겠지만 아무튼 그 여자가 한 짓이라는 느낌이 와요.」

소피 웰링턴이 단호하게 말한다.

Z 구역 첫 번째 열의 이탈리아 팬들과 일부 벨기에 관중이 영국 훌리건들의 공격에 속수무책으로 당하고 있다.

두 번째 열에 있던 이탈리아 팬들이 영국 훌리건들의 난동을 피해 뒷줄 관중들을 밀고 달아나려고 한다. 뒤로 빠져나가지 못한 사람들이 관중석 아래쪽으로 밀려 내려간다. 거기에는 창살 친 철문 두 개가 달린 견고한 철책이 버티고 서 있다. 잔디밭으로 통하는 철문 두 개는 굵은 사슬로 잠겨 있다.

「압력을 해소하려면 당장 저 출입구부터 열어야 해요.」

모니카가 쌍안경에서 본 모습을 손으로 소피에게 가리키며 말한다.

소피가 이어폰을 통해 들어오는 정보를 모니카에게 알려 준다.

「지금 벨기에 경찰력은 경기장 바깥에 집중 배치돼 있어요. 이탈리아인들이 동포들을 도우러 경기장 안으로 들어오려고 하자 경찰들이 제지하는 중이라는군요.」

「지금 그게 급한 게 아니에요! 관람석 아래쪽, 경기장을 따라 둘러쳐진 철책까지 떠밀려 내려가 꼼짝 못 하고 있는 사람들을 당장 밖으로 꺼내 줘야 한단 말이에요!」

이어폰을 귀에 꽂은 소피 웰링턴의 얼굴이 점점 일그러진다.

「그럼 저 문 두 개를 열어 주면 군중이 밑으로 내려와 그라운드를 점령해 버릴 수 있겠죠. 차분한 경기 진행이 불가능해질까 봐 두려운 거예요.」

「아니, 경기를 하려고 사람들이 죽게 그냥 내버려둔단 말이에요?」

「주최 측은 팬들 사이에 벌어진 불상사가 TV 화면을 통해 전 세계에 알려지는 게 싫은 거예요. 보다시피 지금 방송국 카메라들이 관중석이 아닌 그라운드를 향하고 있잖아요.」

「철책을 빨리 열어 주지 않으면 Z 구역 관중 모두가 철책에 가로막혀 오도 가도 못하고 짓이겨질 거라고요.」

모니카의 예상대로 뒤로 빠져나가려는 사람들이 뒤쪽에 압력을 가하는 현상이 연쇄적으로 일어나 관중이 밀고 밀리며 뒤엉켜 아수라장을 이룬다. 일부 이탈리아 응원단이 뒤로 밀리지 않고 버티려 칼을 꺼내 휘두르자 영국 응원단이 더 기다란 무기를 들고 달려든다.

그라운드로 통하는 철책에 어마어마한 압력이 가해지고 있지만 벨기에 기마경찰대 장교들은 꿈쩍도 하지 않고 말 등에 앉아 그라운드만 주시하고 있다. 완벽하게 깎인 잔디 위에서 곧 경기가 시작될 것이므로 아무도 들여보내서는 안 되기 때문이다.

이때부터 히에로니무스 보스의 작품을 연상시키는 지옥도(地獄圖)가 펼쳐진다.

Z 구역 관중들이 치고받고 넘어지고 깔리고 밟힌다.

소피는 여전히 무전기를 들고 정보원들과 소통하느라 정신이 없다. 간간이 들리는 단어들을 통해 모니카는 그녀가 시야에서 사라진 타깃을 찾기 위해 지시를 내리고 있다고 짐작한다.

기마경찰들을 보면서 모니카는 폰과 나이트, 비숍이 전개되는 체스 게임을 연상한다.

「배후에 분명히 니콜 오코너가 있어.」

모니카가 확신에 차 혼잣말을 한다.

「이게 어떻게 된 일일까요?」

소피가 묻는다.

「영국 관중석에 사람을 심어 놓아 공격을 촉발시켰을 거예요. 합리적으로 대응하지 못하게 벨기에 경찰에도 모종의 영향력을 행사했을 거고. 어쩌면 그녀가, 확신은 할 수 없지만, 영국 응원단 사이에 있으면서 직접 작전을 지휘했을 가능성도 있어요. 마치 사우샘프턴 호텔 사건의 재현을 보는 듯한 느낌이에요. 군중 조작이 이루어지고 있는 거죠.」

그녀가 이 정도로 탁월한 전략가였단 말이야?

「조금 더 자세히 설명해 줄 수 있어요?」

「니콜 오코너가 폰들을 이용한 파상 공세를 펼쳐 목표물들을 구석진 곳으로 몰고 있어요.」

더 이상의 설명이 필요하지 않을 만큼 단박에 말뜻을 이해한 소피가 무전기로 다급히 지시를 내린다.

지옥의 문이 열리기 직전이다.

스위스 방송국 기자가 다시 카메라 앞에 서서 격앙된 목소리로 말한다.

「지금 제가 서 있는 이 경기장은 살육의 현장으로 변하고 있습니다. 아니, 전쟁터라고 하는 게 맞겠습니다. 현대전이 아닌 고대, 중세의 전쟁이 벌어지고 있는 것 같습니다. 지금 시청자 여러분께서는 저희 방송사에서 독점으로 송출해 드리고 있는 화면을 통해 평화로워야 할 행사가 집단 광기의 현장으로 돌변한 모습을 보고 계십니다. 어떻게 스포츠 경기에서 이런 일이 벌어질 수가 있습니까! 저희는 경기를 예정대로 진행할 것인지 취소할 것인지를 두고 고심 중인 유럽 축구 연맹의 결정을 기다리고 있습니다. 지금 관중들이 급히 철책을 뜯어 만든 들것에 부상자들을 실어 밖으로 나르는 모습이 보입니다.」

모니카가 자리에서 벌떡 일어나더니 VIP 관람석에서 바로 그라운드로 이어지는 통로를 따라 급히 뛰어 나간다. 그녀가 도망치려는 관중들이 한꺼번에 몰려 있는 철책 앞으로 다가간다.

「어서 문을 열어 압력을 해소시켜 주지 않으면 안 돼요!」

그녀가 계급 줄이 가장 많은 기마경찰을 향해 소리친다.

「어서 자리로 돌아가요, 여성분.」

그가 딱딱한 어조로 말한다.

「저기 사람들이 죽어 가고 있는 게 당신 눈에도 보일 거 아니에요.」

경찰이 무표정한 얼굴로 입술을 꽉 다문다.

이 사람은 위계질서를 지키고 명령에 복종하도록 배웠기 때문에 스스로 생각할 줄을 몰라. 내 편에 속한 말이 분명한데, 이렇게 고집을 피우니 게임에 아무런 도움도 되지 않아.

고통에 찬 비명 소리가 경기장을 채우고 있지만 기마경찰은 눈도 꿈쩍하지 않는다.

「문을 열기 싫으면 내가 대신할 테니 열쇠를 줘요.」

「당장 자리로 돌아가요. 그라운드에 들어오는 건 금지돼 있어요.」

일분일초가 급해.

모니카가 팔을 홱 잡아당겨 기마경찰을 말에서 떨어뜨린다. 기마경찰이 어리둥절해하는 사이 모니카가 혁대에 꽂혀 있는 권총을 꺼내 그의 이마에 겨누며 소리친다.

「열쇠!」

「나한테 없어요.」

그가 기어들어 가는 소리로 대답하고 나서는 몸을 일으키려고 애쓴다.

「그럼 누구한테 있어?」

「난…… 난 몰라요.」

복지부동하는 공무원들을 상대로 더 이상 모니카가 할 수 있는 것은 없다. 이제 게임에서 졌음을 인정해야 한다.

인파가 뒤엉킨 Z 구역 철책 앞은 아비규환의 아수라장을 이룬다. 하늘을 찌를 듯하던 비명 소리마저 서서히 작아진다. 피투성이 얼굴들이 철책에 짓이겨져 있고 눈동자들은 초점을 잃고 풀어져 있다.

모니카는 집단적 공격성과 어리석음이 만들어 낸 종말론적 상황을 속수무책으로 지켜보며 무력감과 함께 분노를 느낀다.

6

리버풀 레즈의 빨간색 티셔츠를 입은 니콜 오코너가 마체 테를 손에 든 라이언 머피와 나란히 앉아 있다.

라이언은 작전이 개시되면 니콜이 뒤로 빠지기를 바랐다. 하지만 그녀는 Z 구역으로 밀고 들어가는 임무를 맡고 X 구역에서 훌리건들 사이에 섞여 대기 중인 IRA 특공대원들과 행동을 같이하겠다고 고집을 피웠다. 제거 대상이 여기 있다고 라이언한테 들었기 때문이다.

X, Y 구역과 Z 구역을 나누는 철책이 무너지고, 안전 유지를 위해 배치돼 있던 벨기에 헌병들이 명령을 받고 다른 곳으로 이동하자 관중석은 순식간에 무법천지로 변한다.

혼돈을 초래하는 데서 끝내지 않고 끝까지 완벽히 제어해야 돼.

지금까지는 니콜의 계획대로 착착 진행되고 있다.

작전의 타깃인 배신자 가브샤이트는 그들이 짐작했던 곳에 있다.

니콜이 천천히 그를 향해 다가간다.

놈은 다른 리버풀 팬들과 함께 이탈리아 관중들을 두들겨 패느라 여념이 없다. 니콜이 슬쩍 뒤에서 다가가 클로로포름을 묻힌 천을 코에 갖다 대자 그가 비틀거리며 주저앉는다.

이때부터 모든 것이 일사천리로 진행된다.

라이언 머피가 건장한 대원 하나에게 행동에 돌입하라는 손짓을 보내자 그가 다가와 굵직한 두 팔로 잠시 혼절한 놈의 목을 조르기 시작한다. 놈이 껙껙 숨이 막혀 하더니 결국 목을 뒤로 꺾는다.

니콜이 이 장면을 지켜보며 눈을 감는다. 놈에게 남아 있는 생명의 기운을 빨아들이기라도 하듯 숨을 깊이 들이쉰다.

누군가의 생명을 거두는 순간 묘한 쾌감이 느껴지는 이유는 뭘까.

라이언 머피가 놈의 맥박이 멈추었음을 확인하자 니콜이 뒤로 도망치는 응원객들이 밟고 지나가기 좋은 곳으로 놈을 옮기라고 대원들에게 지시한다.

다른 사람들처럼 놈의 몸에 도망치는 군중의 발에 밟힌 흔적이 남아 있을 테니 살인이라는 의심을 받을 가능성은 전혀 없어.

7

모니카가 유치장에 구금돼 있다.

그녀는 폭력에 가담했다는 의심을 받는 관중들과 함께 현장에서 체포돼 경기장에서 가까운 경찰서로 이송됐다. 함께 유치장에 구금돼 있는 사람들 대다수는 Z 구역으로 몰려가 난동을 부린 영국 훌리건들이 아니라 경기장 밖에서 체포된 이탈리아 관중들이다.

철컥하고 문이 열릴 때마다 말썽을 일으켜 체포된 사람들이 안으로 들어온다. 유치장 내 인구 밀집도가 서서히 올라간다.

맥주 냄새와 땀 냄새가 섞인 시크무레한 악취가 코를 찌른다.

남자 셋이 자리에서 일어나 모니카 쪽으로 다가온다.

「안녕, 아가씨.」

결국에 이런 봉변까지 당하네.

「대답을 안 하는 걸 보니 부끄러움이 많나 봐.」

「겁먹지 말아요. 여자를 어떻게 대해야 하는지 정도는 아는 사람들이니까.」

어조에서 강한 이탈리아 억양이 느껴진다.

남자들이 바싹 다가들자 모니카가 한 방 먹일 태세로 주먹을 꽉 쥔다.

이때 유치장 문이 열리더니 교도관이 안으로 머리를 집어넣어 누군가를 찾는다. 그가 모니카를 발견하더니 밖으로 나오라는 손짓을 한다.

교도관을 따라 경찰서장 집무실로 들어가자 TV가 켜져 있는 방에서 서장이 에젤 경기장 사고 현장을 생중계로 지켜보고 있다. 그의 옆에 소피 웰링턴의 모습이 보인다.

「웰링턴 국장께 자초지종을 들었어요. 실수가 있었던 점 미안하게 생각합니다.」

모니카가 소피를 향해 묻는다.

「……거기 상황은 지금 어때요?」

「여기 앉아서 뉴스를 보시죠.」

서장이 친근하게 말하며 모니카에게 의자를 가리킨다. 경찰서장이 소피 대신 모니카의 궁금증을 풀어 준다.

「흥분한 이탈리아 팬들이 복수를 다짐하고 있어 지금 우리 경찰 병력이 양측 응원단 간 전면 충돌을 막으려고 최선을 다하고 있어요.」

저녁 9시 30분, 긴장감이 감돈 끝에 드디어 유럽 축구 연맹이 〈유감스러운 사고〉에도 불구하고 예정대로 경기를 진행하겠다고 발표한다.

경찰이 Z 구역을 폐쇄해 TV 카메라와 사진 기자 들의 현장 접근을 막아 둔 채로 마침내 유러피언 컵 결승전 경기가 시작된다.

뒤늦게 참사 현장에 도착한 구조대원들이 최대한 눈에 띄지 않게 시신들을 경기장 밖으로 옮긴다.

심판이 휘슬을 분다.

소식을 접한 선수들이 경기에 집중하지 못하는 가운데 묘한 분위기에서 경기가 진행된다.

양팀 모두 득점이 없는 상황에서 페널티 에어리어 밖에서 리버풀 선수가 한 반칙에 대해 페널티 킥이 주어진다.

미셸 플라티니가 페널티 킥을 찬다.

그의 발을 떠난 공이 포물선을 그리며 공중을 날아간다.

리버풀 골키퍼가 몸을 날리지만 공은 그를 비켜 지나가 골대 그물을 출렁이게 한다.

골인.

결국 이 한 골로 유벤투스가 리버풀을 이겨 신성한 유러피언 컵 우승을 차지하게 된다.

기뻐서 펄쩍펄쩍 뛰는 플라티니에게 동료 선수들이 다가와 축하를 건넨다.

우승한 이탈리아 선수들이 경기장을 한 바퀴 돌다 O, N, M 구역 앞에서 멈추자 관중석에서 휘파람과 야유가 날아온다. Z 구역에서 벌어진 일을 알고 있는 이탈리아 관중들은 선수들의 우승 세리머니가 도의에 어긋난다고 여겨 분노를 감추지 못한다.

이때부터 취재 분위기가 급변한다.

마침내 진상을 알게 된 방송국 취재 기자들은 경기 결과를 상세히 전하고 싶은 마음과 스포츠 경기를 관람하러 왔다 참변을 당한 평범한 축구 팬들의 죽음을 시청자들에게 알려야 한다는 책임감 사이에서 갈등한다.

수치스러운 물건이 된 우승컵은 탈의실 복도에 눈에 띄지 않게 놓였다.

경기 종료 후 30분이 지난 뒤에야 잠정 집계한 사상자 숫
자가 알려졌다. 사망자 서른아홉 명에 다수의 중상자를 포함
해 부상자가 6백 명을 넘는다는 공식 발표가 나왔다.

8

경기가 끝난 후 특공 작전에 참가한 IRA 대원들이 마르셰 오폴레 거리의 켈티카 펍에 모였다. 켈티카 펍은 브뤼셀에 있는 아일랜드 펍 세 곳 중 하나다.

아연 상판이 덮인 널찍한 카운터와 댄스 플로어가 있는 전형적인 아일랜드 펍에서 손님들이 아연실색한 표정으로 댄스 플로어 위쪽 벽에 걸린 TV를 쳐다보고 있다. 에젤 경기장 참사 장면을 찍은 이미지들이 화면을 가득 채운다.

「희생자 중에 아일랜드 사람도 하나 있었다지 뭐야.」

사망자의 정확한 신원을 모르는 여자 손님이 안타까운 마음을 표현한다.

침통한 분위기와는 달리 구석 테이블에 앉은 한 무리의 손님들은 파티라도 하는 듯이 떠들썩하다. 기네스 흑맥주가 서너 번 돌자 긴장이 풀리고 술자리가 무르익는다. 니콜 역시 몸이 노곤해지는 것을 느낀다. IRA 대원들이 자신을 신뢰했다는 사실과 결코 쉽지 않은 임무를 성공적으로 완수했다는 자부심이 그녀를 기분 좋게 해준다.

댄스 플로어 구석에서 악사 세 명이 피아노와 바이올린, 북을 연주할 준비를 하고 있다. 라이언 머피가 앉은 채로 크게 소리를 질러 신청곡을 말한다.

「〈Amhrán na bhFiann(전사의 노래)〉을 부탁해도 되겠습니까?」

악사들이 기다렸다는 듯이 반주를 넣자 아일랜드인 손님들이 아일랜드 국가를 부르기 시작한다. 니콜도 게일어 노래를 따라 부른다. 합창 소리가 술집을 가득 채운다.

우리는 전사들이다
아일랜드를 위해 목숨을 바치는
어떤 이들은 왔다
파도 건너 먼 땅에서
그들은 자유를 누리기로 맹세했다
우리 선조들의 땅에는
독재자도 노예도 없을 것이다
오늘 저녁 우리는 위험을 무릅쓰고 싸운다
아일랜드를 위해서, 고통과 상처가 있을지라도
대포가 터지는 속에서
우리는 아일랜드 전사의 노래를 부른다

생사고락을 함께하는 이들이 만들어 내는 에그레고르가 느껴진다.

사람들이 아득한 시원으로 거슬러 올라가 태초의 에너지에 접속하고 있어.

맥주잔들이 경쾌하게 부딪히고 목소리와 웃음소리가 켈트 음악에 섞여 하나가 된다. 사람들이 짝을 이뤄 춤을 추기 시작하자 둥그런 원이 만들어진다. 누군가 니콜의 팔을 끌어

당기자 그녀가 격렬한 지그 춤 리듬을 타고 몸을 흔든다. 대원들과 술손님들이 일체가 되어 빙글빙글 돌면서 리듬에 맞춰 발을 구르는 사이 이들의 심장 또한 박자를 맞춰 같이 뛴다. 라이언 머피도 분위기에 흠뻑 젖어 있는 게 보인다.

니콜은 오스트레일리아 부족민 축제에서처럼 황홀경을 느낀다.

북소리에 맞춰 심장이 뛰는 사이에 아일랜드 선조들의 혼이 이들에게 깃들고 있어.

아일랜드 전통 민요가 이어지는 가운데 사람들의 춤 동작은 갈수록 경쾌하고 빨라진다. 그러다 느닷없이 처연한 곡이 흘러나와 사람들을 멈춰 세운다. 「애선라이 평원」.

아일랜드인 1백만 명이 죽고 그만큼이 조국을 등져야 했던 1845년 대기근을 소재로 1979년 피트 세인트존이 만든 유명한 포크 송이다. 굶주린 가족을 먹이기 위해 영국인의 집에서 옥수수를 훔친 죄로 오스트레일리아에 유배되는 한 아일랜드 가장의 이야기를 담은 노래 가사는 니콜 자신의 가족사를 닮았다.

내 먼 할아버지인 도너번 오코너의 얘기야.

바이올린과 북소리가 빨라지자 지그 춤을 추는 사람들의 손놀림과 발놀림도 덩달아 빨라진다. 라이언이 원 가운데서 맴을 도는 모습을 보는 순간 니콜은 그에게 매력을 느낀다.

원무가 끝날 줄을 모른다. 니콜이 이 팔 저 팔 옮겨 가며 춤을 추다 마침내 라이언과 마주 보고 선다. 둘 사이에 시선이 오가는 순간 니콜이 충동적으로 그의 목을 끌어당겨 입을 맞춘다.

이때부터 마법이 펼쳐진다. 바깥 소리가 희미해지고 풍경이 슬로 모션으로 바뀐다. 술과 춤으로 뜨거워진 그녀의 몸에 먼 우주의 별에서 출발한 빛 한 줄기가 스민다. 그 빛이 그녀와 그만을 환히 비춰 주고 있다.

첫 번째 입맞춤은 길고 강렬한 두 번째 입맞춤으로 이어진다.

니콜 오코너가 눈을 감는다.

오늘은 승리의 날이야.

그리고 나는 지금 아일랜드 정령과 입맞춤하고 있어.

몸이 진동하고 심장은 터질 듯이 뛴다. 사람들이 발을 구를 때마다 땅이 흔들리는 느낌이 든다.

니콜과 라이언, 여와 남. 하나의 에너지에 불과하던 그녀는 다른 에너지에 접속되는 순간 비로소 온전해진다.

라이언. 이 이름은 〈왕〉을 뜻하지.

드디어 나의 백킹을 찾은 것 같아.

제2권에서 계속

옮긴이 **전미연** 서울대학교 불어불문학과와 한국외국어대학교 통번역대학원 한불과를 졸업했다. 파리 제3대학 통번역대학원 번역 과정과 오타와 통번역대학원 번역학 박사 과정을 마쳤다. 한국외국어대학교 통번역대학원 겸임 교수를 지냈으며 현재 전문 번역가로 활동 중이다. 옮긴 책으로는 베르나르 베르베르의 『꿀벌의 예언』, 『베르베르 씨, 오늘은 뭘 쓰세요?』, 『상대적이며 절대적인 고양이 백과사전』, 『행성』, 『문명』, 『심판』, 『기억』, 『죽음』, 『고양이』, 『잠』, 『제3인류』(공역), 『파피용』, 『상대적이며 절대적인 지식의 백과사전』(공역), 『만화 타나토노트』, 에마뉘엘 카레르의 『리모노프』, 『나 아닌 다른 삶』, 『콧수염』, 『겨울 아이』, 카롤 마르티네즈의 『꿰맨 심장』, 아멜리 노통브의 『두려움과 떨림』, 『배고픔의 자서전』, 『이토록 아름다운 세 살』, 기욤 뮈소의 『당신, 거기 있어 줄래요?』, 『사랑하기 때문에』, 『그 후에』, 『천사의 부름』, 『종이 여자』, 발렝탕 뮈소의 『완벽한 계획』, 다비드 카라의 『새벽의 흔적』, 로맹 사르두의 『최후의 알리바이』, 『크리스마스 1초 전』, 『크리스마스를 구해 줘』, 알렉시 제니 외의 『22세기 세계』(공역) 등이 있다. 〈작은 철학자 시리즈〉를 비롯한 어린이책도 여러 권 번역했다.

퀸의 대각선 1

발행일   2024년 6월 25일 초판 1쇄
         2024년 6월 26일 초판 2쇄

지은이   베르나르 베르베르
옮긴이   전미연
발행인   홍예빈 · 홍유진
발행처   주식회사 열린책들

경기도 파주시 문발로 253 파주출판도시
전화 031-955-4000 팩스 031-955-4004
www.openbooks.co.kr

ISBN 978-89-329-2439-7 04860
ISBN 978-89-329-2438-0 (세트)